上官鼎與武俠小說

在武俠小說發展過程中，家人同心，戮力於武俠創作的拍檔，頗不乏其人，父子後先創作的，有柳殘陽及其父親單于紅；兄弟檔的有蕭逸、古如風及上官鼎，可以說都是武壇佳話。相較於柳氏父子、蕭家兄弟的各別創作，上官鼎兄弟三人合力共創同部作品，而又能水乳交融、難以釐劃的例子，則是迄今武壇上相當罕見的。

三兄弟協力，鼎取三足之意

上官鼎之名，為兆藜、兆玄、兆凱三兄弟協力共創小說的筆名，鼎取三足之意，大凡故事劇情、人物設定、重要情節，皆三兄弟於課餘閒暇商量討論而定，然後各負責其中章節，大抵兆玄擅於思想、結構，兆藜長於寫男女情感交流，兆凱則優於武打橋段，各有所長。

從少年英豪到調和鼎鼐

上官鼎之名，「上官」複姓源自於武俠說部無論是作者或書中角色刻意「摹古」的傳統；「鼎」字則取「三足鼎立」之意，暗示作品實由劉家三兄弟協力完成的。劉家三兄弟，主其事者為排行第五的劉兆玄。

劉兆玄和大多數的武俠作家一樣，
他喜愛武俠文學，
也投入武俠創作的行列，
或者，他只是將武俠視為他的「少年英雄夢」，
而成長之後，還有更重要的夢想該去達成。
上官鼎的「鼎」，尚有「調和鼎鼐」的功能，
與他之後所擔任的職務，或可密合無間了。

林保淳

上官鼎
武俠經典復刻版2

上官鼎——著

目錄

十九　翩翩少年

莊玲道：「我看到一個老人追賊，那老人輕功俊得緊，他可真像杜公公你哩！」

杜公公搓著手，這是他遇上難題時的習慣動作，他裝得莫名其妙地道：「老奴老得手腳都不靈光了，怎會追趕什麼賊人？」

莊玲含笑道：「也許是我眼看花了。」

杜公公如釋重負，他道：「小姐趕快休息去，這兩天咱們這裡頗多異狀，小姐你出外千萬別跑得太遠了。」

莊玲道：「杜公公，你發覺什麼異狀，你是說剛才看到什麼特別的事嗎？」

杜公公見又說溜了嘴，連忙掩飾道：「老奴也沒見著什麼，只不過有這預感而已。」

莊玲笑笑不語，便回房去睡。杜良笠也走進屋內，過了半晌，聽見莊玲呼吸均匀，睡得很是香甜，他悄悄地替這個小姐蓋上了一層薄被，舉目而看，四壁蕭索簡陋，想到莊玲童年何等嬌生慣養，不禁悵然。

杜良笠輕步走出室外，這時月已中天，四周死寂，他兩足微動，便閃身林後，四下仔細查看了一周，他身形疾若狸貓，完全和白天那龍鐘老態變了個樣子。過了很久他又回到屋內，獨坐門旁，心中暗忖：「今天丐幫的人來了，晚上不知又是哪個高手，那身輕功實在太是驚人，我拚了老命追他，十丈之內便被拉了兩三丈，杜良笠，你是老了。」

他喃喃道：「唉！莊主生前結下死仇太多，他亂用南中五毒害人，那些江湖豪客莫不恨他入骨，而且傳說藏寶地圖落入莊主手中，難保不來尋咱們霉氣，如果趕盡殺絕，嘿嘿，我杜良笠倒要和他們周旋。」

他目中精光暴射，一運勁咔喀一聲，手中握的一根木棍齊腰而折。

可是他仍心寒不已，如果方才那人是來作對的，那身功夫實在令人害怕。他老謀深算，武功又強，一生中從不知畏懼是何物，但此時想到那夜行人超凡脫俗的功夫，也不禁暗暗心顫。

忽然一亮，莊玲提燈從內室走了出來，她不動聲色道：「杜公公，辛苦你啦！」

杜良笠道：「什麼，小姐？」

莊玲道：「杜公公，我都看見了，你……你原來武功高強，我一直被你騙了。」

杜公公搓搓手，露出一個無可奈何的苦笑。那少女覺得甚是親切，大凡小姐，尤其是少年女子，最喜探知別人秘密，也不管和她有無關係，只要有疑惑，非追根到底不可。莊玲得意笑道：「杜公公，你以爲我睡著了，哈哈，你真傻，我心中有疑病，焉能不弄清楚，否則怎能睡著了？」

杜公公見她連比帶說，好像揭發別人身分很是快活，他無奈地道：「老奴這幾手粗淺功夫，原是跟莊主學的。」

莊玲哼了聲道：「杜公公，別騙人，爹爹教我的輕身功夫身法可和你大不相同。」

杜良笠見一切都落在這位嬌小姐眼中，他爲人一向老實，只有苦笑道：「小姐，你折騰大半夜……」
莊玲插口道：「杜公公，你不把秘密說出，我便不睡。」
杜良笠道：「好，好，好，咱們明天再說，你近來身子很弱，常常生病，絕不能熬夜。」
「杜公公，你可不准隨便扯個謊來搪塞我，好，明天就明天。」
她含喜而走，才走了兩步又停住回頭道：「杜公公，你剛才追到那夜行人嗎？」
杜公公搖頭道：「那人身形太快，我追不上他。」
莊玲回到內室，心中很是興奮，想到這白髮蒼蒼的老人，明天一定有一段動人的故事要講，那就可以打發去一早上，甚至於一整天，自己便可不去胡思亂想，自尋苦惱，可是目前還有大半夜，漫漫黑暗，只要一閉上眼，其心那小魔鬼的影子便浮起來，還有那騎馬的少年，爲什麼，自己這些日子以來，已漸漸淡忘了董其心，一見到了那少年，便會情思幽幽。
她心中忖道：「那騎馬的少年和董其心一樣．都有一種令人忘我的氣質，好像天下的財都不足以與他論富一般。尤其是那少年，他眼中沒有像董其心魔頭那種高深莫測的味道。」
她翻了個身，還是睡不著，身上又熱又煩，彷彿間，那騎馬少年生動地馳馬而立，漸漸地愈來愈是清晰。
就在這同時，在莊玲這屋子後面的山腰中，那騎馬的少年，也煩躁不安地走來走去。
那匹駿馬也發覺主人焦煩不安，不時抬頭望著主人，用頸輕擦主人的手臂表示親熱安慰。
少年對坐騎這種討好的舉動理也不理，忽然他下定決心，躍身上馬，緩緩而行。
耳畔山風呼呼，他好像又聽到了單調的竹哨聲，心中起伏不已，他默默想道：「那嗚嗚之聲何等難聽，可是那女子吹得很是動聽，我竟情不自禁跟著吹了起來。那老兒武功不弱，他走近來想試我深淺，我真懶得和他動手，一走了之。」

蹄聲清脆地踏著山徑，黑夜中傳得老遠。那少年想道：「我只見她一面，竟會想再見她，我也不知為什麼會留下來，不然的話，此時我已在數百里之外了。」

數百里，對他而言，以他坐騎青驄馬說來，那真是微不足道的路程，他足跡之廣，幾乎遍於神州，可是此行竟覺得忐忑不安，竟有濃濃的離愁。

「那女子不知睡了沒有？」他想，忽然間覺得煩躁起來，喃喃道：「這關我什麼事，真是見鬼。」

他兩足一運勁，催馬疾行，他每有不順心的事便是如此，這是從幼年以來積下的習慣。

他狂奔了一陣，只覺心平氣和，心中道：「我不要有那種不安的情緒，我要趕走那種莫名其妙的感覺，我從來沒有，以後也不要有。」

然而他真能趕走嗎？他又慢慢感到寂寞。

忽然前面火光閃耀，伴之人聲，他內功精湛，視聽極是敏捷，心中忖道：「這麼晚了！還有人在荒野之中言談，不知是否在幹害人勾當，我且上前探探。」

他下馬輕步前行，走了不久，穿過一片小林，只見兩個漢子席地而坐，旁邊點著一具火把。

其中一個漢子道：「吳老大，點子真住在三家村後嗎？」

火光下，那漢子面色獰然，另一個漢子道：「我這地理鬼豈是讓人白叫的，李大哥，咱們明天一早，乘空便幹，先在別人之前，得手之後，我哥倆遠走高飛，哈哈。」

那被喚爲李老大的漢子道：「吳老大，你別想得得意，杜良笠老鬼可是好惹的麼？我看還是多看幾天，觀觀風色，不要寶得不到手，倒被杜良笠那老鬼給毀了。」

吳老大道：「那老鬼每天早上到前村買菜，咱們便乘這機會入內，那妞兒能有多大能耐？如果取那地圖，憑我地理鬼還怕找它不著？哈哈！」

他每說完一句便是一個哈哈，他以爲在這荒山夜半，定無旁人在側。

那少年心念一動，心中忖道：「地理鬼，地理鬼，我怎沒有聽說過？」

其實他行走江湖，所見或交手的都是一流人物，這二三流人物自是不知。

姓李的漢子又道：「地理鬼，你可真打聽清楚那東西在杜老鬼處？不要咱們哥倆千辛萬苦，冒盡大險卻撲個空。」

那地理鬼道：「李大哥，你怎麼如此婆婆媽媽，我吳老大哪一件事打聽錯過？那杜老鬼在莊人儀死後，三次回去，每次都拿了一大捧，這是我老吳親眼看見的，那地圖落在莊人儀手中，只有我老吳一人知道，因爲我那時就是莊人儀近身的僕人。」

那姓李的不再言語。吳老大又道：「現在我地理鬼的事完了，該看神偷李大哥的了。」

那姓李的乾笑道：「好說！好說！」

兩人起身前行，施展輕功走了。

那少年喃喃道：「憑你這兩塊料，豈是那老漢的對手，真是不自量力，耽誤了這麼久，真是太不值得。」

那少年心想今夜裡反正是不要睡了，乘著夜闌人靜正好放馬狂奔一陣。他飛身上馬，一陣奔到天色露曙，這才放慢速度，緩緩走入官道。

這少年正是齊天心，他忽然想起自己一路行走，每次決鬥都是怪鳥客代爲出頭，這怪鳥客顯然是向自己示威來著。他心志高傲，對於怪鳥客這種舉動，真是大大惱怒，只可惜每次都讓對方佔了先，連人影都未曾見過，他嫌羅金福累贅，便差開他一個人獨自搜尋，尋了好久，也毫無所獲。

齊天心走到一個大鎮，找了一家最大的莊園，敲門求宿，他一向養尊處優，一路上都是投宿在大宅內，別人見他生得俊美絕倫，穿得又是光鮮無比，自是都表歡迎，也不知逗得幾多大家小姐，爲他相思不已。

那應門的人心中奇怪，哪有天一亮便來投宿的，但見齊天心溫文秀氣，那匹馬又神駿絕倫，便引他進內。到了一個獨院，齊天心只見那園中亭台水池，佈置得頗爲不俗，他心中暗道：「想不到這種小地方，卻也有這等雅人，古人說十步之內必有芳草，看來是不錯的了。」

他一進屋，倒頭便睡，也不理會別人招呼。這一睡直到日影西斜，才醒轉過來，走出屋中，只見前園中人聲喧嘩，主人像是在宴請賓客。

齊天心忽然惱怒起來，暗怪那主人真不知禮，怎麼不請自己？這是他一向做公子哥兒積下來的習慣，別人見著他只有奉承的份兒，要不服氣，便有他好看。其實他這敲門投宿，與別人素不相識，能夠容他住宿，已是主人好客了。

他心中最存不得事，想到什麼便做什麼，他暗自道：「自己裝作無心闖入酒席，如果主人不遜，那正好大鬧一場了事，免得出門時向主人道謝，真是拘束難過。」

他整了整衣冠，這北方春天仍是峭寒不勝，他衣著淺色薄薄狐裘袍，毛色放光，是皮貨中的珍品，他人又生得白如美玉，真是衣裝人物，相得益彰，他心中猶自想道：「這衣已穿了好幾天了，可惜金福不在，別人只道我齊天心如此寒酸，只有這一襲衣衫。」

他那隨從羅金福可真難做，要替他保管一大堆衣物，雖是行走江湖中，仍是得雇一輛大車裝那物事。

齊天心仰首闊步走進前院，他掀起門簾，只見廳中坐滿了賓客，正在舉杯大飲，談笑言歡，眾人忽見一個後生大踏步走進廳來，目往前視，分明未將眾人放在眼內，但礙於主人面子，卻是不好發作，不由紛紛向主人望去。

那坐在主人席上的是個五旬左右的白面書生，他見齊天心走進廳內，只覺此人氣派非凡，舉止之間別有一番風儀，但是面生得很，當下起身拱身道：「請教這位兄台……」

齊天心接口道：「在下姓齊草字天心。」

他此言一出，眾人面色大驚。齊天心心中暗暗得意，忖道：「我的名氣還相當過得去，這些人高高矮矮，一臉精悍之色，只怕都是武林中人。」

那主人臉色一變，隨又含笑道：「原來是齊兄，在下倒是失敬了。」

他連忙叫人添了一張椅子，放在上席地位。齊天心向眾人微微一笑，口中雖想說兩句謙遜之詞，沉吟半刻，卻是說不出口，只緩緩坐下。

齊天心見眾人都停止言笑，埋頭吃菜，一時之間，大廳之內忽變寂靜，只有四周柱上油燈輝煌，更顯得大廳空曠，氣勢不凡。

那主人見氣氛不對，忙舉杯勸酒，齊天心酒量甚淺，他一向跟在他那了不起的老子跟前，這數年單行江湖，獨斷獨行，又有羅金福照顧，未曾染上絲毫嗜好，他兩杯下肚，臉色微微透紅，軟袍軟帶，更是儒將風流。

齊天心見自己加入破壞了別人歡宴，他心中並未感到絲毫歉意，反而惱怒眾人，他一目掃去，只見坐在右邊一個老頭，長得鷹目隆鼻，一臉陰沉之色，他愈瞧愈是不順眼，心中忖道：「你們這批人不過是江湖上二三流的角色，我倒要瞧瞧你們深淺。」

他見那老者伸筷夾菜，連忙裝作客氣，也伸出筷子替那老者夾菜，他手法如電，輕輕在老者筷子上一點，那老者冷冷道：「不敢勞齊兄大駕。」

齊天心微笑道：「些許之勞，何足掛齒。」

那老者用力夾起一塊雞肉，正待送到口邊，突然咔嚓一聲，筷子齊中而斷，那塊雞肉掉在湯中，弄得桌上湯湯水水。

那侍候在旁的佣人，連忙換上一雙，主人漫不經意地瞟了齊天心一眼，齊天心裝作不知，心中卻是得意無比。

他這暗中露了一手，眾人都有數，那老者功力深厚，見齊天心竟能在無形之中震斷南海象牙筷子，心中不由大駭，連向主人作眼色。

齊天心心粗意疏，並未注意老者異樣。他吃了一頓，隨著眾人退席，他坐在廳中被人冷落，正想藉故發作，那主人陪著笑臉不住向齊天心道著簡慢，他這人天生吃軟不吃硬，瞧在主人面上，而且又自覺枯坐無趣，便回到後院去。

他見天色已暗，心想不如明天早上再走，便順端起几上熱茶，正待放在口邊，忽然破空聲疾，齊天心藝高膽大，他端茶杯的手動也不動，右手伸指一彈，嗤地一縷尖風，把襲來之物彈開數尺，落在地上，齊天心低頭一看，原來是一塊石子，上包一張白紙，那石子經他「彈指神通」一擊，已然裂成粉碎。

忽然窗外有人低聲道：「好俊的功夫。」

齊天心一躍而起，衝窗而出，只見遠處黑影連閃，那發聲之人，已消失在黑暗之中。

齊天心心中大恚，他回到屋中，拾起那張白紙，只見上面寫著：「茶中有毒，閣下速離是非之地是爲上策。」

齊天心心中冷笑，暗自忖道：「我爹爹教我內視大法，能夠逼出體內任何毒素，我又怎會在乎這區區毒茶，除了南中五毒，天下除了南中五毒，豈能毒得倒我？」

他家學淵源，對於這南中五毒早就聞名，他想到這，真怕那茶中就是「南中五毒」，端起茶杯倒在窗外，忽然一個念頭湧起，他暗忖道：「那出聲警告我的難道又是怪鳥客？這廝到底是何居心？」

他想了半天，也想不出一個頭緒，心中甚是煩惱，對於那茶中放毒的事倒是忘了。

他憤怒地在房中打著圈子，他瞧著茶杯，突然想道：「這主人爲什麼要害我？讓我夜裡去探看看。」

他等到半夜，悄悄閃出窗外，又將窗子關上，只見前院東廂還有燈火，他看看四下無人，便輕步走近前去，只聽見兩人正在低聲交談，他凝神聽去，其中一人道：「那姓齊的小子不知毒倒沒有？」

另一個聲音道：「這小子早不來遲不來，偏生在這時候來咱們莊上，看來只怕與此事有關。」

那聲音甚是熟悉，齊天心仔細一聽，原來正是那主人，齊天心大怒忖道：「好哇，這廝外貌溫文有禮，原來心腸如此毒辣，我可不能放過。」

他正想闖進去點破敵人奸計，然後大打一場，其中一個人道：「這小子短短幾年工夫，在江湖上萬兒真是如雷貫耳，據老夫猜想，定是名門弟子，來頭不小，此事既已下了毒手，便得隱密爲是。」

那主人道：「這個我省得，咱們今晚一把火，將那小子屍首燒成灰，不是全部解決了嗎？」

另一人道：「雲大爺辛辛苦苦在此經營多年，這華廈連綿，如果付之一炬，豈非大大可惜？」

主人道：「縱是金山銀壁，又怎抵得上那寶物之萬一。」

主人又道：「咱們一出手便致那姓杜的老兒於死命，那女娃兒省得什麼？只是此事關係重大，你調查的可是真的？」

那另一人道：「大爺只管放心，那地理鬼酒後失言，道出這樁秘密。目下天下好漢都在搜尋這寶藏地圖，小的眼線跟上了地理鬼和神偷，這才發現杜良笠住所，大爺，咱們急不如快，莫讓別人捷足先登了。」

那人對主人執禮甚恭，天心聽他聲音，正是席間老者。

齊天心心中一震，他心下忖道：「那姓杜的老漢，還有那少女，他們到底是何等人物，怎麼這許多江湖上人要謀害他們？我可不能見死不救。」

他心中又想起了那少女的倩影，不覺甚是關心，只聽見那主人道：「咱們此事機密已極，你帶來那幾個武師，事成之後只怕也須防上一防。」

那老者道：「依大爺說應該怎樣？」

室內忽然寂靜，另一個人叫道：「雲大爺你說要滅口，那可不成，這叫我如何向帆揚鏢局孫老鏢師交代？」

那主人道：「別嚷，別嚷，如果天幸得到那地圖，尋到那寶物，咱們能讓孫老鏢頭知道嗎？再說你我從此可以領袖武林，還怕他老孫怎的。」

那老者歎口氣道：「罷了，罷了，一切都依雲大爺你。」他想到雲大爺所說「你我可以領袖武林」，心中不由狂喜。

主人道：「這才是大英雄大豪傑。」

齊天心在暗處聽了半天，他這人天資極是聰敏，不然如何學得如此上乘功夫，只是草包脾氣，最最沉不住氣，他略略一用大腦，心中沉思道：「我先去睡覺，等起火再走卻也不遲，明日隨這幾人之後，偷偷出手替那姑娘解圍便得。」

他盤算已定，便回屋休息，到了中夜，果然火光大起，他悄悄牽馬溜出莊外，只見火勢沖天，映得天邊透紅，忽見數條人影越牆而出，他暗暗笑道：「這批人只怕要偷雞不著蝕把米了，這莊園經營不易，燒了也真可惜。」

齊天心估量自己青駒定然超過那批人數倍腳程，是以並不著急，直到天色大明，這才縱馬回奔，耳畔風聲颯颯，只跑了大半天便又跑近那條小溪，溪水緩緩東流，清澈無比，卻是不見那姑娘。

齊天心心想那批人只怕多半會在晚上動手，他知那地理鬼兩人不足為道，便又走進林裡，坐到前日夜間所坐地方，看見翠翠竹葉，不由又想起那嗚嗚啞啞吹竹葉的聲音和吹竹葉哨的人。

忽然腳步聲響，齊天心一閃身隱伏在旁，只見那姓杜的老漢，手挽一大捆枯枝柴火，那柴火少說也有百十斤，那老漢輕鬆地提著大步行走，齊天心暗忖：「這老頭功夫不弱，那幾個人要害他也自不易。」

他見杜老漢走遠了，一個人無聊地坐在竹林枯等，心中想道：「我真無聊，來回此地數次，有什麼事使我如此關心？是那姑娘嗎？不是，我與她非親非故，又陌生不識，啊！是了！行俠仗義，救人婦孺，原是我輩份內之事，爹爹不是常說的嗎？」

他心內釋然，他那坐騎甚是靈性，早已跑得遠遠地去吃草休息，等到上更時分，他從竹樹梢中望去，那小屋已點上了燈，風吹竹葉，沙沙作響，那燈光也像一明一暗似的。

突然小屋燈光一暗，一條人影驀地竄出，叱喝之聲大起。齊天心走出林子，月光之下，只見昨夜所見那數人都已來到，他不想立刻出手，便隱身不遠暗處。

只見那姓杜的老漢冷冷道：「好啊，魯東一虎咱們十年不見，不知閣下半夜來訪有何見教？」

那魯東一虎，在北方綠林原是頂尖的人物，正是昨夜在席間被齊天心折筷戲弄的老者。

那魯東一虎冷冷道：「無事不登三寶殿，杜良笠，咱們真人面前不說假話，快把那地圖交出來。」

杜良笠呵呵笑道：「我說是怎麼搞的，今天早上來了兩個下三濫，也是想要什麼地圖，現在又來了你老哥，哈哈，真是有趣得緊，真是有趣。」

他自忖對付這魯東一虎綽綽有餘，是以言語之間甚是輕蔑。那魯東一虎身旁站的正是齊天心投宿莊院的主人，他瞧了杜良笠一眼道：「地理鬼和神偷來過了？」

杜良笠沉聲道：「我道魯東一虎雖然不肖，也不至和那兩個下三濫為伍，想不到你們竟是一夥，告訴你們，那兩個下三濫使用迷香，已被老夫廢掉了。」

魯東一虎怒道：「姓杜的，你說話可得清楚點。」

那主人道：「咱們別跟他囉嗦，只管動手便是。」

杜良笠道：「這位是誰，老夫眼生得緊。」

魯東一虎陰陰道：「這位姓雲，人稱天山一鷹雲大爺。」

杜良笠陡然一驚忖道：「這魔頭怎的又出現江湖，今日之事只怕不能善了。」

他臉上聲色不動，其實內心驚惶不已，這天山一鷹雲若冰二十年前便已名震江湖，他原與天山冰雪老人鐵公謹同門學藝，只是天山鐵氏歷代都是將掌門一職傳於親子，雲若冰自命不凡，一氣之下遠離南疆到了西北，他昔年一夜之間，連敗黃淮道上七十二位綠林寨主，因此聲名大震，天山鐵氏大名也傳入中原武林。

天山一鷹雲若冰道：「姓杜的，你要命還是要圖？」

杜良笠笑道：「自古道：寶物神器唯有德者屬之，我老兒德薄能鮮，何敢窺竊此物？」

雲若冰冷冷道：「姓杜的，你是不見棺材不流淚了，好，看招。」

他這人爲人陰沉，說幹便幹，一掌無聲無息襲到，杜良笠一坐身，反手也拍出一掌。

杜良笠昔年也是個大大有名人物，潛身莊人儀莊中，只爲一件心中隱密之事，他見雲若冰出招神出鬼沒，心中不禁發寒，又惦念著玲小姐，幾個照面，便被對方爭了上風，佔去先機。

雲若冰示意魯東一虎入內搜尋，杜良笠心中大急，他心神一分，招招都吃對方逼住，一身功力，竟然施展不開。

那魯東一虎率眾入內搜索；齊天心見情勢急迫，他才走出一步，忽然魯東一虎暴喝一聲，倒退三步，一個鐵塔般大漢，從屋脊飛落下來，端端立在門前，揮掌阻住魯東一虎。

杜良笠一瞧，原來來人正是西北道上第一條好漢馬回回，數年之前，杜良笠奉莊人儀之命下毒毒倒無數好漢，那馬回回也是其中之一，杜良笠見他此時突然現身，也不知他來意是何，如果也是來尋自己晦氣，那可不堪設想了。

馬回回道：「雲老兒，你原來也跑到西北道上來啦，啊！我道是誰能將杜老兒逼得無還手之力，原來是你這廝，好好好，咱們待會大戰三百回合。」

魯東一虎一瞧此人就是西北道上綠林霄小聞名喪膽的馬回回，心中不由發毛。齊天心見魯東一虎被阻，他又猶疑自己要不要出手。

馬回回怒聲道：「誰要欺侮婦孺，我馬回回可容他不得。」

杜良笠心中一鬆，掌勢立轉凌厲，他知今日一戰，實是勝少敗多之數，此時擔憂之心一去，拚出老命不要，招招攻敵要害，那雲若冰被他搶攻數招，身形卻是絲毫不退，招招都在間不容髮中閃過。

馬回回心道：「這兩個老鬼功力都極深厚，今日之戰，不分生死不休，倒楣我馬回回，乘興趕來向杜老兒清算舊帳，並尋找那張地圖，只怕等下還要保護那女娃娃，和雲若冰大打一仗哩！」

他數年之前，中了赤尾蠍毒，杜良笠雖則將各種解藥交給群豪，但是並無配解藥方子，是以馬回回將各種藥物都服用個遍，折騰了兩年，也虧他體質健朗，好容易才將體內之毒拔盡。

杜良笠、雲若冰兩人愈打愈是激烈。雲若冰當年一氣之下憤然離開師門，許多天山絕技並未學會，功力較之冰雪老人鐵公謹相去甚遠，是以一時之間，卻也奈杜良笠不何。

魯東一虎僵站在場，他又不敢冒犯馬回回闖入屋內，神色十分難堪，正在這時，小屋門兒一開，走出一個十七八歲少女來。

杜良笠喝道：「玲小姐，快進去，這兒沒你的事。」

莊玲道：「杜公公，你武功好得緊呀！」她絲毫不見害怕，馬回回見她生得美貌可愛，更起愛護之心，他這人雖是長得又高又大，人卻是心慈而柔，他柔聲道：「小姑娘，快進去，莫讓壞人傷著了。」

那魯東一虎驀然靈機一動，一掌擊向馬回回後心，馬回回怒目轉身，一腳飛起踢向他肘間穴道，魯東一虎倒退數步。他帶來數個武師已捉住莊玲兩手，手按背後心脈間之大穴。

莊玲武功不弱，那幾個武師也未必是她對手，只因她晨間中了地理鬼迷香，昏昏沉沉睡了一天，這時迷性尚未完全消失，是以功力全失。

魯東一虎叫道：「喂！大家住手。」

杜良笠見小姐被擒，他一疏神，手上中了一拂，只覺右臂勁力消失；馬回回也是空急無奈，他破口罵道：「好男不與女鬥，老子今日定要取你性命。」

雲若冰又攻了兩招，杜良笠只是後退，他目光發赤，已大非平日那龍鐘老邁之態，他退了三步，左掌蓄足力道，只要對方再逼，便下絕著拚個同歸於盡。

正在此時，忽然一條人影快若電閃縱出，那身形好不飄忽，眾人還沒看清，那捉莊玲的三個武師都倒在地下，忽然又是轟然一聲，那天山一鷹雲若冰仰天倒在地下，面若金紙，這只是一轉瞬間事，來人出手解救莊玲，又反手接了雲若冰一掌。雲若冰何等功力，竟被他一掌震倒，來人功力之高，只怕已是普天下之下寥寥可數的人物了。

馬回回一定神，不由駭然喝采道：「好功夫……」

來人卻是齊天心，他忽然想起那聲音．便向馬回回道：「閣下昨夜告警，在下感激不已。」

他很少向別人說感激之詞，是以結結巴巴說了半天，馬回回見他如此少年，驚得不知所措，半天才笑道：「好說，好說，閣下眉目之間，真像在下一位故人……」

齊天心漫聲道：「是麼！」忍不住向那少女莊玲瞧了一眼，只見她臉色蒼白，顯得十分柔弱，卻是眉目如畫，未減美麗。

莊玲定神也瞧了他一眼，她吃驚地道：「原來……原來是……你。」她說完，忽覺羞不可抑，這少年男子並未向自己打招呼，自己也只見過他一面，竟然如此失態。

齊天心道：「這位天山門人中了在下一掌，一身功夫只怕廢了。」

杜良笠忙拱手道謝，他細瞧齊天心一眼，忽然心中一驚，一句話幾乎已衝到了口邊。

馬回回笑道：「杜良笠，衝著這位姑娘份上，咱們之間一筆勾掉，只是目下江湖上傳遍閣下擁有當年天下至寶之嫌，閣下還是小心為是。」

杜良笠冷冷道：「馬回回，這個在下省得。」

馬回回放聲一笑，便拔身而去。莊玲低著頭道：「杜公公，這馬……姓馬的伯……的伯伯，人很好。」

她不敢看齊天心一眼，齊天心雖有一千個要走，可是腳下卻是不能移動半步，他自己也弄不清這是什麼毛病，一個自命四海為家，遨遊天下不可一世的少年，在他英雄的歲月中，竟會有身不由主的事。

他心中默默地想：「只要這姑娘說一句話，我只要聽她說一句話，我便可走了，非得走了。」

莊玲心中卻想：「你救了我，我心中自是感激，我一個女兒家，怎好當面向你言談道謝，呀！你怎麼也不請教我們姓氏？」

她好像也忘掉年幼時和董其心天真無邪地在一起玩的事兒了，歲月過去了，她已漸漸長大成人啦！

齊天心沉吟半刻，他終拉不下臉開口向那少女說一句話；這時杜公公含笑慢慢走開，那魯東一虎已解開那數名武師穴道，背負著雲若冰逃命去了。

齊天心用眼角瞟了莊玲一眼，忽然他下了決心，他耳畔彷彿又響起那草原上豪壯的歌聲：「天爲蓋兮地爲氈，萬里草原兮任馳騁。」

這是他上次在內蒙大草原上行走時，那些牧人的歌聲，那聲音愈來愈響，齊天心心中不由默默唱道：「五湖少年凌雲志，千金賣馬萬斤刀。」

一時之間，他豪氣大增，轉身而去，忽然從竹林中一個人挽馬而出，衝著齊天心道：「公子，咱們快到口外去，聽說怪鳥客忽到張家口去了。」

齊天心道：「金福，你怎會知道？」

羅金福結結巴巴道：「此話容小人後稟，這消息絕錯不了的……」

齊天心嗯了一聲，也不向那少女告別，跨上馬背，莊玲急道：「謝……謝謝你。」

齊天心一怔，回頭只見那少女羞紅著臉正瞧著他，口中喃喃地道：「莊玲，莊玲，你該去看看杜公公的傷勢了。」

齊天心粗枝大葉，他不知道這是少女假借自言自語告訴他她的名字，他只微微一笑，心中如鬆了一塊大石，一種甜甜感覺襲上心頭。

二十　一波未平

張家口，那是皮貨商人聚散的市集。

昔日丐幫的老大藍文侯和其心到了張家口。

爲了父親，三年的蟄伏使其心長成了，也使他少年的心急於與外界接觸。

藍文侯望著英氣勃勃的小兄弟，他暗自感歎：「眼看著武林又要出現蓋代的高手了。」

其心碰了碰藍文侯的手肘道：「大哥，小弟的目的地已達，大哥你是陪我在這兒，還是另有他事？」

藍文侯笑道：「小兄弟，咱們整整三年不見啦，我即使有事也要擱下來與小兄弟先聚一聚呀！何況——自從丐幫解散後，江湖上還有事需要我去做嗎？」

其心搖了搖頭道：「藍大哥，正如你自己說的，丐幫雖然散了，但是武林中的人將永遠會記得藍大哥你們俠義的精神的。」

藍文侯輕歎了一口氣，沒有再說話，這時他們已經走進了城門，但是奇的是從城門口裡進去，整個城內一個人也沒有，街上冷清得有如空城，只是大風捲起的黃塵漫天飛舞，隱隱地透出一股淒涼的氣氛。

藍文侯咦了一聲，他拍了拍其心道：「小兄弟，你瞧這是怎麼一回事？」

其心也是心中大奇，他順著大街望下去，當真是不見半個人影，兩邊的店舖人家都緊緊地關上了門，整個大街上，就只聽見藍文侯和其心兩人的足步聲。

其心低聲道：「出了什麼事？」

藍文侯搖了搖頭道：「這倒是怪事了——」

他猛一抬頭，不禁驚駭地啊了一聲——

其心順著藍文侯的目光望去，只見左面一棵枯禿禿的樹幹上，駭然掛著一具人屍，還在微微地前後搖晃著。

其心壓低了嗓子道：「藍大哥，你瞧那屍身的胸前——」

藍文侯走到大樹下，只見屍身胸上插著一柄金光閃閃的匕首，直沒於柄。

藍文侯道：「金匕首？金匕首？……武林中沒有人是用金匕首作暗器的呀……」

其心道：「真是純金的嗎？」

藍文侯點點頭道：「至少是九成的赤金！」

其心道：「這人好生闊氣，用金匕首殺了人也不取回……」

藍文侯皺眉苦思，卻是想不出是什麼人用金匕首的。其心低聲道：「咱們把屍體解下來仔細瞧瞧！」

藍文侯搖手道：「不要動，咱們別管這事，繼續前行。」

其心知道他如此說必有道理在，便跟著他繼續前行。

豈料走到大街的盡頭，只見街心上橫著五具屍體，血流滿地，都成了紫紅色。

藍文侯一見這五具屍體，忍不住驚呼出了口，其心道：「怎麼？你認得他們。」

藍文侯四面望了望，只見四面靜悄悄的，仍是不見一個人影，他低聲道：「你再仔細看看，你也認得其中之一！」

其心走上前去，仔細觀看那五具屍體，他看到第五具屍體之時，忍不住大叫了出來：「啊！——這不是武當的曲道長嗎？」

藍文侯沉聲道：「不錯，這是點蒼的高徒錢德榮，這是峨嵋雙俠中的老大白飛波，這個是崆峒的白無常孫笑今，那邊的那一人雖不識得，但從裝束上看，必是衡岳一脈的青年高手烈火飛龍了……再加上武當的曲萬流，什麼人敢同時殺了天下五大宗派的好手？」

其心道：「藍大哥你怎能肯定這五人是被一人所殺？」

藍文侯道：「你看每個人的死法，都是一模一樣的……」

其心道：「這與方才那樹上掛著的屍體有什麼關連嗎？」

藍文侯正要答話，忽然之間，「碰」的一聲，一隻酒壺落在藍文侯的身邊，那瓷器酒壺立刻碎成片片。

藍文侯吃了一驚，連忙回身一看，只見大街上靜悄悄的，什麼也沒有，只有對街一家酒樓那扇門在一晃一晃的，而地上一滴滴的濕痕正從酒樓門前一路滴到自己的腳旁。

其心低聲道：「藍大哥，咱們進去瞧瞧！」

藍文侯想了一想，又回首望了一望地上五具屍體，然後點了點頭。

他走在右邊，其心走在左邊，一直走到酒樓的門前。

他們兩人互望了一眼，藍文侯輕輕將酒店木門推開——

只聽得伊呀一聲打破這死一般的沉寂，門開了，酒店中站著兩個人。

那兩人一個斜倚在酒案上，頭上戴著厚厚的皮帽，皮帽壓得低低的，看不見他的廬山真面目。

另一個站在五步之外，一手拿著一隻酒壺，一手拿著一個巨觥，大口往口中灌酒，酒壺空了就隨手一拋。

那隻酒壺呼地一聲又向木門飛來，藍文侯與其心一低頭，酒壺擲在木門下，卻是既不碎也不破，只是悶悶地響了一下，那木門竟被酒壺「推」開來，酒壺卻呼地飛到外面，落地方才碎裂。

這簡直是不可置信之事，那人隨手一擲，柔勁在壺上保持如此之久，這人功力之深，真是駭人聽聞！

藍文侯倒抽一口冷氣，他駭然地再打量那人，只見那人年約二十八九，長得方頭大臉，一表人才，正注視著斜倚在案上的人，對門口多了藍文侯與其心二人，似乎全然不知一般，一眼也不瞧。

其心的心中也暗暗驚駭，從藍文侯的神色上看，分明是藍大哥也不識得這人，那斜倚在酒案上的人也是動也不動，目不斜視。

這時，那人重重地將酒觥往地上一摔，冷笑道：「我問你，你是沒有眼睛嗎？」

那斜倚在酒案上的人懶散地伸手抓起案上的小酒壺，倒了一杯出來，緩緩地一飲而盡。

那站著的人厲聲道：「城門邊上樹上掛著的活兒，可是你幹的？」

倚在酒案上的人緩緩又倒了一杯酒，理也不理。

那站著的人大吼道：「我問你話，你聽見沒有？」

那人斜望了他一眼，把手中酒一飲而盡。

站著的人等他喝完了酒，只道他要開口了，哪知他頭也不抬，拿起酒壺又倒第三杯酒了。

那站著的人猛伸腳，腳尖在地上一勾，把摔在地上的那隻銅觥呼地一聲勾了起來，有如飛箭一般，啪地一聲，把倚在酒案上那人手中的酒壺擊得粉碎！

這一勾腳好不漂亮，藍文侯和其心都暗自喝采，只見那倚在酒案旁的漢子緩緩站了起來，他將手中酒杯往案上一拍，「啪」地一聲，那隻小酒杯竟然被拍入木板中，杯口與桌面一般高低，足足被拍入了一寸半。

這一下，其心和藍文侯險些叫了出來，那酒案是一張整面的木板製成，酒杯底既不尖又不銳，杯子脆不堪震，竟被這人輕輕鬆鬆地拍入桌中，這等內力已達出神入化的境界，不可以斤兩計了！

其心和藍文侯相顧駭然，他們心中都在暗道：「莫非所有的屍體全是這人幹的？」

那人站了起來，冷冷地道：「你是在問我嗎？」

對面之人強抑怒火，道：「當然是問你！」

那人微微抖了一抖身上的皮裘，那皮裘發出絲絲銀光。藍文侯見多識廣，一看便知道這是千金一尺的最貴重狐裘，王公貴臣也不見得穿得起，真不知道這人是什麼路數。

只聽那人一字一字地道：「樹上掛的那廝當然是我幹的！」

對面那人雙手從腰間移到胸前，目中射出殺氣，沉聲道：「你可知被你殺死之人是誰嗎？」

其心和藍文侯對望了一眼，心中暗道：「果然全是這人殺的！」

只見那身穿皮裘的漢子冷冷笑道：「我自然知道，他是你老兄的隨從之人。」

那對面之人雙手從胸前緩緩移到兩側，冷靜地道：「那麼我再問你一句，你可知道我是誰嗎？」

那身穿皮裘的人哈哈笑道：「我也問你一句，街心上躺著的五具屍體，可是閣下你幹的？」

那人坦然道：「一點也不錯！」

這一來急轉直下，站在門口的藍文侯與董其心又是對望一眼，想不到那五具屍體是這人所殺，他們原以爲六個人全是身穿狐裘的人幹的，這一下不由大出意料。

只聽身穿狐裘的漢子繼續問道：「你爲什麼要殺他們？」

對面之人狂笑一聲道：「你管得著嗎？老子高興殺罷了。」

身穿皮裘之人淡淡一笑道：「如此說來，老兄所言也正就是爲什麼我要殺死閣下的從人了，哈哈！」

那對面之人雙眉直豎，陡然之間，面容變得十分可怕。

藍文侯輕輕用肘碰了碰其心，低聲道：「注意第三者！」

其心吃了一驚，分明這偌大的酒樓中除了自己兩人外，就只有這對峙著即將一戰的兩人，哪裡會有第三者？

他忍不住放眼四顧，果然發覺在屋角上縮著一個人，那人似乎心中害怕之極，正在不住地發抖。

他心想：「藍大哥叫我注意第三者，難道是注意他？」

那人面色帶黃，一副窩囊廢的樣子，其心不禁暗暗納悶。

身穿皮裘的人似乎也知道大戰一觸即發，他的笑聲尚蕩漾在空氣中，而他的雙臂也自然而然地抬到胸前。

就在這時候，忽然伊呀一聲，木門又開，又有一人走了進來——

其心和藍文侯反身而看，只見一個人頭戴大皮帽，帽邊一直罩到臉頰邊，默默地站在門口。

其心一時之間只覺甚是面熟，卻是想不出這人是誰。藍文侯的臉上也露出同樣的神情。那人開口道：「街心的五具屍首，是哪一個下的毒手？」

他聲音顫抖，似是心中激動已極，而那滿面殺氣的漢子厲吼道：「你是什麼人？乖乖地滾出去！」

那人一聲不響，緩緩地把皮帽摘了下來，只見他稽首爲禮，沉聲道：「貧道武當周石靈！」

其心和藍文侯幾乎同時叫出「周道長」來，那殺氣滿面的漢子聽到「周石靈」三個字，似乎也是一震，緩緩轉過頭來，只聽得他道：「是在下殺的，怎麼樣？」

周石靈雙目凝視那人，一字一字地道：「閣下無故屠殺武當弟子，貧道忝爲武當掌門，好歹也要閣下還出一個公道來。」

周道長似是已經強行抑制住了滿腹激動之情，他冷靜地打量著這個神秘陌生的兇手。

那人卻窮凶極惡地道：「什麼公道不公道，老道士你若是想多活幾年，就趕快滾吧！」

周道長不再發言，猛可一個閃身，也不見他用勁作勢，身軀陡然如一隻巨鳥般凌空而起，一直飛到那人的面前。

那身穿千金狐裘的人卻在這時又懶散地坐回椅上，緩緩傾酒而飲，似乎成了袖手的旁觀人，他提著躲在牆角發抖的窩囊漢道：「金福，怕什麼呀！有好戲看啦！」

那發抖打顫的漢子爬起來坐在一張椅子上道：「是……是……公子……小人不怕……」

其心暗道：「原來這廝是那穿狐裘者的僕人——」

他轉臉問藍文侯道：「藍大哥，你方才是要我注意這廝嗎？」

藍文侯輕聲道：「這傢伙的打顫發抖只怕是裝出來的！」

其心詫異地輕聲道：「大哥，你怎知？」

藍文侯輕聲道：「我發現他方才在暗中冷笑……」

這時，武當一脈的掌教真人周石靈已經含憤忍悲地發出了第一掌！

那人對武當掌教發出的掌力竟然毫不理會，直到掌風襲體，他忽然身形一變，竟然已到了周道長的身後，舉掌就拍！

這真是不可思議的身法，他動得一點也不快，甚至常人也能看清楚他是怎麼閃身的，但是他卻從周道長掌風之中貼身而過，瞬息之間，主客易勢！

周石靈心中暗驚，他掌勢未收，旋身就是一腳掃出，他看都沒有看，然而腳尖所指正是對方膝上要節，這正是攻敵之必救，以攻爲守。

其心暗讚了一聲好，只見那人猛可一揮掌，啪地一聲悶震，竟然硬接下了周石靈的一掌。

武當掌教周石靈畢生浸淫在武當神功之中，乃是當今世上武功最高的數人之一，即令比那神秘的天座三星略遜，卻也足稱得上一代宗師，他隨意舉掌，莫不暗含千金之重，這兇手年紀至多二十八九，竟然硬接一掌，真令人難以置信了。

只見周道長身法一凝，雙掌有如巨斧一般一招一式地攻了出來，這是武當最著名的十段錦，只是到了周石靈的手中，真是每招每式莫不妙入毫釐。

然而更令藍文侯與其心驚駭的便是那兇手的神奇功夫了，只見他出式如飛，就沒有一招一式是合乎武學常規的，但往往雙掌交叉拂出，古怪之力大生，周石靈就始終攻不進去。

周石靈此時已動真火，面上寒如冰雪，雙眉軒飛，手上內力愈發愈重，到得後來已是渾厚一片。

到武當「十段錦」施完第三遍，武當掌門以深厚的內力搶得了攻勢，但那兇手卻仍面帶冷笑，毫無懼色。

其心與藍文侯卻不由暗暗心驚。倏然之間，周石靈大吼一聲，右掌平劈而出。

這一掌的力道好不威猛，手掌起落處，一片絲絲勁風之聲，那兇手的臉色不由微微一變。

說時遲，那時快，兇手左手一抬，右掌陡吐，雙掌交叉一拂，古怪之力又生。

周石靈面色一凝，右掌一窒，和他對了一掌，左手卻緩緩拍出。

一股柔和之勁大作，那兇手大吼道：「來得好。」

他雙掌同時一收，在其心的驚咦、藍文侯的駭呼中，周石靈的左手竟送不出去「呼」地一聲，那倚在案上的公子站了起來。

那兇手冷冷一笑道：「武當掌教，不過爾爾……」

他話聲未完，陡然身形一個踉蹌，一連倒退三步。其心啊了一聲，忍不住呼道：「綿掌！」

武當道家正宗心法，一向講究以柔克剛，綿掌乃是內功最高的施爲，純是柔和之道，周石靈一生沉浸其中，早已領悟其中玄妙，此刻凝勁發出，力道竟能維聚如此長久，那兇手做夢也未想到吃了一個大虧。

周石靈冷冷道：「施主好說了。」

那兇手似乎一口血氣直衝上來，努力吸了兩口氣，才狠狠道：「老道，你以爲你勝了嗎？」

周石靈冷笑道：「勝負之技不提也罷，施主今日若不還貧道一個公道，只怕——」

那兇手冷笑插口道：「只怕如何？」

周石靈陡然吸了一口真氣，揚掌一震，只見大袖袍上衣紋千百而生，一丈外一口鐵鐔應手而飛。

那兇手面上顏色又是一變，須知這「百步神拳」的內家心法，乃是少林絕功，周石靈一生苦習正宗心法，觸類旁通，這一掌就是少林方丈——不死神僧相見也只怕要暗暗心驚。

周石靈冷冷道：「只怕就如此鐔！」

那青年兇手面上陰晴不定，目中陡然凶光一閃而滅，他沉思了一會道：「奉勸老道，如此必遭殺身之禍。」

周石靈哼了一聲，頷下白髯簌簌而動，他冷冷望了一眼道：「如此，貧道得罪了！」

那兇手冷笑道：「請便——」

他話未說完，陡然雙手撫胸，整個身子彎了下去，面上青白一片。
眾人都吃了一驚，那兇手大吼一聲，吐出一小塊血痰，緩緩站起身來道：「你出招吧！」
周石靈見他已然負傷，不由微一遲疑，但立刻又念及愛徒曲萬流的慘死，一股仇恨直衝而上，雙手當胸而立道：「自取其禍，貧道絕不留情。」
那兇手仰天狂笑道：「老道，你有本事就快打死我，否則，你遲早是死定了的。」
周石靈哼了一聲，緩緩出招。
他雖身為一門之長，但極少行走江湖，經驗可謂少之又少，並未注意那兇手傷後神色仍是狂悍如前。
藍文侯雙眉一皺，輕輕觸觸身旁的其心，低啞著聲音說道：「奇了，這就奇了。」
其心納悶問道：「如何？」
藍文侯道：「這兇手之傷，只怕有詐。」
其心霍然一驚道：「何以得知？」
藍文侯道：「他神色之間一片狂悍之氣，揚揚欲發，似非負傷在身，還有那個身穿重裘的公子的從人，只怕是在裝佯。」
其心啊了一聲，忽然瞥見那依案而坐的公子又站了起來。
那公子始終和他們背面，沒機會瞧瞧他的面容，這時那公子緩緩移動身軀，走近周石靈和那兇手的交戰圈。
周石靈此時掌力狂吐，已將那兇手逼到牆角；一連三拳，打得那兇手沒有招架之力。

周石靈冷哼道：「施主服不服？」

那人喘了口氣，陡然大吼一聲，右掌一格而起。

周石靈冷笑叱道：「你是找死！」

他全吸一口真氣，一拍而下。

說時遲，那時快，那兇手右手一翻，化拳爲掌，一迎而上！

藍文侯與董其心只覺他一翻手掌，一團烏光一閃而滅，兩人只覺全身一緊，一齊脫口呼道：「南中五毒！」

幾乎在同一時間，那身穿狐裘的公子身形一掠而起，在空中大吼道：「道長留神。」

周石靈一驚，疾然收掌。

那青年兇手似乎不料陰謀不成，不由大怒，狂吼一聲道：「關你啥事！」

迎面對準那公子便是一掌。

那公子冷笑一聲，身形在半空一折，輕巧地向左閃開，落在地上，哼了一聲道：「卑鄙的傢伙。」

周石靈瞠目道：「什麼？」

那公子冷然道：「道長瞧瞧他的右掌。」

那兇手此刻定下神來，反倒哈哈狂笑，右掌一伸，冷冷道：「你瞧吧！」

只見他右手五指上各套一個鋼套，黑漆漆的分明餵了巨毒。

周石靈吸了一口冷氣，半晌說不出話來！

呼地一聲，藍文侯身形一掠到了場中，冷笑道：「朋友，你的手爪是哪兒來的！」

那兇手不料糊裡糊塗又闖出了一個對頭，他打量了兩眼，並認不得藍文侯，不由雙眉一皺道：「與你何干？」

藍文侯冷笑道：「三年前，藍某曾拜受一爪！」

那兇手一驚道：「你……你還活著？」

藍文侯冷冷道：「南中五毒也不見得天下無敵，嘿嘿，那個抓了藍某一把的人雖已廢了，但你和他有何淵源？」

那兇手咦了一聲道：「這就奇了，咱們兩人面都未曾碰過——」

藍文侯冷笑道：「鐵凌官，你認識嗎？」

那兇手喃喃念了兩遍，冷冷道：「不認得！」

藍文侯雙目炯炯，見他確不似偽裝，心中不由一奇，冷然道：「朋友，你不嫌這手段太毒了嗎？」

那兇手哈哈笑道：「無毒不丈夫！」

藍文侯冷笑一聲，正待發話，身後的周石靈實在忍不住了，叫了一聲：「藍幫主——」

這「藍幫主」三字一出，兇手和那年輕公子都不由後退一步，丐幫揚名大江南北多年，七指竹藍文侯這名頭畢竟是驚人的！

藍文侯反過身來道：「道長別來無恙？」

周石靈乍見故人，心中激動萬分，吶吶說不出話來，好一會才道：「好得很！好得很！」

藍文侯一笑道：「方才小弟親睹道長神風——」

周石靈面色一沉道：「這——這人——」

他一時想不出適當的話辱罵那兇手。藍文侯冷冷插口道：「這小子好卑鄙！」

那兇手大吼道：「藍文侯，你罵誰？」

藍文侯轉動他那闊大的身體，冷冷插口道：「我罵你這小子！」

那人大怒道：「你們乾脆一起上吧！省得麻煩。」

藍文侯呸了一聲道：「你夠資格嗎？」

那兇手看看四周，全是自己的敵人，他再有天大膽量，無數靠山，也不由心中微寒。

藍文侯冷冷又道：「今日你是插翅難飛了，小子，你叫什麼名字？」

那兇手雙目一瞟，瞥了瞥那公子及公子的從人，忽然，他又發現一個少年不聲不響當門而立。

他呆了一呆，冷笑道：「藍文侯，你少賣狂，有種就接我一掌！」

藍文侯仰天大笑道：「你就帶著狗爪發招吧！」

那兇手吸了一口氣。藍文侯面張內弛，他知道兇手功力奇絕，也提滿了真氣。

忽然那公子冷笑道：「慢著——」

兇手一怔吐氣放掌，道：「你幹什麼？」

那公子冷笑道：「郭廷君，你以爲我不認得你嗎？」

那兇手大吃一驚，連退兩步道：「你——你是誰？」

那公子冷笑道：「齊天心！」

站在他身後的董其心幾乎脫口驚呼，而郭廷君反倒平靜下來道：「原來如此，原來如此！」
藍文侯和周石靈都怔得說不出話，不知他倆關係如何！
齊天心冷笑道：「郭廷君，你未免太狂了吧！」
郭廷君冷笑不語。齊天心道：「今日是你自取其咎，強敵連連，齊某今日懶得和你爭強鬥勝——」
郭廷君仍冷笑不絕，其實內心不由一鬆，暗暗盤算，忖道：「齊天心如放手，這藍、周兩人，我，還有那……倒是勢均力敵，只是——只是——不知那陌生少年到底是何路數？」
藍文侯冷笑一聲道：「姓齊的，原來你和他有舊。」
齊天心笑笑不語。郭廷君冷笑道：「廢話少說，藍文侯，你敢動手嗎？」
藍文侯身形一晃，周石靈一欺身，跨到藍文侯身側，沉聲說道：「藍兄，貧道一門之事……」
藍文侯接口道：「放心，道長，藍某只試他一試，到底是何來路。」
郭廷君仰面大笑，笑聲未完，右手一連拍出三掌，勁風直罩藍文侯，右手一伸，烏光閃閃卻抓向藍文侯身側的周石靈。
他發難好快，連攻兩人，招式古怪已極，周、藍兩人都是一驚而退。藍文侯大吼一聲道：「好小子！」
他身形後退，右手劈出一揚，內力登時如泉而湧，幾乎就在同時，周石靈也發出「彈指神通」。

絲絲之聲大作，郭廷君只覺對方兩股反震之力強勁之急，雙掌不由為之一挫！

他偷襲不成，已知立陷險境，身形不由一掠，後退大半丈。

只見藍文侯長嘯一聲，右手一抬，滿面剽悍之色，髮鬍俱張，虛空一指點出。

「七指竹！」

他暴吼一聲，身形盤空而起，一股威力強大的巨流在他足下飛過，一直打在三丈之外的土牆上，「轟」地一聲，牆垮柱折！

任郭廷君師出名門，此時也不由心驚膽寒。藍文侯身形一移，面對郭廷君在空中的身形，這時周石靈的「小天星」內力疾吐而出！

郭廷君在空中毫無著力之處，只好猛吸真氣，平平掠開半丈，勉強避過這一掌，但掌風如刀，一掠之下，郭廷君頭髻全散，披了下來，在半空飛舞，簡直狼狽已極。

就在這時，忽然一聲驚咦之聲發自背後，只見董其心滿面驚疑之色注視著那邊一張已空了的座椅，只是這邊三人激戰正烈，並未留神。

董其心沉吟一會，也不再言語，那齊天心仍懶懶地坐在椅上，連董其心他都未瞧一眼。

其心心中暗暗忖道：「又是南中五毒，一共是五次了，有五個人施出這種毒物。只是，只是這傢伙又是什麼人？」

他城府甚是沉深，一言不發，面上神色也絲毫不變，心中卻暗暗思量。

這時場中情勢直轉而下，原來周、藍兩人不願聯手攻擊，但郭廷君出手速攻兩人，兩人招式一出，一時倒也不想收回。

郭廷君只守不攻，仗著古奇的招式勉強守著門戶，但也已險象環生。那齊天心在一旁倒是十分輕鬆自在，哪一方失敗都似不放在心上。

董其心心中思潮起伏，驀然藍文侯大吼一聲，好比半空焦雷，大喊道：「姓郭的，你接我一招！」

他身形陡然一掠而起，迎空一擊而下，郭廷君只見他面上殺氣森然，不由一寒。

但是他雙掌此時卻被周石靈神妙的內力所封，分毫動移不得。

眼看這一掌便要了他的命，他真不料情勢一轉如此，師父的計劃將爲自己一時狂妄而誤，心中一亂，只有閉目待斃。

說時遲，那時快，藍文侯內力含而不吐，突然一條人影沖天而起，那人身法好不驚人，自店門外一衝而入，足足橫飛七八丈之遙。

那人身形在空，遙遙擊向藍文侯，那身形簡直令人難以相信，藍文侯只覺身後勁風一作，顧不得下手傷人，反手一指點去，內力一吐而出。

兩股力道在半空一觸，藍文侯身形飄然落地。那在半空的人一飄到周石靈身側，竟然不落地又是一掌攻向周石靈！

郭廷君只覺手中一輕，忙掠身而退，幾乎是同一時間內，周石靈和齊天心暴喊道：「天禽身法！」

天禽身法失傳武林百年，第一次是天座三星溫萬里施出對付周石靈，這一次竟又出現，周石靈只覺驚駭交加。而那齊天心也怔在當地！

那人身形一落，只見他面上蒙著一面黑巾，一語不發，用手拉拉郭廷君。

郭廷君忍不住大喊道：「二弟，你來得正好！」

齊天心的面色連變，他冷然問道：「天禽身法，你，你可是羅之林？」

那黑巾蒙面之人理也不理，身形陡然一掠而起，大吼道：「走！」

郭廷君身形應聲而起，齊、藍、周三人再也料不到他倆竟一掠而逃，天禽身法舉世無雙，郭廷君身形也快如輕煙，兩人身形一掠，已到店門，想要起身追趕，再也來不及了。

忽然一個人一閃擋住店門，郭廷君和那人一瞥，只見那個陌生的少年滿面嚴肅地當門而立，兩人一起身形平空而起，想從他頭上掠過，口中大吼道：「滾開，小子！」

那少年面上神色一凜，此時兩人已臨空而過，一齊向下發掌，那少年冷冷一哼，雙掌一合，沖天一拱，只見那兩人身形在空中一窒，竟連連兩聲悶哼！

這一下子急變，齊、周兩人一齊驚呼，藍文侯喜呼道：「小兄弟！」

董其心一言不發望著那兩人飛出店去，嘴角邊上掛著令人不解的冷笑，他那特有的令人不測深淺的神色又在面上出現。

齊天心這時才看見董其心，他驚得說不出話來，半晌才道：「你，你……」

其心冷冷道：「你的僕人功力好深！」

齊天心好比觸電般一個反身，只見那邊座位空空如也，他的面色一青，喃喃道：「金福，金福……天禽身法——」

其心呼了一口氣，此時他滿面威氣盡去，清秀面容上已毫無一絲出奇的象徵。

齊天心身形陡然一驚，他大吼道：「我知道，金福……原來你就是怪鳥客……他……他騙我到張家口來是什麼意思？」

怪鳥客，怪鳥客，天禽身法，但是大道上空無人影，兩個神秘的人一齊消失在大城之中……

這時候，在城外有一個老儒生飄然而來，他緩緩走著，一步一步地，但是速度卻是快得驚人，倒像是足不碰地飄著前行一般。

老儒生走到了城外，仰首望了望天空，忽然喃喃地道：「三年與世隔絕，而我是兩世爲人了，真想不到我的傷還有痊癒的一日，這三年來可真難爲了其心這孩子了……」

誰也不敢料想，這個老儒生竟就是武林中的蓋世高手，地煞董無公！

董無公的名頭自從昔年血洗武林而震撼了天下，隨著歲月的消逝，董無公已漸漸成了歷史的名詞，但是誰又料到在此刻，地煞董無公挾著一身神功，又重入了武林！

他一直走到城邊上，忽然之間，發現了一件怪事——

只見城廊邊上躺著一個衣衫破爛不堪的老漢，那老漢白髮蒼蒼，在這等冷天下，只穿著一件破不斂體的單衣，躺在雪地之上，但是被他睡壓著的厚雪卻是絲毫沒有融化，也絲毫沒有陷下去，就好像這人根本沒有重量一般。

老儒生見到這一幕奇景，不由自主地停下腳步來，那老漢臉上全是污垢，看上去好像幾個月沒有洗過澡似的，又見他翻了一個身，坐了起來，從背上拿下個骯髒無比的布包來，打開布包，裡面原來是一包又粗又髒的殘茶爛麪，這老漢伸出手來毫不在乎地抓著往口裡送。

老儒生忍不住再走近一些觀看，只見那骯髒的老漢竟向他招了招手，老儒生走上前去，那老漢伸手抓起一團麪來，咧嘴笑道：「老弟，這麼大寒天怎能餓著肚皮趕路？來來來，吃點東西再走。」

董無公不禁一愣，看這老漢的模樣，委實有幾分神經兮兮，但是老漢卻說得一本正經，他還是走了上前，那老漢把「麵團」送了過來。

董無公伸手接過，笑道：「老先生真好身體。」

那老漢嘻嘻笑道：「這點冰雪如何凍得死我老兒？數十里連綿的大火都沒把老漢給燒死哩。」

董無公不由更是莫明莫妙，不知他說的是什麼意思，同時使他吃驚的是這老漢竟然講得一口河南土腔，這正是董無公的家鄉話，董無公自二十多歲家中慘生變故後，就沒有回過故鄉，在外面跑得久了，說的話語音也雜了，想不到在這塞北之地又聽到了純粹的鄉音，他不禁有些慨然的感覺，他問道：「老先生，你府上是河南嗎？」

那老漢嘻嘻笑道：「是，也不是。」

董無公奇道：「怎麼叫做『是，也不是』？」

那老漢道：「我生在河南，我爹娘都是河南人，我自然是河南人啦！可是河南有個壞蛋，他害了我一生，所以老子不高興做河南人了，嘻嘻。」

董無公見他語無倫次，不禁大是納悶，就在這時，城中飛一般躍出一個蒙面人來，那人速度之快，令人咋舌，直如一縷劍光一般——

只見那坐在雪地上的老漢忽然臉色大變，他的雙目瞪得如銅鈴一般，那神情好生可怕。

董無公不禁大奇，他向那邊看去，只見那從城中飛出的黑影猛可飛身躍起，身形有如一隻巨鶴一般，筆直地飛起三丈有餘，看看其實已竭，忽見他的身形向左緩緩一滾，接著向右一滾，已到了五丈之高，這才呼地一聲漂亮無比地飛落一片樹林之外。

董無公爲之駭然，這等輕功委實高得出奇，只見那老漢這時的臉色變得更是古怪，一時之間，生像是全身的血液都湧上了頭顱，臉頰漲得血紅，雙目中卻流露出一種潛心思索的神情。

董無公正要開口，那老漢伸手一把抓住了他的手臂，口中喃喃道：「先向左滾……再向右滾……喂！你方才有沒有看見？可是先向左滾……再向右滾？」

董無公不知他是何意，只答道：「不錯，是向左滾，再向右滾……」

那老漢喃喃道：「左滾……右滾……，我曾見過這種身法一次……嗯，不會錯的，我曾見過！」

董無公發現這老漢的神情忽然呆癡起來，目光也變得散漫無主，臉上流露出一種難以形容的奇怪表情。

董無公伸手去拉他，他一揮掌，董無公竟覺千斤之力直襲過來，他大吃一驚，一個閃身，右手如游魚一般一滑而入，依然搭在那老漢的腕上。

這一變招真是神妙已極，地煞董無公武學造詣已如神人，卻不料那個老漢忽然揮掌一圈，也不知怎地就脫出了董無公的手掌！

董無公不禁驚駭無比，這瘋瘋癲癲的老漢難道具有如此不得了的武功？

只見那老漢愈來愈是滿臉茫然之色，過了一會，又喃喃道：「對了……對了，火……火！」他又伸手抓著董無公叫道：「喂，喂，前面有火，好大的火，火光直衝上雲霄了，你看見沒有？」

董無公向前望去，哪裡有什麼火光？他喝道：「你胡說些什麼，哪裡有什麼火——」

那老漢搖手道：「不，不對，好大的火喲，是了，是了，就在……那火場邊……我曾看到過……這種左滾右滾的身法……」

他似乎費了無數的力量才把這兩個意思連結起來，這時他顯得十分高興，喉嚨裡發出哈哈的笑聲，但是霎時之間，他的神色又古怪起來，只見他抱著頭狂跳叫道：「但是究竟在什麼地方？什麼時候？怎麼一回事情？我怎麼一點也記不起來？……」

他扯著自己的頭髮，似乎焦急已極，董無公從驚訝中發現到這個瘋漢的身上關係著一件極大的秘密了，他忙問道：「你老貴姓啊？」

那老漢忽然怒目吼道：「關你什麼事！你別擾亂我的思路！」

董無公吃了一驚，眼見這老漢是瘋病發作了，他試探地問道：「你在想什麼？想不出來我可以幫你想……」

那老漢卻是猛可大喝一聲：「不，不，我一定要追上他！我一定要追上他！」

說罷他飛身而起，竟如脫弦之箭，向那邊林子如飛而去。

董無公一愣，再看時，瘋漢已在二十丈外，他心中忽然有一種奇異的預感，彷彿覺得這瘋漢關係著一個秘密，而這大秘密又似乎與自己也有關連，爲什麼，他也說不上——

廿一　一波再起

天色在逐漸變暗，看來入夜時將要更冷，董無公望著那瘋瘋癲癲的老人消失在視線裡，他心中雖然湧起無限的奇異感應，但是他無法捕捉住那些幻渺的思維，他壓根兒不知道自己怎麼會生出那種奇怪的預感——

不錯，這個老人身上必然關係著一件大秘密，但是這秘密怎會和自己牽上關係？這……真是令人不解的奇怪預感。

他搖了搖頭，大步走進城門。

同樣地，他立刻發覺了掛在樹上的屍體，以及屍體上黃澄澄的短劍，他也發覺了躺在街心的五具屍身，所不同的是董無公一個也不認識。

於是，他也注意到對街那半開著門的酒樓，董無公懷著滿腹狐疑，走向那間酒店。

他伸手推開了門，但是酒樓中空空的，一個人也沒有，只是地上有些打碎的酒杯及酒壺。

董無公不禁咦了一聲，他走入酒店中，咳了一聲，問道：「喂！酒店裡有人嗎？」

空蕩蕩的，只有他自己的回聲。

董無公很快地四方打量了一下，立刻他就發現前面的那張酒案上有一個酒杯被完整地嵌入了桌面內，直沒在杯口。

這正是一盞茶時間以前，齊天心用內家掌力壓入桌面的那隻酒杯，董無公皺了皺眉，他想不出在這張家口的地方有什麼人能有這份掌力。

「除非是其心！」

他想到了這一點，但是他立刻又搖了搖頭，暗道：「不會的，其心這孩子深藏不露，怎會在酒樓中顯示上乘武功來出風頭？不可能的……」

他從兩行桌子間走過去，猜不透究竟是怎麼回事，一直走到底，他輕輕推開了一扇窗，窗外是個大天井，他看見天井中有六人靜得如同石像一般站在那兒！

董無公立刻把身形一閃，同時他幾乎叫出來，因爲他看見那六個人中背對著他的第二個人，正是他的兒子董其心。

其心的左面站著藍文侯，右邊卻站著武功高強的齊天心。

在他們三人的對面，卻站著三個奇裝異服的青年人，那三人都是皮膚白皙，鼻高眼凹，看來不是中原漢人。

董無公想看看他們究竟在幹什麼，只見那三個奇裝漢子全都是怒目中殺氣騰騰，董無公不禁大奇。

藍文侯開口了，他低沉地道：「我問你們三人，這些人頭全是你們殺的嗎？」

董無公吃了一驚，他一看地上，只見地上放著一個大麻布袋，袋口敞開著，裡面竟然全是一個個的人頭，看來至少有幾十個，那袋子邊上，還躺著一個女人，看上去是被點了穴道。

只聽得那三個奇裝異服的青年當中的一個大笑道：「咱們到中原來，爲的是帶一百個中原武林的人頭回去，現在已經有六十七個了，哈哈，加上你們三人，正好七十個了……」

他話尚未說完，齊天心怒吼道：「你住嘴，我問你是從哪裡來的？」

那人冷笑道：「我先問你是什麼東西？」

齊天心大笑道：「齊天心，這名字你聽過沒有？」

那奇裝異服的青年冷冷一哼，猛可腿一抬，地上一隻石凳子被他甩到空中，接著一腳踢出，那石凳如箭一般對著齊天心直飛過來，速度之快，有如彈丸。

這一踢腿好不漂亮，那石凳少說也有三十來斤重，藉著這駭人的速度，嗚嗚地有如流星趕月。董無公看得暗中皺眉，這是什麼人？會有這種上乘的功力？

齊天心呼地一個大跨步，大喝道：「這點功夫就到中原來嚇唬人嗎？」

只見他手臂猛可一揚，一道金光疾發而出，「噹」地一聲，一柄金光閃閃的金匕首插入了石凳，那來勢驚人的石凳竟然在空中翻了一個觔斗，斜斜地落在地上。

那石凳之重在匕首十數倍以上，齊天心匕首擲出，竟然把石凳擊落在地上，這等內力更是足以震驚武林的了。

董無公萬萬料不到這個身穿千金皮裘，一副公子哥兒模樣的少年會有這一手了不起的功力，他不禁想要上前去仔細打量一下這公子哥兒的面貌。

齊天心大笑道：「現在從實說出來，你們是從哪裡來的？」

那異服青年揚了揚眉毛，冷森森地道：「咱們到目下為止，還沒有把中原武林人物放在眼內哩。」

藍文侯是個叱吒風雲的厲害人物，他一言不發，只是默默打量著這已經殺了六十七個中原武林人物的三個魔鬼，苦思這三人的可能來路。

董其心更是冷靜得連眼睛都沒有眨過一下，他的臉上找不出一絲屬於少年人的浮動，他只靜靜地看著，然而全身的內力卻是暗中緩緩集到了掌上。

只有齊天心一個人狂傲地喝道：「在我齊天心的眼中看來，你們三個未開化的蠻子，一身功夫還可笑幼稚得很呢。」

他說著抖了抖身上的千金狐裘，背轉過身來，瞧也不瞧那三個人。

董無公總算瞧見了齊天心的面孔，他心中無端重重地震了一下，他自己也說不出是什麼感覺，他喃喃暗道：「這孩子好俊的面貌。」

齊天心沒有看見董無公，他傲然的嘴角掛著冷笑，眼中射出不可一世的神情來。董無公以一個歷盡滄桑的老人眼光來看這狂傲的少年氣，不禁會心地暗笑道：「這孩子的左面臉頰上好像寫著『我有錢』，右邊的面頰上就像寫著『我本事大』，比較起來，其心這孩子可真是世上少見的人了，那麼年輕，卻是那麼冷靜！」

那異服的青年冷哼了一聲道：「既是這麼說，你就先試試我一掌吧！」

他猛一伸掌，身形猶在原地，掌鋒已到了齊天心的背上——

齊天心是武林中公認的第一少年高手，純從武學的觀點來看，他的造詣實在已到了不可思議的地步，幾乎沒有人能解釋他何以能以如此年齡練就這一身上乘武學，如果說有一個人能解釋，那就是齊天心的父親了，只有像天劍這種絕世奇才方始能創出這種奇蹟來。

齊天心聽到掌風襲背，反手一把抓出，那出手之快之準，若是出自一脈掌門之手，方始不令人驚奇，然而齊天心只施出一半，立刻就停了手，因爲那個異服青年的衣袖被人扯住了。

扯住那人衣袖的正是站在齊天心身旁的其心，那異服青年一身怪異神功極是駭人，出手之快有如閃電，董其心只是漫不經心地一伸手，便扯住了那人的衣袖，這在旁人看來，也許絲毫看不出有什麼出奇，然而卻令那三個異服的青年同時臉上變了色。

其心淡淡地道：「先不要急著打，你還沒有說完呢——」

那青年一怔，道：「什麼沒有說完？」

其心微笑道：「你始終還沒有說出你們是從哪裡來的，何必那麼急著動手？」

那異服青年大怒，猛然一肘撞向其心，他肘鎚飛出，又近又急，再加上這異服青年的出奇內力，若是沒有防備之下，只怕天下無人能躲得過——

但是其心只輕輕退了一步便躲過了，因爲其心是有防備的，無論什麼時候，其心總是滿懷防備的。

那三個異服青年吃了一驚，三人互相望了一眼，其中的一個忍不住問道：「你是姓郭還是姓羅？」

其心一怔，但是立刻他就想到了什麼，他反問道：「姓郭又怎樣？姓羅又怎樣？」

那青年拱了拱手道：「兄台功力驚人，若是姓郭姓羅，那就難怪了。」

其心狡猾地道：「我哪有羅文林那神妙的身法……」

那青年喜道：「原來是郭兄——」

說到這裡，他忽然警覺，他想起其心起先問他們是從哪裡來的，如果其心是「郭兄」，見了他們三人的衣服裝束，豈有不知之理？

這異服青年是個陰險的人，他一想即悟，面上卻不露聲色，雙手拱了拱，偽裝要行見禮。只見他笑嘻嘻的雙手一拱，猛然掌力暴發而出，一股強勁無比的力道直取其心的胸前——

齊天心叫了一聲不好，卻見其心雙掌一揚，穩穩地硬接了一掌，兩人都是一晃，其心是早有提防了！

藍文侯是知道其心的掌力的，三年前他親眼看見其心一掌便要了來自天山的鐵凌官的命，這時和那異服青年碰了一掌，竟是半斤八兩，他不禁倒抽一口冷氣。

其心微微皺了皺眉頭，他心中暗道：「怎麼又出來這麼三個人，武藝好不厲害，而且顯然與那郭廷君、羅文林有著關連，這……這其中必然有著一個大陰謀……」

那異服的青年則更是驚得雙目圓睜，他萬萬料不到其心這個一言不發的少年竟然懷著深不可測的武功——

齊天心忍不住望了董其心一眼，董其心也正在看他，於是他飛快地把眼光躲開，臉上裝出一副滿不在乎的模樣，但是那神情卻似乎在告訴別人他心中很是在乎。

那三個奇裝異服的青年互相望了一眼，齊聲道：「料不到中原還有你們這等人物，不過你們可得要搞清楚了，咱們是打定了主意才到中原來的，大爺們行事順我者生，逆我者——」

他們停了一停才道：「死！」

齊天心捧腹大笑起來，他指著那三人道：「就憑你們三個嗎？」

那居中的一個冷冷笑了一聲，把地上那袋人頭抱了起來，背在背上，另一個伸手去把地上躺著的女人提了起來。

齊天心道：「慢著，這個女人是……」

他還未說完，當中那異服青年已陰險地笑道：「這個妞兒本來也是要殺的，只是大爺們瞧她生得漂亮，打算先玩玩再殺，哈哈……」

他說著，他左邊的人已將那被點了昏穴的女人揹了起來。那女子的臉孔隨著一晃動，揚起了一下——

霎時之間，只見其心如一隻猛獅一般衝了過來，大聲吼道：「放下，你這畜牲！」

那人一怔，隨即淫邪地笑道：「怎麼？你也要玩玩嗎？」

其心的臉漲得血紅，他沒有想到世上有這樣髒的話，一時之間，說不出話來，只指著那人喝道：「你……你……放下她來！」

那人退了一步道：「她是你什麼人？」

其心急怒地道：「她是我……」

三年前喊慣了的稱呼脫口而出：「……她是我姑姑！」

原來那被點了穴道的竟是武當門下的女弟子伊芙。其心此語一出，倒令董無公吃了一驚，他暗暗奇怪地道：「什麼時候跑出一個其心的姑姑來了？」

那人存心戲弄其心，猛然一沉臉道：「便是你姑奶奶，大爺也要玩玩再說！」

其心沒有再說話，只是猛一伸掌，對著那人便拍了過去，只聽得呼呼的掌風陡然之間升了起來，有如天井之中突然起了一陣狂風，董其心雙手吞吐之間，已經一連攻了三人！

「碰」然連震了三下，然後只見其心站在那兒，平靜得像是動都沒有動過，那三個異服青年滿面驚怒地站著一排，那被點中穴道的女子已到了其心的手中。

這只是一瞬之間的事，其心急怒之下施出了最上乘的董家神功，一口氣連攻了那三人每人一掌，迫使那揹著伊道姑的漢子放了手。

齊天心雖然厲害，此時心中也暗自駭然，他深深地望著其心，那像是在說：「你終於練成了一身功夫，有志氣的人總是成功的呀！」

其心從他那眼光中，似乎又看到了四年之前在故居小河畔上那一雙目光——那時他們都還是孩子，其心被頑童打得皮破血流地躺在河邊，那騎著駿馬的華服少年也用著同樣的目光望著他，對他說：「受傷了麼？報仇呀！」

那印象留在其心的腦中真是深刻，其心也抬起頭來，迎向齊天心的目光，他們的眼中都流露出相親的光芒。

這時那三個異服青年居中的道：「你們不要狠，也不要神氣，咱們索性告訴你們，大爺們是非湊足一百顆人頭不可的，作案的地方也告訴你們吧，開封、長安、洛陽，一個月內三個地方包殺三十三個中原武林人物給你們瞧！」

他說完這幾句話，猛喝一聲道：「走！」

三個人陡然筆直地飛了起來，一直升到四面屋頂之上，才一個翻身飛了出去。

齊天心喝道：「你們走得了嗎？」

他一飛身也追了上去，當真是疾比流星，身法漂亮之極。藍文侯忍不住暗中讚歎，其心伸手拍醒了伊芙，伊道姑一睜開了眼，猛一翻身躍了起來，蒙著臉躍上西邊的房屋便跑——

其心連忙追了上去，伊道姑跑得雖快，其心三個起落便追上了她，一把抱住了她，大叫道：「姑姑，姑姑，我是其心呀，其心你還記得嗎？」

其心彷彿又回到了孩子的時代，他忘情地叫著，伊道姑滿面是淚，聽到其心的叫喚，止住了抽泣，反過臉來，出現在她眼前的是一張秀俊的少年臉孔，但是眉目之間依稀仍是昔日的董其心。

她驚喜欲狂地緊抓著其心的肩膀，叫道：「其心，其心，原來是你，你……你長大了……」

其心也說不出是喜是悲，武當山上的幾個月，在他的生命裡是難忘的一環，他曾被山上的長輩凌辱，夥伴欺侮，他也曾受到伊師姑的愛護，他永不會忘記伊師姑呵護他的情形，他激動地道：「姑姑，你不要哭了……」

伊芙不再流淚，她望著其心的眼睛，其心依然抱著她，她忽然嗅到其心身上青年男子的氣息，她想起其心不再是孩子了，她不禁大羞，扭動著身子要掙出其心的懷抱。

其心放開了手，他什麼也沒感覺到，他對伊芙笑道：「那三個壞人都跑掉了——」

一提到那三個人，伊芙的臉上立刻紅了起來，她轉身便走，其心叫道：「姑姑，你到哪裡去？」

伊芙低聲道：「我回武當山去。」

其心脫口叫道：「我陪你一起去吧——」

伊芙道：「不，不要，我一個人回去。」

她轉身便走，其心一怔，這時只見藍文侯大步趕了過來——

藍文侯道：「小兄弟，究竟是怎麼一回事？」

其心把伊芙和自己的關係說了，他道：「咱們要不要也去追那三個傢伙一程？」

藍文侯搖了搖頭，他的臉上神情變得十分嚴肅，伊芙已經走出老遠，過了一會，他道：「我要到開封去。」

其心道：「開封？」

藍文侯道：「雷二哥此刻正在開封，我要立刻趕去，設法叫蕭五哥和穆十弟立刻趕向長安，白三弟與古四弟趕向洛陽！」

其心喜道：「對，那三人要在這三個地方作案，叫他們嘗嘗中原武林的厲害……」

藍文侯道：「那三人武功高得出奇，咱們是盡一分心力罷了……」

這時其心和藍文侯已走回天井，一走到酒店的內門邊，其心駭然發現了一張白箋：

「其心：你與三異服青年之爭，為父已盡看見，那異服青年最後的一招使為父想起一個人來，如果為父之猜測無誤，則崑崙危矣。見字時為父已火速奔往崑崙尋飛天如來去也。父字。」

其心喃喃道：「原來爸爸已經來過了……究竟是怎麼一回事……」

藍文侯道：「什麼事？」

其心道：「爸爸來了又走了——」

藍文侯道：「你怎麼辦——我這就要急著趕往開封！」

其心的心中問題愈變愈複雜，那郭庭君、怪鳥客，這三個異服的怪人，還有父親所說的崑崙掌教飛天如來，這一切似乎都與一個大秘密有著密切的關連哩！

藍文侯見他不答，催問道：「小兄弟，我說——」

其心道：「不急不急，我先送你一程——」

現在問題是，怪鳥客、郭廷君他們又到哪裡去了？

怪鳥客不是要找瞽目神睛唐君棣的麻煩嗎？怎麼他又跑到張家口去了？

請看，在另一個地方——

黑夜漸漸降臨。

楓林中，悄悄地響起了沙沙微弱的腳步聲，一個魁梧的黑影閃進了楓林。

這魁梧的黑影緩緩地踏著枯葉，林子裡黑暗得伸手不見五指，他走幾步，便停下來四面傾聽一下。

忽然，微微一亮，原來楓林的中間竟有一塊頗為不小的草地，他站在一棵大樹下，沉聲問道：「唐瞎子在這裡了，那位朋友請出來吧！」

但是卻是靜悄悄的，沒有人回答，這魁梧的大漢再次大聲道：「唐瞎子如約到了，朋友就請出來吧！」

然而仍然是靜悄悄的，沒有人出來，也沒有回答。

這魁梧的大漢站在大楓樹下，忽然一個踉蹌，仰天倒在地上，口中大喝道：「哎喲——」

同時，黑暗中左邊有一個驚咦的聲音：「咦——」

只見那大楓樹下魁梧的大漢忽然一個翻身，比閃電還快躍了起來，手揚處，一片金光閃爍，直向左邊黑暗處灑去，那左邊黑暗中嘩啦一響，一個人影躍了出來。

魁梧的大漢仰天大笑道：「朋友，你欺我唐君棣是個瞎子，故意躲在黑暗裡不作聲，要想戲弄於我，嘿嘿，唐某臉上的眼睛，心裡的眼可不瞎，略施小技，就把閣下請出來啦！」

對面那人冷笑一聲，淡淡道：「好個唐瞎子，真有一手。」

唐君棣哈哈笑道：「你就是怪鳥客嗎？」

那對面之人陰森地笑了一聲：「不是。」

唐君棣大吃一驚道：「什麼？你說什麼？」

那人道：「沒有什麼，怪鳥客本來要今日來取你性命的，現在他有事脫不了身，就拜託我代勞，哈哈。」

唐君棣聽了他的話，一聲不哼，在暗中思索著，他是個俠肝義膽嫉惡如仇的好漢，可是卻是個不好惹的人物，那年，莊人儀得罪了他，他不擇手段逢人遍告，把金笛秀才、鐵劍書生、武當門人、紅花雙劍熊競飛、醉裡神拳穆中原一古腦全唆使跑到莊家莊上，把莊人儀弄得手腳無措，這時他在考慮著一個問題：「對面這廝究竟是什麼人？他是什麼用意？」

過了一會兒，只見唐君棣嘿嘿冷笑了一聲，低聲笑道：「這是不可能的事嘛，怪鳥客怎會找人代他赴約？哈哈，你不要騙人啦……」

他不等對面之人回答，立刻接著道：「你不用騙啦，怪鳥客問我要的東西何等秘密，怎可能叫人代替他赴約？哈哈哈。」

對面那人果然驚喝道：「怪鳥客問你要什麼東西？」

唐君棣大笑道：「我和怪鳥客的秘密，如何能告訴你？」

那人想了想，忽然大叫道：「你再胡說八道，我馬上就要了你的命！」

唐君棣吃吃地笑著不回答，因爲他全是信口開河，要想從對面人的口氣中打聽出一點什麼名堂來，事實上他連怪鳥客究竟是什麼人他都不知道，自然不敢多言了。

對面那人道：「不管怎樣，今日敝人的使命便是取你唐瞎子的命！」

他說到「命」字，猛一個欺身，宛如一縷輕煙一般已到了唐君棣的面前，伸手一掌飄飄忽忽地拍了過來。

唐君棣施出閉目換掌的功夫，看也不看地翻掌就拿，這是分筋錯骨手法中的上乘傑作，豈料那人身形不知怎地竟在這刹那之間，已到了唐君棣的身後，伸掌便拍向唐君棣的後頸！

唐君棣驚得出了一身冷汗，他一掌反手向後抓出，五指所伸，全是敵人要穴——

「呼」地一聲，那人如腳不碰地一般，忽然又飛到唐君棣的左側，一指點向唐君棣的脅下！

唐君棣倒抽一口涼氣，這簡直有如完全挨打，瞽目神睛一生闖蕩江湖，還是頭一次碰上這等情形，他心一橫，猛然一個反身，一連三掌攻出，完全不顧防守——

那人掌法身法之高，簡直駭人聽聞，三年前在秦嶺之上，唐君棣與那轟動武林的神秘兇手搶攻拚命，雖然被那神秘兇手的古怪掌力逼得險象環生，但是也沒有此時這種感覺，簡直是手腳施展不開！

他這一不顧防守，一連三招搶出，對方一連五掌從他胸前、頰邊、肩上僅差分毫擦過，但是他總算搶得了一點攻勢。

瞽目神睛把畢生功力聚集在雙掌之上，努力硬拚了三十招，但是他發覺對手的掌法愈變愈厲害了，呼呼嘯風之中，直如水銀瀉地，無孔不入。

唐君棣數十年苦修掌上功夫，天下幾乎沒有一種掌法他不熟悉，但是那人一連換了三種掌法，他就沒有一招是認得的，他不禁愈打愈是心驚膽戰！

到了百招左右，「碰」的一聲，唐君棣踉蹌退了半丈，他正胸前中了一掌，好比突然被千斤巨石擊了一記，呼吸頓時困難起來。

唐君棣暗暗忖道：「這廝武功之高，簡直是不可思議了，我唐瞎子一生闖蕩江湖，從來不曾吃過大虧，想不到連怪鳥客究竟是什麼東西都不知道，就糊里糊塗地被傷在這裡，唉……唐君棣呀！你這一著可是吃虧大了！」

耳中只聽得對面那人冷冷的聲音道：「唐君棣，我瞧你還是趕快自己解決算了，你差得太遠！」

唐君棣的心中彷彿被利刃在剮刮著，四川唐門慘遭變故後，唐瞎子是僅存唯一的唐門高手了，他瞽目神睛行遍天下，一生的英名到了這時候，算是栽到家了。

霎時之間，他的心中頽廢到了極點，但是他的手還是自然而然地摸到了他的腰間。這是瞽目神睛幾十年積成的習慣，雖然他的心中已經完全沒有戰意了，但是他的手依然摸到腰間的暗器囊袋。

對面的人狂笑聲頓斂了，畢竟唐家最大的威名就是層出不窮的毒藥暗器！

唐君棣不假思索，伸手在腰間一摸，熟練無比地抓出十支金針來，他手一揚，十支金針有如長了眼一般，奇快無比地飛向那對面之人。

這正是唐君棣名震武林的絕技「閉目金針」，單只這一抓一擲，唐君棣不知練過幾千萬遍，他這時雖是心不在焉已極，但是信手擲出，無論力道時間空間都配合得神妙之極。

對面那人只見眼前一片金光，他一個「鐵板橋」，整個身軀貼著地面不及半尺高，已從正對面閃到了左側，那身法之美妙，速度之快，真令人又驚又駭。

哪知他雙足方才落地，發出「噠」地一聲輕響，唐君棣猛一揚手，又是十支金針一分一毫不差地飛到眼前，那人吃了一驚，他似乎到此時才發現，唐君棣的閉目金針能夠威震武林，確不是一件偶然之事，他暗哼了一聲，身形陡然如一支長箭，從一個絕不可能的方向一竄而出，十支金針從他肩邊不及半寸一射而過。

然而當他雙足才落，眼前金光一閃，又是十支金針疾射而至！

在面對面的情形下，空手躲閃唐君棣的「閉目金針」，從沒有人能躲過三次發針的，而這個神功驚人的陌生人竟然呼地一聲又從一個絕不可能的方向飛了出去！

在習慣上，唐君棣從沒有同時發第四次的，他發出了第三次金針後，不禁愕了一愕，忘了再伸手去抓金針。

那對面的人冷笑道：「怎麼啦？技窮了嗎？」

這一句話激起了唐君棣豪氣，他如同從一個惡夢中驚醒過來，全身打了一個寒噤，猛一伸手，大把金針夾著各色各樣的唐家暗器霎時滿天皆是！

這才能見到唐君棣的真功夫，只見那些暗器奇形怪狀，什麼樣子的都有，有的走直線，有的飛弧形，全是按著各種獨門暗器的性質而以不同的手法發出。唐君棣只是伸手一觸即知，沒有絲毫錯誤！

然而更令人心驚的事發生了，那對面之人竟然呼地長嘯一聲，身形如陀螺一般地飛轉起來，他的雙袖上下飛舞，轉動和飛舞的速度簡直令人未敢置信，而在他周身三尺之內似乎被一種無形的力道所布，沒有一件暗器能飛得進去！

唐君棣出手愈來愈快，而那人的身法也愈來愈快，唐君棣此刻渾忘了一切，只是拚命地發暗器，直到他的手指碰到了空了的袋囊——

唐君棣猛然一怔，他知道只要暗器一停，他的危機也就到了！

對面那人呼地一聲抖開了最後一批暗器，冷然笑道：「唐瞎子，你死期到了！」

他一步一步走過來——

驀然，三柄長劍如飛龍一般插在那人的腳前，只見楓林中大步走出兩個人來。

那兩人走上前來，齊聲問道：「唐兄，你受了傷嗎？」

唐君棣只覺胸中劇痛，他支撐著道：「沒事……是哪兩位……？」

只聽得兩個親切的聲音：
「小弟熊競飛。」
「小弟哈文泰。」
三年前，唐君棣、哈、熊二人尚未相識，只憑著一股江湖義氣，上了秦嶺與當時那神秘兇手大戰，在千鈞一髮之際救了哈、熊兩人，而三年後，唐君棣生死瀕於一線之際，哈、熊兩位大俠突然出現，這真是天意的安排了！
哈文泰伸手拔起了插在地上的長劍，問道：「唐兄，這就是怪鳥客嗎？」
唐君棣強忍住內傷，低聲道：「這是怪鳥客的代表人……」
他還想說下去，但是一口氣散了開去，他連忙閉嘴，不敢再開口發言。
熊競飛聽到這句話，立刻大喝道：「原來你不是怪鳥客，我問你——怪鳥客是誰？你是誰？」
那人陰森森地冷笑了一聲，一字一字地道：「今天你們三個人都注定是死了！」
熊競飛抖手拔出了插在地上的雙劍，他一抖手，發出嗡然的暴震聲。
那人沉吟了一會道：「姓熊的，你真要插入一腳嗎？」
熊競飛雙劍平交，放在胸前，大聲道：「你在說廢話了。」
那人冷笑道：「好，好，我就代那怪鳥客——」
哈文泰忽然冷冷插口道：「這位朋友，今日咱們是插手定了，也不急於立刻動手——」
那人嘿嘿冷笑道：「你怕死，就讓你多活一會！」
熊競飛怒吼一聲，灰鶴銀劍卻輕輕觸觸他，冷然道：「好說！——只是，閣下倒底是那怪鳥客什麼人？」

那人臉上冷笑不斂，說道：「朋友！」

哈文泰冷哼道：「嗯，哈某還想再請教一事！」

那人不耐地道：「快問吧！」

哈文泰哈哈道：「怪鳥客，他就是那個兇手吧！」

那人似乎一怔道：「什麼——什麼兇手？」

哈文泰見他面上表情不似偽裝，心中不由暗暗納悶，口中卻冷冷說道：「你不知道就拉倒！」

那人卻似乎意猶未盡，接口問道：「你是說——怪鳥客是兇手？他殺什麼人？」

哈文泰心中一動，耳邊只聽熊競飛冷冷一笑，他想阻止已然不及，只聽他道：「鬼見愁，你知道嗎？」

那人似乎一驚道：「鬼見愁，他殺鬼見愁？」

那人衝口說出，忽又警覺，噤不作聲。

哈文泰滿腹疑雲，那人嘿嘿笑了數聲，臉色逐漸沉了下來，哈文泰緩緩踏前一步，拔起釘在地上的長劍。

那人哈哈笑道：「連唐瞎子，你們三人一齊上吧！」

哈文泰雖知這神秘者功力奇高，但也不料他說出這等狂妄的話來，熊競飛冷笑道：「你以一敵三嗎？」

那人哈哈一笑，忽然唐君棣冷冷一哼道：「哈兄、熊兄，你們留神些，這傢伙來了幫手！」

他雙目全盲，耳朵較常人為靈，哈、熊兩人不由一震。那人卻哈哈笑道：「郭老二，你被人家聽出來了。」

「咔」地一聲，兩根兒臂粗細的樹枝斜斜分開，一個少年大步走了出來。

郭姓少年約廿多歲，哈、熊兩人仔細注視他，卻毫不識得，哈文泰雙眉一皺道：「你是什麼人？」

郭姓少年冷冷一笑，並不理哈文泰，對那神秘漢子問道：「大哥，他們兩人要找死嗎？」

那怪鳥客的代表人冷笑道：「郭老二，那唐瞎子吃我一掌，想來是不成了，你去對付那姓哈的，這熊競飛由我鬥！」

姓郭的少年哈哈道：「大哥分配得好，嘿，姓哈的你留神了！」

這一下情勢突轉，難怪那漢子口出狂言，原來早就有幫手隱伏，哈文泰哈哈笑道：「老熊，難怪他這麼狂！」

他話才說完，那姓郭的少年陡然一言不發，劈面一指點了過來。

哈文泰大吼一聲，長劍反腕一挑而出，卻覺對方內力如泉，自己一劍雖封住面門，但身形不由自主向後倒退二步。

他不由驚出了一身冷汗，只見那姓郭少年面含冷笑，殺機密佈。

這郭少年出手好快，在一旁的熊競飛只見他已出手，雙劍一橫，大吼道：「我們也來吧！」

那被稱作「大哥」的漢子也是冷冷道：「姓熊的，你發劍吧！」

熊競飛冷笑道：「小子，你的兵刃哩？」

那少年冷冷道：「不說你是雙劍，就是十劍在手，少爺一雙肉掌也夠應付了！」

熊競飛雙目之中神光四射，他似乎強忍下怒氣，虬髯根根直立，冷冷一字一字道：「小子，你不要後悔！」

那漢子雙眉一皺：「少廢話！」

他身隨話起，一掠之下，已跟熊競飛不及半丈，右手一探，直襲熊競飛面門。

熊競飛雙足有如釘立，身形文風不動，一直等到對方掌不及半尺，陡然右劍一削而出。

這一劍熊競飛凝功已久，劍式一出，有如狂飆，絲絲刺耳已極，薄薄劍鋒蕩起劍風之強，那漢子萬萬料不到熊競飛造詣如此深奧，不由連退三步。

熊競飛冷冷笑道：「逃得不慢呵！」

那漢子臉上一紅，身形陡然一閃，簡直比輕煙還快，對準熊競飛一爪抓出。

熊競飛右劍攻不收，左劍一橫，想一守胸腹，陡然眼前一花，不由大吃一驚。

他一生身經百戰，簡直想都不想，身形已然騰空而起。

哪知眼前人影一閃，那漢子身形也自凌空而起，只聽「卡」一聲熊競飛的左手劍已被那人一爪握著。

紅花雙劍身在空中，大吼一聲，力貫左劍，卻覺對方陰勁透體而生，左邊身子都覺一麻。

「呼」一聲兩人在空中交叉通過，「嗆啷」一聲，熊競飛落在五丈之外，左手長劍已折成兩半。

那漢子身形一掠，在長空劃了一個弧形，口中冷冷笑道：「姓熊的，你不是敵手。」

紅花雙劍熊競飛一生出生入死，所逢高手無敵，但雙劍卻從未被奪出手，卻爲這漢子一個照面便折斷劍身，這漢子的功力，簡直是駭人已極了。

熊競飛吸了一口氣，他左手不斷顫抖著，半截劍子上光芒吞吐不休，他瞥了哈文泰那邊一眼，只見灰鶴銀劍單劍如龍，一時毫無敗象，心中不由一定。

那漢子用手彈彈手中半截劍尖，雙目如鷹般瞪著著熊競飛，冷笑道：「熊競飛，你可敢再接我一掌？」

熊競飛緩緩移動自己雙目，從哈文泰那邊轉過頭來，忽然，他瞥見唐君棣——

唐君棣仰起頭，像是在苦思什麼事情，臉上有一種最古怪的神色，熊競飛似乎從他緊握著的雙拳，看出了一些仇恨的氣氛。

他怔了一怔，但在這當兒他也無暇多想，他轉過頭對那漢子冷笑道：「你敢發招嗎？」

那漢子長笑道：「接招！」

他話聲方落，身形一掠。

這一次熊競飛不再呆立當地，身形已是一竄，面對著那漢子，身形倒射而出。

那漢子一招走空，身形又起，霎時兩人已追至首尾相接。

熊競飛紅衣飄飄，陡然左手斷劍一砍而出，這劍劍尖半截已折，但用刀法砍出，只見一片白光，那漢子身形不由一窒！

熊競飛大大喘口氣，冷汗流透了衣衫，那少年身形才停，陡然又進。

熊競飛只覺那一股古怪的陰勁又繞體已上，心中大寒，退而不攻，但仍慢了一些，「嗤」

地一聲，那少年的半截劍尖已挑斷了他的髮髻，剎時長髮飛起，狼狽已極。

幾乎在這一同時，哈文泰在激戰之下，終於使出華山的拚命三式，這三式劍法，乃華山派鎮山心法，華山派自沒落後，僅哈文泰一人苦研這劍術，他一生浸淫劍道，這三式可說是他最後絕技，這時施出，只見劍光一閃，那姓郭的少年已被裹了起來。

姓郭的少年萬萬不料世上有這等劍法，只見哈文泰面上一片淒厲，劍尖招招不離自己心前主脈，但哈文泰自己胸腹前卻是一片空隙。

他凝神發了兩式，哈文泰慘笑一聲道：「還有一招！」

劍尖陡然反挑而出，姓郭的少年只覺身前身後一片劍影，想逃出劍圈，已是萬不可能，不由急得大吼一聲。

他本性剽悍異常，本不想與對方同歸於盡，但見情勢如此，不由又激起他剽悍天性，猛吸一口真氣，守護心脈要穴，右手對準哈文泰那空不設防的心口猛然彈出一指！

「噗」地一聲，哈文泰劍尖連點，一連在對方心口「紫宮」、「百氣」等要穴上刺了數劍，任那郭少年內力高強，但灰鶴銀劍這一劍乃是畢生功力之聚，劍劍都刺入體內數分！

哈文泰慘笑一聲，被對方胸前鮮血噴得一臉全是血滴，「噗」一聲，那姓郭的「金剛彈指」在他胸前也重重一擊，哈文泰慘笑未絕，哇地一口鮮血直噴而出！

這一下驚變太快，熊競飛和那漢子都呆在當地，唐君棣卻仍是一臉古怪神氣，似乎並沒有留神！

哈文泰踉蹌倒退了好幾步，手中長劍軟軟地支撐在地上，他似乎還想說些什麼，嘴角抽動了好幾次，卻發不出聲音，砰地一聲倒在地上！

那姓郭的少年整個胸前全是一片鮮紅，他蒼白的臉這時更是有些泛青，但他仍然站立著，似乎勉強提氣凝神，但是他的雙腿已搖搖不穩了！

那被稱為「大哥」漢子呆呆地望著這邊，紅花雙劍熊競飛虎目之中淚水模糊，他和哈文泰是過命的交情，這一刻他的心神似乎完全凝結起來，一片空白。

那漢子陡然大吼一聲，對準熊競飛就是一掌。

熊競飛呆呆地揮手一格，他登時被一股陰勁一連帶得向前衝了兩、三步之遠，機伶伶打了個寒噤！

這時他心神早亂，根本沒想到如何應付，只知本能地出掌防身，「呼」地一下，他又被掃出一丈之外！

「呼」地第三掌，熊競飛仰天噴了一口鮮血，鮮紅而微溫的血液又撒落在他的臉上，剎時他好像自夢中驚醒，陡然大吼一聲，反手一揮，僅餘的一柄長劍脫手疾飛而出。

熊競飛的擲劍是他劍法中一招，以長劍作為暗器，是武林中僅有一人，此刻在生死交關下，長劍力道更是兇猛，那漢子一連三掌得手，心雖存戒心，卻不料熊競飛脫手擲出長劍，一呆之下，劍已近身不及一尺！

劍身破空嗚嗚放出尖聲，眼看那漢子難逃劍厄，驀然之間，那漢子長吸一口真氣，放出一聲低而輕弱的嘯呼之聲。

那聲音好不尖細，愈升愈高，那漢子的身形簡直在令人難以相信的情況下，順著那長劍的來勢一轉，嗤地一聲，長劍破袖而過，飛出好遠。

熊競飛驚得合不攏嘴，愣在當地，那少年的身形緩緩停了下來，尖呼之聲也漸漸減弱。

忽然，瞽目神睛唐君棣一個箭步衝了上來，雙手不住地顫抖著，顫聲說道：「不會錯了，不會錯了。我已聽了好久，你，你可是董，董無公的子弟？」

那漢子呆住了，他奇聲道：「你幹什麼？」

唐君棣冷冷道：「你快回答吧！」

那漢子哼了一聲道：「董無公嗎，我不認得他，這名字我倒聽過。」

唐君棣驚咦一聲：「你——那你怎麼會那嘯聲？」

那漢子臉色大變，怒道：「什麼嘯聲，你知道這般清楚？」

唐君棣嘿然一哼，他吃那漢子當胸震了一掌，強用內力壓抑傷勢，此時心情激動，只覺胸前一片痲木，心臟狂跳不休，不由大大喘了一口氣！

熊競飛在一旁扶著奄奄一息的哈文泰，見狀急聲問道：「唐兄，唐兄，你受傷嚴重嗎？」

唐君棣長吸一口氣道：「那年，古廟之夜——董無公，他也發出這嘯聲！」

那漢子呆了一呆道：「不可能的！」

唐君棣面上露了一個淒切的笑容：「那時，唐某雙目未瞎——」

那漢子聽到這裡，心中陡然大驚，默然忖道：「不好，這唐瞎子大約認定下手傷他者真就是地煞董無公，我方才那『青雲玄嘯』功夫想他那年已見過一次，是以一聽便知，我方才已否認是董無公弟子，馬腳已露，師父若知道，真不知如何是好！」

他城府較淺，立刻憂形於色。唐君棣是瞎子看不見，熊競飛見了不由暗暗心奇。

那漢子冷笑道：「唐瞎子，你別瞎扯——」

他已萌退意，唐君棣冷冷道：「唐某雙目拜那董無公所賜，完全失明，那古怪的嘯聲唐某一生也忘不了，哼！」

那漢子緩緩走了過去，一掌拍在那姓郭的背上，口中冷冷道：「你怎知道這嘯聲僅那董無公一人能發——」

唐君棣一呆，冷冷道：「這個可能太小！」

那漢子怒道：「那麼，你要怎樣？」

唐君棣哼了一聲：「若你確非董無公門下——」

那漢子早已不耐，怒聲道：「少爺今日本代那怪鳥客要你的命，這哈、熊兩人自找上門，現在，總算你們也傷了郭老弟，少爺急事在身，唐瞎子，我今日就暫緩你一命，熊競飛你擲劍絕技，少爺下次再領教！」

他說完這話，也不管唐君棣怒吼，扶著姓郭的少年大踏步走了。

走了好幾步，那姓郭的少年掙扎著停下身來，反身對熊競飛道：「哈文泰倘若死了，那也罷了！倘若不死，你告訴他，他這條命，郭廷君遲早是要定了！」

熊競飛怒哼一聲，但看看哈文泰的身軀及唐君棣，不由硬硬壓下怒火。

那二人慢慢走得遠了，熊競飛站起身來，他一生強硬魯率，今日受此大辱，臉上全是一片血紅，虬髯不斷顫動，極是痛苦。

他默默走了過去，拾起自己左劍及哈文泰的佩劍，仰天長歎一聲，突地雙劍猛力互擊，外力陡發，喀折兩劍齊斷。他呼地扔掉兩個劍柄，反身道：「唐兄，咱們走吧！」

唐君棣似乎完全沒有注意，一臉茫然的神色，魁梧的身軀這時微微彎曲著，熊競飛望望他那深沉的臉色，不由駭然叫道：「唐兄——」

唐君棣啊了一聲，自言自語道：「我絕不會聽錯，絕不會聽錯！」

熊競飛走了上來，苦笑道：「唐兄，天外有天，人外有人，咱們技不如人，還有什麼話說？」

唐瞎子嘿了一聲，他茫然叫道：「熊兄——」

熊競飛歎了口氣道：「無名無望的兩個少年人，竟有如此功力——」

唐瞎子默而不言，突插口道：「熊兄，那怪鳥客與二人是有密切關連的了，依你說，他們——他們是何門路？」

熊競飛歎道：「兄弟不知。」

唐瞎子一本正經地說：「那年，唐某受挫古廟，地煞下手功力絕高，唐某生平僅見，想那天座三星與之齊名——」

熊競飛霍然一驚道：「天座三星？這二人是天座三星門下？」

唐君棣喃喃道：「我似乎有一個感覺，意識到這幾人的門路，卻始終又連不起來……」

熊競飛沉吟了一會道：「唐兄，算了算了，別再傷神，快扶著老哈，咱們先走了再說——」

唐君棣面帶苦思，似乎沒有聽見熊競飛在說些什麼，他喃喃自語道：「除非……除非他不是董無公？……」

廿二　塞外風雲

在另一邊，那夜杜良笠和莊玲化險爲夷，杜良笠見多識廣，是個老江湖，他知道江湖上謠言最是可懼，自己被人傳說藏有地圖，此後只怕一批批江湖中人尋上門來，他暗自盤算，不走是不行的了，次晨趁著莊玲到河邊去散步之時，悄悄地將行囊收拾好，前往小鎭雇了一輛馬車。

莊玲散完步回來，正準備進屋吃早飯，只見杜公公走了出來，和藹問道：「小姐，你身體復原了嗎？」

莊玲一想到昨天自己竟被那個毛賊用迷魂香迷倒，真氣憤得很，她嘟著嘴道：「杜公公，那迷香是什麼東西做的，昨天我昏昏沉沉，一天都難過得緊，今天才覺得好了些。」

杜良笠道：「誰知道那些江湖下三濫配的什麼迷香，小姐你身子還弱，還是多休息，別滿處亂跑。」

他言語中充滿了親切的關懷，莊玲見他白髮蒼蒼，就像一個老祖父向他頑皮的小孫女說話一般，已非一個僕人的態度，她父母雙喪，這世上就只有一個杜公公陪伴著她，聽了這話心中十分感動。莊玲笑道：「杜公公，你別把我當作弱不禁風成不成？」

杜良笠道：「小姐，咱們先吃飯再說。」

莊玲走進屋中，忽然發現牆角捆好一大堆行李，她奇道：「杜公公，你要遠行嗎？你留下我一個住在這種荒涼野地，我可不答應。」

杜公公呵呵笑道：「小姐，老奴幾時離開過小姐……」

莊玲插口道：「你總是跟在我身後，就是我散步你也是這樣，杜公公，你把我當作什麼都不懂的小姑娘？」

杜公公慈祥地笑笑道：「本來準備今天就動身搬家，小姐還未復原，那麼就再等上幾天再說。」

莊玲喜道：「我們要搬家了，那真好，這鬼地方住得人都快悶死了，杜公公，咱們吃完早飯就走。」

杜公公道：「昨晚那事好險，如非馬回回和那少年仗義出手，結局真令人不敢想像哩！」

莊玲被他一提起，不由又想到那少年的模樣，她心中對那少年甚有好感，漫聲應道：「對啊，那人本事真高強。」

杜公公微微一笑，便請莊玲吃飯，莊玲叫道：「杜公公，你也一起來吃。」

杜公公道：「小姐吃完我再吃，這也是一樣的。」

莊玲本對這位老家人相處甚是親切，最近又發現他一身功夫高強，是以不願以僕人視他，杜公公見小姐又嘟起了嘴，忙道：「多謝小姐，老奴遵命。」

莊玲道：「杜公公，這世上除了你以外，我還有親人麼？還有別人疼我嗎？」

杜公公見她眼圈微紅，知道她又在感懷身世，他連忙替莊玲夾了一塊醬菜，口中說道：

「小姐快吃，粥都快涼了。」

莊玲道：「我爹爹根本不疼我，我媽又忍心捨下了我，杜公公，你對我好我心裡知道，以後別什麼小姐、老僕的叫了。」

杜公公只要騙得她去悲回喜，什麼都不成問題，連連道：「一切都依小姐，老奴……」他見莊玲白了他一眼，便住口不說了。兩人吃完早飯，忽然窗外車聲轔轔，一輛套蓬馬車駛近茅屋。

杜公公望了莊玲，莊玲道：「我們馬上便走，杜公公，我們到哪去？」

杜公公道：「目下先避開這是非之地再說，老奴……我也沒有想到一定的去處。」

莊玲心一動，想起那少年說要到張家口外去，她故作思索想了想說道：「既然江湖上人都懷疑杜公公你藏了地圖，咱們現在住的地方也算隱密的了，別人都能跟蹤得到，我看……我……」

杜公公道：「小姐有何高見？」

莊玲道：「咱們不如遠走高飛到關外或口北去。」

杜公公道：「對！對！小姐真好見識，咱們就到張家口去。」

他說完神秘一笑，莊玲俊臉一紅，心中七上八下，竟然一句也沒聽了進去。

杜良笠盤算已定，便將行李搬到車上，打扮成一老儒生模樣，莊玲忽發奇想對杜公公道：「我們避人耳目，杜公公你看我也著男裝可好？」

杜公公對莊玲從來都是百依百順，當下笑瞇瞇道：「這個……這個小姐如改扮男裝，天下哪有如此俊美的少年郎君？」

莊玲啐了一口，心中卻甚是歡喜，馬車走到市鎮，莊玲果然買了一襲白衫，戴冠束襟，一派少年書生模樣，杜公公瞧著又嬌又俊的美麗小姐，一刻變成了瀟灑風流少年，不由老懷大開，心中直樂。

鞭聲塵影中，馬車飛快向西而去，杜公公坐在車中，捧著一本《史記》，聚精會神地看著，有時口中不自禁地吟著，此刻他哪裡還像一個僕人，直如一個飽學的老儒。

莊玲從蓬車窗口外眺，只見原野上青苗初抽，生意盎然，路旁樹木不斷後退，漸漸地離開那居住兩年多的小茅屋和清澈見底的小溪，她不覺又有些懷念起來。

她遠眺了良久，不覺煩倦了，她推推正在看書的杜公公，想要找他東西南北地聊聊打發時間，杜公公正看得入神，竟然沒有感覺。

莊玲聽他口中吟道：「假令晏子而在，余雖爲之執鞭，所忻慕焉。」他搖頭點腦的唸著，似乎心儀已極，莊玲天生聰明，小時背書甚多，知道這是史記中司馬遷盛讚晏子之評語，她心中忽然有所悟，忖道：「杜公公文武均佳，爲什麼甘願屈居人下，做一名僕人管家呢？難道父親那麼令你欽佩，雖爲執鞭，所忻慕焉？」

她對父親並無太深認識，自從她懂事以來，就覺父親一年到頭忙碌不已，而且甚是神秘，她忍不住向杜公公問道：「杜公公，你答應講你的秘密給我聽，現在旅途寂寞，正好解悶。」

杜良笠一驚收起書本道：「小姐，日後時間還多哩，路上灰塵大，小姐你不宜多開口，閉目養養神，前面就到市鎮了。」

莊玲知他不肯講，她心想總有辦法磨得你這老頭兒乖乖說出，那前面趕車的人敢情是餓壞了，連連催馬疾行，快若飛馳。

兩人一路西行，地勢愈來愈是雄偉，這日投宿一家小客棧中，接近張家口不過是一日路程，杜良笠心中暗暗高興，此行他時時刻刻留意，並未發覺可疑之人跟蹤，至少可以安心住上一段時間，等莊玲再大得懂事一點，自己再潛回昔日莊上，定要將那藏寶之圖尋得，只須找到寶藏，以莊玲小姐之敏悟，定可造就成一代女俠來。

莊玲一路上風塵僕僕地趕路，半月來已是心神交瘁，也顧不得客棧好不好，吃完飯便睡。杜良笠在四周轉了一陣，正待回房睡覺，忽然客棧門口爭吵之聲大起，那掌櫃不斷說著好話，杜良笠上前一瞧，只見門外立著兩個少年，正跋扈不可一世地在找掌櫃鬧著。

一個少年道：「鐵二弟，咱們看得起他，才到這破客棧來住，他竟將上房留給別人，我看乾脆一把火燒了，咱們就住在野外，也掙一口氣！」

那被稱爲姓鐵的少年陰森森道：「丘大哥，小弟正有此意。」

他倆人一唱一和，那掌櫃也像是動氣了，鐵青著臉道：「你兩位客人真的如此不講道理？什麼事總有一個先來後到，別人也是花錢來投宿的，難道就該讓你嗎？」

那姓丘的少年一言不發，劈面就是一個耳光，那掌櫃被打得倒在地上，口噴鮮血不已，杜良笠實在忍耐不下，閃身出來道：「少年人怎可如此暴躁兇惡……」

他語未說完，那姓丘的照樣又是劈面一掌，杜良笠兩手一封，只覺來勢飄忽不已，竟然封之不住，他連退數步，對方掌勢如附骨之魅，直往門面而來，杜良笠大駭，足跟運勁，倒竄數丈，這才脫出掌影範圍。

那姓鐵的少年冷冷道：「丘大哥，這老傢伙仗著幾手三腳貓，還想來管咱們閒事，大哥索性成全他吧！」

杜良笠又驚又怒，不住打量這兩人路數，心中暗暗忖道：「這世界真反了不成，董其心小小年紀，竟然一掌擊斃莊主，上次夜裡那少年一出手就打倒天山一鷹雲若冰，目下這兩人高不可測，根本看不出他用的是什麼身法。」

那姓丘的少年道：「好說！好說！」

上前便欲打發杜良笠，杜良笠運功布住全身，正在此時，一個老年儒生輕咳了一聲，閃了出來。

他倆人見有人出現身旁，竟然未有感覺，心中不由大驚，只見那老年儒生臉上寒森得不帶一絲表情。

杜良笠心道：「此人身法有若鬼魅，臉上罩著面具，分明是不願別人識破原來面目。」

那老年儒生道：「兩個小子，快替我滾。」

姓鐵的冷冷道：「大哥，他叫咱們走開，你看怎樣？」

姓丘的怒道：「老鬼是什麼東西，二弟你瞧我的。」

姓鐵的爲人險沉，他見那老儒適才宛若凌空而來，心知此人不大好惹，便激姓丘的去試探老儒深淺。

姓丘的果然受激，他一掌直擊老儒，那老儒輕描淡寫一振衣袖，便將他攻擊轉了回去。老儒冷冷道：「你一個不行，兩個人一起上。」

姓丘的惱羞成怒，一招又攻了過來，姓鐵的見老儒身法太奇，一時之間也想不出應付的方法，正待招呼姓丘的溜走，忽見老儒一抖手，姓丘的倒退三步，身子轉了兩個圈，這才定住不倒。

老儒哈哈一笑道：「天下能擋住老夫一掌不倒的人倒不多見，衝著這點，你兩個快替我滾。」

姓鐵的一拖姓丘的，如飛而去，那老儒振振衣袖，神色瀟脫已極，也不理會杜良笠，踏著平步而去，也不見他起身勢子，半刻消失在黑暗中，杜良笠心中狂呼道：「縮地成寸，縮地成寸，這老者是誰，這兩個少年又是誰？」

他呆呆想了半天，此時月正中天，寒光灑地，杜良笠心中無限感慨，他雖練武數十年，在江湖上已屬高手之列，可是方才一幕，不要說是那老儒，就是那兩個少年，自己竟也遞不進招，江湖之大，奇人異士真是層出不窮了。

他嗟歎了一會，想起那掌櫃的還倒在地上，他上前待要救醒他，一摸身體冰涼，原來早已氣絕多時，杜良笠心中甚是氣憤，忖道：「那小子對一個不會武功的平常人，竟也下此辣手，唉！天一亮鬧起了人命官司，我們是遠來之客，難免脫不了關係，還是一走了之。」

他將掌櫃的拖在一旁隱暗之處，自己再無心思睡覺，此地離張家口已近，數日之前他已打發那馬車回去。等到天尚未明，便隔窗彈了幾下，莊玲警覺爬起身來，只見杜公公神色凜重，叫她趕快起身一同施展輕功而去。

莊玲跟著杜良笠一陣狂趕，走了數十里路，這時天方破曉，天上雲影變幻無方，太陽尚未出來，杜公公這才將昨夜之事說出。

莊玲忽問道：「那兩個小子可有上次救我們那少年功力深嗎？」

杜良笠想了想道：「只怕還比不上那少年。」

莊玲道：「照你說那老人豈不成神仙了？」

杜良笠道：「正是如此，江湖上盛傳天下高手首推天座三星和地煞董無公，依我看來，那老者只怕就是這幾位之一。」

莊玲正想答腔，忽然前面蹄聲一起，兩騎緩緩而來。杜良笠身在暗處，是以對迎面來的兩人看得很是清楚，杜良笠只覺一震，悄悄拖著莊玲閃身樹叢之中。

莊玲滿臉驚疑之色，睜著大眼睛望著杜公公，杜良笠低聲道：「那人是丐幫藍幫主和……」

莊玲問道：「和誰？」

杜良笠歎口氣道：「藍文侯幫主和……和咱們以前莊上的小廝董其心。」

莊玲只覺身體發顫，幾乎支持不住，這殺死父親的小魔，自己哪天不把他咒上幾遍！想不到天涯雖大，自己和杜公公遠去口外，竟又會和他碰上，真是冤家路窄了。她胸中思潮如濤，洶湧無比，也分不清到底是恨他還是寬恕了他。杜公公柔聲道：「小姐，咱們先別露面為妙，那小子功力怪不可測，咱們要報仇也不急於一時。」

這時董其心和藍文侯已經漸漸走近，晨光曦微，莊玲只見董其心長高了不少，臉上仍是那種滿不在乎和高深莫測的神情，就是這神情，莊玲曾經如癡如狂地想念過。

董其心道：「藍大哥，你這樣一年到頭馬不停蹄地爲民仗義，小弟好生欽佩。」

藍文侯哈哈笑道：「小兄弟，你我可不來這一套，那三個蠻子入了中原，可是中原武林之劫數，我得趕快回去召集丐幫昔日兄弟，好歹也要和他們一拚。」

董其心道：「藍大哥，只要用著小弟之處，就是千里之外，也必星夜趕到。」

兩人談著談著，漸漸走遠了，杜公公長吁一口氣道：「想不到藍文侯這老叫化子竟然沒有死去，莊主安排巧計結果棋差一著，滿局皆敗，人算又豈能勝過天意？」

莊玲心中不住叫道：「他是我的仇人，我以後再怎樣也不能想他。」

然而豈又是容易辦到的麼？

兩人匆匆趕到張家口，才一進城只見一家大宅，大門竟是整塊大理石磨成，門口安立著兩座石獅，門上金字招牌「胡記皮毛老店」，斗大之字，筆力有如龍飛鳳舞，十分雄壯，門前立著十幾個短衣僕役。

杜良笠道：「在內地曾聽人說過，這胡家老店，是天下皮貨中心集散之處，上萬兩銀子的珍貴皮裘，此店到處可見，姓胡的家傳武功高強，人又富甲天下，是漠南一霸。」

莊玲道：「這姓胡的一個臭商人，杜公公，你瞧他氣派可真不小，比咱們莊裡還闊氣些。」

杜良笠道：「胡君璞爲富不仁，他又勾結官府，魚肉良民，早已惡名遠傳，只是他爲人機智，遇上江湖上比他強的高手必是盛禮交加，使別人不好意思和他翻臉，怪就怪在藍文侯那老叫化嫉惡如仇，既然到了此地，怎會容得了他。」

這日正是胡家老店開集市之日，偌大一處莊院擠滿了各處跑來辦皮貨的商人，莊玲身上穿得單薄，這塞北之地，雖是暮春時分，猶是春寒不勝，杜公公也發覺了，便笑著道：「小姐，咱們先將行李放到客棧，回頭來逛逛這皮毛市場，小姐也好選件合身的皮裘。」

莊玲點點頭，這張家口是塞外第一大城，兩人一路行來，這才第一次找到雅緻客店。莊玲獨自包了一個小院，只見亭台花榭，居然佈置得甚是恰當，心中不由大喜。她是少女心性，心中想到什麼便做，她想先到全國聞名的皮貨城，急忙催促杜公公快去，杜公公連聲應好。

兩人走進胡家皮貨老店，只見遍地都是皮裘，各種皮貨陳列，真是美不勝收，那院子又深又闊，根本看不出到底多大，到處都在議價，十分熱鬧有趣。

莊玲看了半天，卻無一件入目，她昂首問杜良笠道：「杜公公，有一種發銀色淡淡的光芒的狐皮裘，這裡怎麼沒有看到有買？」

杜良笠道：「狐色發銀，已是千年以上老狐，這銀色狐裘，端的一尺萬金，原是大內珍品，這胡家老店雖是名滿天下，只怕也無如此貴重貨色。」

他話才一說完，一個冷冷的聲音道：「咱們胡家老店從來沒有缺過顧客所需要之貨色，只是銀色抓裘，價錢可大得嚇人，閣下可別嚇著了。」

莊玲回頭一看，原來是個獐頭鼠面漢子，她怒目而視，罵道：「你是什麼東西，你管別人閒事。」

她發怒之下，露出又尖又嬌的嗓聲，那漢子不但不氣，反向身旁一個夥伴淫褻笑道：「好俊的小相公，不知是哪個班子裡的。」

杜良笠大怒，臉上卻是不動聲色，他伸手輕輕一拍那猥褻漢子道：「朋友，講話留點口德。」

那漢子只覺後心一麻，張大口竟說不出話來，莊玲見杜公公制住那人，心中一喜，忽然人叢中起了一陣擾動，一個少年昂首闊步而來，他行走得又快又疾，根本不管面前人，明明瞧著他要撞到人，不知怎的他身形一滑又閃了開去，眾人不由紛紛讓開一條道路。

杜良笠見銀光閃閃，那少年已走近院中大廳，杜良笠悄悄對莊玲道：「你所說的銀色狐裘這便是了，此人一來，此地只怕又有好戲看了。」

原來那少年正是齊天心，莊玲早就瞧清，她心中不悅，暗自忖道：「他怎麼沒瞧見我？還是故意裝的？」

她轉念一想，又不覺失笑：「我扮了男裝，他怎會識出是我？這人粗心大意，不像董其心滿腹陰險，我倒喜歡這種開朗性子。」

那漢子夥伴原想找杜公公麻煩，這時見那少年來得奇特，注意力分散，也忘了尋杜公公霉氣。

齊天心橫衝直闖，一會兒便闖進大廳之內。莊玲忍不住好奇之心，拖著杜公公也跟了進去。那些皮貨商人只道齊天心不是皇室宗親，便是巨宦名門公子來購皮貨，這事在胡家老店也是常有之事，過了一會，大家又在斤斤計較價格。

杜公公才一進廳，只見大廳門口四個衣著整齊的漢子，神情癡呆立在那裡，連眼睛也不眨一下，杜公公低聲道：「這少年好快身法，咱們並未曾聽到半點搏鬥之聲，這四人都被點了穴道。」

莊玲正待舉手去推那內廳之門，杜公公忽道：「小姐且慢！」

正在此時，裡面已傳出齊天心朗聲叱責道：「哪一個是胡君璞，快出來答話。」

一個蒼勁的聲音道：「在下胡君璞，不知公子尋在下有何見教？」

齊天心哼了一聲道：「你爲富不仁，附近百姓就沒有不罵你的，再說你每次大集販賣皮貨，卻又在家中設下賭局，將那些遠道而來的小商人，贏得血本無歸，走頭無路。」

那胡家老店老闆胡君璞是個極精的人物，他心想這少年直入廳中，門外的人竟未發出半點暗號，知道已被人作了手腳，他知道齊天心不好惹，當下陪笑道：「小老兒閒著無事，和朋友們玩玩牌，這個……這個……」

齊天心怒道：「賭原是碰運氣，你卻不該騙賭使詐，昨天那老實商人，被你騙去訂貨銀兩，要不是本公子出手相救，老早就投河自盡了，來來來，本公子和你賭上一局。」

胡君璞陪笑道：「小老兒怎敢和公子賭。」

齊天心冷冷道：「本公子不耐和你囉嗦，現在一切現成，我就和你賭一付牌，你贏了，本公子身上這件狐裘給你，如果你輸了，哼哼，可要關門大吉，替本公子滾出張家口。」

莊玲忍不住輕輕拉開一絲門縫，杜良笠一瞧，只見廳中高高矮矮圍滿了人，原來正在賭牌九，那胡老闆坐在上方，顯然是在推莊。

那胡君璞愛財如命，他一打量齊天心身上所穿皮裘，心中狂跳不已，他買賣皮貨幾十年經驗，所見名貴皮貨何止萬千，可從來沒有見過如斯寶裘，他心中估量：「這件銀狐裘乃是千年老狐集腋而成，相傳妙用無窮，我老胡送上門來生意如何不做。」

他明知對手善者不來，可是重寶當前，不覺迷失了本性，他對賭是十拿九穩，當下正色道：「一切就依公子。」

齊天心冷冷道：「你砌牌吧，我可不怕你弄鬼。」

其實他對賭乃是門外漢，根本一竅不通，就連牌的大小都不懂，他心中另有計較，是以悠閒地斜睨胡君璞，只見他熟練地砌好牌，一撒骰子，口中叫道：「七天門。」

伸手便欲去拿牌，齊天心也一伸手裝作拿錯了牌，輕輕一按，胡君璞手來牌上，竟然拿牌不動，原那牌子已是齊天心運內勁陷入桌中，那張大桌乃紫檀所製，堅逾鋼鐵，胡君璞心中一寒。齊天心一拂袖子，眾賭徒還沒看清楚，齊天心已取了那對牌，砰地一聲翻在桌上。

眾賭徒一齊叫道：「至尊！至尊！」原來那牌正是一個三配上一個六，是牌九中最尊的一道。

胡君璞臉色灰敗，齊天心裝作內行道：「你這局輸了，就請快快收拾行李，替本公子離開此地。」

胡君璞站起身來一言不發。齊天心又道：「如果下次在別的地方再遇到你欺壓良民，可就沒有這樣便宜了。」

胡君璞問道：「請教閣下萬兒？」

齊天心道：「我叫齊天心，你向江湖上打聽打聽！」

胡君璞心中一驚，面若死灰踉蹌而出，杜公公一拉莊玲，閃身門後。

齊天心追趕三個異服青年，追失了目標，又跑回來閒蕩，不知天高地厚地替本地除了一個大害，心中不由得意洋洋，心想又可大出風頭了。他大步走出廳來，到了門邊一停，冷冷道：「門後的人出來，不然在下可無禮了。」

杜良笠無奈，只有和莊玲走了出來，齊天心一瞧莊玲，他心中大驚，脫口道：「你……你真像一個……一個人。」

他上次黑夜出手解了莊玲及杜公公之危，他心志高傲，為人又是粗放，對杜良笠並未留心注意，此時杜良笠換了一身衣襟，竟然識不出來。

莊玲心中一甜，忖道：「原來他沒有忘記我，這人真傻，他真以為我是男人。」

莊玲向他笑，齊天心只覺如盛開鮮花，明艷不可方物，他結結巴巴道：「小……小兄弟，可是……可是姓莊？」

莊玲心中暗笑，她少女心性，最愛逗人，就是對仰慕之人，卻也不能例外，她搖搖頭道：「小可姓張，不敢請教兄台大號。」

其實她方才已聽見齊天心自己報名，齊天心見他不姓莊，心中悵然若失，他支吾兩句，跨出門外。

杜公公嘴角含笑，莊玲嗔道：「杜公公，這又有什麼好笑？」

杜公公道：「小姐，這少年神采飛揚，什麼人都不會放在他眼中，也真難為他，居然記住小姐姓氏。」

莊玲大羞，忽然外面一陣歡呼，有若雷鳴。莊玲、杜良笠走出一看，只見院中秩序大亂，擁進一大批百姓，將齊天心抬得高高的就往外走，經過之處，眾人紛紛恭身行禮，就如天子王公巨侯巡行民間疾苦一般氣勢，那齊天心微微向眾人點頭示意，那銀色狐裘在陽光下更顯得高貴華麗。

杜公公悄悄地道：「胡老頭作惡多端，這姓齊的少年替民除害，難怪老百姓歡呼欲狂了。」

莊玲默然，她心裡在想：「我巴巴趕到張家口來，不知他是否又要離開此地，我何不上前問問。」

但她畢竟害羞，眼見眾百姓將齊天心抬出院子，漸漸地愈走愈遠，她心中無限悵然。杜公公如何不知她心意，嘴角含笑，心中老早便有計較。

廿三　悠悠眾口

杜良笠見莊玲癡癡望著姓齊的少年，他老經世故，知道小姐對那姓齊的頗有好感，臉上不由露出笑意，莊玲見齊天心漸漸走遠，心中彷彿失落了什麼，她回頭一瞧，杜公公笑意未泯，心下不由得十分羞愧，她乃是嬌縱已慣之人，當下嗔道：「杜公公，你笑什麼？」

杜良笠支吾道：「這姓胡的幾代橫霸口北已百十年，想不到被這少年像趕喪家之犬一般夾尾而逃，真是天網恢恢，惡有惡報了。」

莊玲道：「這皮貨堆集如山，價值何止千萬，一刻之間，均變成無主之物，杜公公你說一個人要這許多錢幹嗎？」

杜良笠歎口氣道：「財富權勢迷人心竅，世上又有幾人能勘瞧得透，小姐你年紀太輕，不說也罷。」

莊玲一嘟嘴道：「又是說年紀太輕，杜公公，我要長得多大了，才能不算是小孩子？」

杜良笠含笑不語，半晌才道：「小姐你來此不是要選購一件皮裘嗎？目下這無主之貨，任你隨手取拿便是。」

這時院中人聲喧雜，那些夥計見東家被人趕走，平日飽受東家刻薄，此刻反有喜悅之感，只求趕快將所經營之貨脫手，撈上一大筆也好另尋生計，是以不管皮貨品質，紛紛以二十兩銀子一件出售，那遠道而來的皮貨商人，眼前如此便宜可圖，都拚命搶購，是以秩序大亂。

莊玲皺皺眉道：「這些都是凡品，要是有那銀灰狐裘，倒可以弄上一件。」

杜良笠一眼看中一件墨色狐背拚成之外裘，他一摸囊中取出一錠大銀，足足有五十兩重，隨手丟在櫃桌之上，取下那皮裘，扶著莊玲從人叢中擠出。

杜良笠心道：「小姐人白如玉，穿上這墨色衣襟，更顯得明艷。」口中卻不停地道：「穿件皮裘禦寒也是好的，這皮裘如按常價，只怕在五百兩左右哩！」

他目光極是犀利，這皮裘標值正是五百六十兩白銀。莊玲嗔道：「杜公公，你真囉嗦，你這樣拾破爛一樣揀了便宜貨，哪個要穿才怪哩！」

杜良笠含笑道：「小姐，咱們漂泊在外，一切都得將就些。」

莊玲氣道：「這也將就，那也將就，上次在北京城外，那幾個無賴官家少年欺侮到我頭上來，你不但不出手教訓他們，反而向那些壞蛋賠禮，這種便宜貨，也當寶似的要我穿，我……這我可受不下了。」

杜良笠不知她又為何突發脾氣，只好柔聲道：「好，好，小姐不穿就不穿，等以後有機會碰上那姓齊的少年，問問他身上那銀裘是哪裡買來，老奴拚著老命也替小姐弄上一件來。」

莊玲也不知為什麼會突然發火，她惱怒那姓齊的少年粗心大意，又覺得自己衣上寒酸不能和別人相比，不由亂使性子，將一肚子火發洩在杜公公身上。

她瞟了杜公公一眼，只見他白髮蒼蒼，面上皺紋深刻，僕僕風塵，心中忽感不忍，對於適才使氣也覺甚是慚愧，但她是做慣了大小姐，要想說一句表示歉意的話，竟是難比登天，只有嗔笑道：「這兒沒有什麼熱鬧可瞧的了，咱們這就去罷。」

杜良笠心中一鬆，望著莊玲又喜又嗔的模樣，心中一震，多年前那熟悉的影子又浮在眼前，依稀間有幾分和莊玲一樣。

兩人漫步走出胡家老店，杜良笠忽道：「那姓齊的少年不知究竟是何路數，瞧他手面闊綽，就是王孫公子也是望塵莫及，偏他武功又深不可測，真令人猜不透了。」

莊玲漫聲道：「杜公公，那姓胡的惡霸看樣子極是精悍，他會這麼一走了之嗎？」

杜良笠沉思半晌道：「這事只怕不會如此簡單，好在那姓齊的武功高強，別人也奈何他不得。」

莊玲不語，暗中放心不少。兩人走回客店，吃過了飯，休息一會，杜良笠道：「咱們既要定居張家口，先得找幢房子才成，目下閒著無事，小姐好生休息，待老奴去瞧瞧。」

莊玲道：「我不累，我也要去。」

杜良笠無奈，只得依她，才一走出門，只見街道上兩人疾奔而來，杜良笠眼快，他拖著莊玲閃向暗處，自言自語低聲道：「那兩個主兒又來了，真是怪事，明明往中原跑，怎的又折轉了回來，難不成……」

他心中一凜，耳畔莊玲低聲道：「又是董其心那小賊和姓藍的叫化頭嗎？」

杜良笠點點頭，莊玲道：「我要去問一問這小賊，咱們見他可憐，好生生地收留他，他卻爲什麼要害爹爹。」

杜良笠壓低嗓子道：「小姐千萬莫魯莽，報仇之事不急於此時。」

這時董其心、藍文侯已走進客店。藍文侯道：「小兄弟，那人機智已極，咱們一路上跟蹤而來，竟吃他走脫，今晚就是搜遍這張家口，好歹也要將那廝尋出。」

董其心道：「大哥身有急事，爲小弟私事又來回奔波，小弟何能心安，那廝手腳雖是賊滑，但小弟自認尙能對付，大哥你還是快趕回開封去處理正事爲妥。」

藍文侯哈哈笑道：「小兄弟你怎麼扭扭揑揑起來了，大哥怎會和你講客氣，你追趕那人，可看清他面孔沒有？」

董其心道：「雖未看清他面孔，但是他身形小弟再怎麼也不會認錯，大哥，這人與小弟心中之秘，只怕大有關係，小弟知他姓秦，與另一姓梁的兩人蒙了面在莊人儀的家中作客，那個姓梁的已經死了……奇的是這姓秦的獨臂我分明看見他已死在瞽目神睛的金針下了，怎麼又復活了？」

藍文侯久走江湖，並不追問其心的身世秘密，兩人雖則結伴千里，成了披肝瀝膽的義氣朋友，但藍文侯對這神秘出奇的小兄弟，仍然覺得是一個謎。

藍文侯沉吟片刻道：「適才天黑在城外我追趕他時，在月光下總算看清他的面孔，這事實在太奇，倒教大哥不敢相信了。」

董其心道：「大哥有什麼發現？」

藍文侯道：「此人竟和昔年江湖上人人聞之喪膽的一個人物長得極爲相似，如果真正是他，不是大哥洩氣，小兄弟你武功雖比大哥高明數倍，但絕不是那人敵手。」

董其心緊張問道：「大哥，你說的是誰？」

藍文侯一個一個字慢慢地道：「小兄弟你可聽過地煞董無公？」

董其心中大震，那在暗處的杜良笠也是一凜，身子不由微微打顫。

董其心略一沉吟，不覺恍然大悟，他縱聲笑道：「這人平常總是蒙面，這只怕不是他的真面孔哩！」

藍文侯哦了聲道：「這樣說來，他是僞裝了。」

董其心忖道：「這姓秦的好好在莊人儀莊院中，忽然失了蹤跡，只怕是偷了一具面具，想要實行什麼陰謀。」

藍文侯又道：「如果真是如此，大哥倒有段事親身目睹，與今日之事頗是相似。」

他兩人說著說著，不由走進客店，藍文侯向掌櫃要了一間房子，和董其心走了進去，杜良笠向莊玲遞了個眼色，兩人便偷偷溜了出去。

藍文侯坐下來道：「江湖上人人傳說地煞董無公性子瘋癲，嗜殺若狂，其實人言傳說，卻也未必令人全信。」

董其心見他談論到父親之事，不由聚精會神，傾耳而聽。藍文侯道：「那年我丐幫剛剛在無錫開完三年一次的大會，我這個叫化頭兒交代完了眾人諸事，樂得清閒數日，遊歷一下這天下第二大湖，忽見遠遠風馳電疾行來了一條小舟，才一眨眼，便由一個小黑點划到近前，上面坐著一個青年儒生和一位秀麗姑娘。」

藍文侯歇了歇又道：「我仔細一瞧，原來那划來的卻是一個木盆，那青年儒生用劍撥水，卻行走如飛，瞧他神氣安定好不瀟灑，我正看得出神，暗想天下之大，真是能人輩出，忽然一聲暴喝，湖面上出現八九條大船，直往這儒生追來，我一瞧那旗幟，竟是在太湖稱王的太湖龍王李發發的船隊，我當時心中不服，暗忖這儒生追趕別人一條小船，實在太不英雄，便想打抱不平，心想以我丐幫聲威，或者可以使李龍王賣個面子，放過那儒生，正在盤算亮出萬兒，只見那青年儒生施劍一撥，那木盆端正停在湖上，湖波如濤，那木盆似釘在水上，一動也不動。」

其心天資敏悟，已然聽出幾分，他爲人最是沉著，並不打斷藍文侯講述，藍文侯接著道：「那太湖船隊部眾在船頭叫道：『只須放下那娘們，便可饒你一條小命。』

那青年儒生不慌不忙，聞言不動聲色，仰目望天，竟然絲毫不瞧對方在眼內。我當時著急，心想你本事雖高，怎抵擋這數百水賊，那青年緩緩道：『李發發，久聞你盜有道行，平日劫富濟貧，念你尚無太大惡行，你們快快回去吧！』

李發發一聲狂笑叫道：『我李發發一生連天地鬼神都不買帳，倒要聽你這後生教訓，哈哈，好一個後生可畏。』

那青年不再說話，只漫不經意四下張望，李發發一聲令下，那船家紛紛轉舵，形成包圍之勢。我看看形勢已急，伸指一彈，彈出我丐幫令信，那鋼箭令深深沒入大船主桅。李發發高聲叫道：『丐幫哪一位英雄來臨，在下有失遠迎，真是失禮已極。』

我朗聲道：『在下藍文侯，幸見太湖龍王。』

那時丐幫威名正盛，李發發也知丐幫不好惹，當下客客氣氣接待我上了大船，我這人不善言辭，開口便道：『這位朋友和在下有緣，就請龍王高抬貴手。』

我原以爲他會賣一個面子，只因當時大江大河都是我丐幫地盤，端的不可輕視，誰知他臉色一變道：『別的都可依了藍幫主，這個可是不成。』

我當時年輕氣盛，馬上就要發作，後來一想我今日人孤勢弱，這場架是打不成的了，不若過幾天約上雷老二蕭老五他們再來瞧瞧顏色，那李發發盛氣凌人，下令將那兩人活捉，船上跳下十數壯漢，向那小木盆游去，那青年一手托著女子，雙足一展，就如一頭大鷹，凌空躍到我們身旁。

他一言不發伸手一按主桅，只聽啪地一聲，我那丐幫鋼箭令像活了一般激跳而出，落在他掌內。

我心中大驚，心想這人年紀也不過和我相若，功力怎麼如此深厚，他這逼物使勁，內力已到收發自如地步，我一年到頭行走江湖，這等高手倒是沒有見過。」

董其心道：「上次那姓齊的在酒店露的一手，也和這個差不多。」

藍文侯點頭道：「李發發臉色大變，作勢便想要圍毆，我藍老大可就看不慣了，那青年儒生向我笑了笑，飛身又帶著那個女子到了另一條船，也在主桅按了按，又躍到第三條船上，眾人只覺眼睛一花，也來不及阻攔，那青年又躍上別船，只片刻工夫，他洒然又立在李發發身前。

他沉聲道：『李發發，你劫財便不該劫人，我本不想管你們這些人閒事，可是既叫我撞上了可就算你們倒楣，如果不服氣，有如船桅。』

他伸手連揮，每一隻船上粗可合抱的主桅，竟然紛紛齊腰而折，我當時驚得合不攏嘴，又是佩服，又是慚愧。李發發臉色鐵青，驀然右手一揮，只見船艙之下躍出了二十名大漢，各執硬弓一言未發便向那青年書生射去，李發發一拖我一按桌上暗門，雙雙落到船下。

我當時心中擔心不已，那青年武功再高，這船上太狹，二十支硬弩真可把他射成箭蝟，正待破艙援救，忽然咔嚓一聲，那青年竟然打破厚逾五寸甲板，也落身艙內，一出手便點中李發發穴道，揚長而去，待我走出艙來，只見那二十名弓箭手都呆呆立在地上，如木雕泥塑一般，我心中對那青年已是佩若天神，也不知他用什麼身法，能在間不容髮中閃避過箭雨，還弄倒這二十名壯漢，放目遠眺，那小木盆已然遠去，又只剩下一個小黑點。」

董其心已隱約猜到藍文侯所說的多半就是父親昔年英雄事跡，他見藍文侯眉飛色舞，心中也不禁雀躍不已，但臉上仍是淡然。

藍文侯接著道：「我回到艙下替李發發去解穴道，可是拍了半天，並不見效，那二十名壯漢也是受了獨門點穴手法，我竟無法解救，心想如果十二個時辰之內不能解穴，血脈阻塞，這幫人只怕便得落個殘廢。那青年武功極高，手段卻是太過一點，那太湖幫眾見太湖龍王被制，一時之間也失了主意，不知如何是好，正在焦急之時，忽然遠遠湖上洞簫聲起，朗朗極是悅耳，不一會那小木盆划來，船上立著的正是那俊雅儒生，只見他全身白衫，夕陽初照，真如神仙中人，他見我還在船上，不由神色微詫，又向我笑笑，躍過船來，伸手便解了眾人穴道，李發發滿臉萎靡之色，那青年似不忍，停了片刻才道：『如果你知道今日敗給誰，你便不會如此喪氣了。』我心想這青年甚是天真，想來涉世未深，哪有向敵人如此解釋的，明明一片好心，倒被別人誤會成有意藐視。李發發沉臉不理，那青年又道：『在下姓董草字無公。』」

其心聽到這裡，心中猛跳不已，他明知這事的結果定是如此，可是從藍大哥口中說出，瞧著藍大哥那堅毅的臉型，其心恍若他已替父親洗清了冤枉一般高興。

藍文侯見其心臉色激動，雙目放光，他知道這個小兄弟平常深沉沉著，心中不由暗暗稱奇，藍文侯又道：「那青年一出此言，不說李發發面無人色，就是我這自命見識多廣的丐幫幫主也是大驚失色，要知董無公名噪湖海，是江湖人人見而喪膽的魔頭，想不到竟是如此一個清秀青年。

李發發沉吟半天才顫聲道：『望閣下手下留情，只要留下我兄弟性命，這……這太湖基業和我李發發只管由閣下發落。』

董無公一怔，哈哈笑道：『我遍行天下，豈在乎你這區區太湖，李發發，自古豪傑往往敗在色字一關，你可要小心了。』他說完便走，過了半天，湖上飄來嗚嗚的簫聲，交雜著幾句歌聲，那歌詞我還記得：『是非本無定，但求我心安，皎比明月，皎比明月，那悠悠眾口，難道黑白。』

那聲音愈來愈遠，愈來愈是低沉，突然洞簫之聲一斷，湖面上靜悄悄的，我和李發發面面相覷，那太湖龍王平日何等威風，此時恍若惡夢初醒，又若死裡逃生，好半晌才安定下來，我便告辭而去。」

其心心中默默念道：「但求我心安，皎比明月，皎比明月。」

一時之間，他忽然覺得父親受人冤枉一世，卻是默默忍受，心中真如沸騰，幾乎放聲大哭。

其心心細無比，他忽然想起上次在秦嶺，藍大哥和爹爹照了面，藍大哥怎會認不得父親？

他心中狐疑不解，藍文侯又道：「這事一了，我才走出太湖的頭一天，忽然接到報信，丐幫江南大舵被人整個給拔了，四十九名分舵主都被劍劍斬絕，來人竟自稱爲赫赫大名的地煞董無公，我再一盤問那報信的幫眾，那事發之時卻正是董無公在太湖上泛舟之時，此人難道還有分身之術不成？」

其心心中思索藍文侯爲什麼見了父親之面竟不能識得，忽而靈機一動，恍然大悟道：「爹爹最近幾年蒼老得很快，簡直和我小時候變了一個人似的，藍大哥看見父親時只怕是三十年以前之事了，他驟然見到蒼老的父親，自然一時認不出來，何況他上次身中南中五毒，神智已不太清楚。」

其心轉念又想道：「就是莊人儀他們製的父親面具，也是照爹爹壯盛時容顏所模，難怪我見那面具雖然製得維妙維肖，總覺和爹爹有點不同，原來就在神態年齡上有差，藍大哥一看那姓秦的戴上面具，自然便會想起爹爹了。」

他疑念一釋，又專心聽藍文侯道：「後來我仔細沉思，便斷定一定有人冒地煞董無公之名，可是那湖上所見之青年，功力之高是我平生未見，除了地煞又有何人具此功力，那麼血洗丐幫江南大舵之人，一定就是冒牌的了，可是能一手摧毀四十餘名武林高手，那人功力也是駭人聽聞的了，這事一直沒有結果，丐幫從此退出江南，可是我心中還是以爲那湖上所見青年才是地煞董無公本人。」

其心好生感激，他正色問道：「藍大哥，如果天下人都說他是該殺之人，而你又明知他是正直善人，你卻將怎樣？」

藍文侯不假思索地道：「只要爲了正義，就是拋頭顱也是小事，何懼天下之人？」

其心懇切地道：「藍大哥，你真是血性漢子。」

他伸手緊緊握著藍文侯，只覺藍文侯那又寬又大的手，傳出股股熱流，暖烘烘地流過心中。

藍文侯道：「後來我將此事告訴周石靈道長，咱兩個在多年以後，琢磨了許久，得到一個共同結論：那冒充地煞董無公之人，也是一個絕代高手，濫殺無辜，不顧道義，都是此人傑作，然後嫁禍地煞董無公，此人積慮處心，一定包藏著一個極大禍心。」

董其心暗忖道：「爹爹功力喪失，定與這冒他之人有關，我住在莊人儀莊中，他們有爹爹面孔的面具，但這些人武功畢竟有限，冒充爹爹也只能騙倒一般江湖中人，難道……難道他們後面另有主使之人？」

他想到此，心中不由一寒，對那姓秦的更起疑心。

兩人商量一會，藍文侯突然一掌滅了桌上油燈，其心推開窗子飛身而出，只見兩條人影一閃而逝，其心還待去追，藍文侯道：「小兄弟，這兩人走遠了，追也追不上，咱們不如分途去尋尋你要找的人，只要此人還在張家口，總不怕他跑到天上去。」

兩人一縱而去，原來藍文侯和董其心昨日出了張家口，夜裡其心遇上了莊人儀家中蒙面神秘的姓秦的漢子，他心知莊人儀家中每個賓客都和父親之事有關，他想父親匆匆又趕到崑崙山去，不知是何事故，這姓秦的行動古怪，自己倒要探探，便跟蹤而來，藍文侯終覺不放心這個小兄弟，也陪他重折而回。

且說杜良笠和莊玲在外轉了半夜，卻找不到出售之房屋，回來時經過前院，只隱隱約約聽到藍文侯和其心正在暢談，便偷偷湊近了去聽，才一走近便被藍文侯發覺，兩人連忙溜走，才一進了獨院，只見屋內燈火全暗，杜良笠躡步走近，正待上前開門，忽然一個低聲音道：「杜總管，你瞧是誰來了？」

杜良笠一聽那聲音，心中又驚又喜道：「秦叔奚，原來是你！」

屋裡那人把燈一亮，正是莊人儀莊中那姓秦的獨臂蒙面人，他躲避其心的追蹤，無意之間發現杜公公行蹤，便偷進屋中等待。藍文侯雖是老江湖，卻沒想到追蹤之人居然大膽無比，就在眼前。

姓秦的怎麼會死而復生？這是一個大關鍵，他關係著其心後來的一生。

那姓秦的蒙面人打量莊玲一下道：「幾年不見，小姐愈發秀麗了，杜兄這幾年可好？」

莊玲搶著說：「秦……秦大叔，這些年來咱們可吃了不少苦頭，秦大叔，你一向在哪裡呀？」

秦叔奚黯然道：「這些日子，我哪一天不在想替莊主報仇，可是想來想去，那姓董的小廝武功高強，後面一定又有人指使，千萬魯莽不得。」

杜良笠道：「秦兄千里趕來，難道有甚大事發現不成？」

秦叔奚道：「咱們報莊主之仇時機已至，這個機會千載難逢，不僅能夠把姓董的小賊除去，就是丐幫那些傢伙也可一網打盡。」

杜良笠沉聲道：「此話當真？」

秦叔奚緩緩道：「西域凌月國主親自到了洛陽。」

杜良笠大震道：「凌月國主，那麼中原武林豈不要遭殃？」

秦叔奚道：「他帶了九個徒弟，一路進入中原，殺了不少高手，凌月國主三十年前到過中原一次，和中原群雄爭鬥，結果和莊主結下了一段交情。」

杜良笠點點頭道：「你的意思是要我們到洛陽去求他出手報仇？」

秦叔奚道：「正是此意。」

杜良笠沉吟半晌，他向莊玲望了望。莊玲道：「只要報了爹爹媽媽的仇，我們辛苦一點也算不了什麼。」

杜良笠道：「小姐好志氣。」

莊玲心中忖道：「董其心，你驕傲心狠，總有人能制住你。」

她不由又想起董其心那灑脫可愛的面孔，她連忙把那面孔驅出腦海，她暗暗道：「父仇不共戴天，我一定不能心軟。」忽然齊天心那張漂亮面孔又浮了上來，她只覺心中一亂。

秦叔奚道：「杜兄最好明日就動程，小弟避開藍叫化子和姓董那小廝，再相機在洛陽會合。」

他說完便從窗口出去，杜公公喃喃道：「莊主夫人陰靈不遠，助老奴一臂之力。」

莊玲眼圈一紅，看看天色不早，便進了寢房。杜良笠凝視著那閃閃的燈火，默默地盤算著……

次晨一早，杜良笠僱妥了車子，便又兼程趕回去，他倆人一路跋涉而來，又原路而回，莊玲對旅途生活枯燥，十分不耐。

馬車踏著黃沙滾滾的道路，不一會走進一個林子，朝陽初開，林中靜悄悄的什麼聲響也沒有，杜良笠抬眼一看，臉色大變道：「誰在這林中殺人？」

莊玲一瞧，前面草叢中果然血跡斑斑，那趕車的人心驚膽顫，勒馬不敢前行，杜良笠與莊玲下車走去，才走了數十步，那血腥之味愈來愈重，忽然眼前一暗，樹木甚是密茂，兩人撥開小樹，只見不遠之處幾株沖天古木，上面懸著七八具屍首，每具都是全身傷跡，慘不忍睹。

杜良笠皺皺眉沉吟道：「這口外之地怎的也這麼不安寧？」

莊玲閉上了眼不敢再看，她忽然想起一事，叫道：「杜公公，那不是昨天賣墨狐裘給你的人嗎？」

杜良笠照她所指一瞧，正是那胡家老店中的夥計，他略一考慮，心中已有幾分明白，歎口氣道：「這些都是胡家店夥計，他們紛紛席捲而逃，卻是逃不過胡君璞手掌，人為財死，此言看來真是不錯。」

莊玲道：「你說是那姓胡的回來下的手嗎？好毒的手段，那……那……那真是可怕。」

杜良笠知她心意，忙道：「那姓齊的一定走了，胡君璞才敢回來下手，其實，就是十個胡君璞，也不是他的對手。」

莊玲大為放心，突然林中蹄聲大作，杜良笠閃身護在莊玲前面，只見對面樹叢深處，一騎一人如飛而至。

莊玲借著晨光，看清楚來人，她心中狂跳不已，原來那來人卻是齊天心，他背上背著一個漢子，氣息全無，想是死去多時，赫然正是那胡君璞。

莊玲匆匆趕回中原，早上竟忘了著男裝。齊天心瞧見了她，連忙下馬將胡君璞拋在地上，凝目看了莊玲一眼，卻是說不出一句話來。

杜良笠道：「這廝定是以爲閣下走遠，便想回來重振威風，先下手殺人，立個下馬威，想不到畢竟逃不過閣下手中。」

齊天心點頭道：「我一時疏忽，倒叫這幾人白白送死，真是叫人不安。」

杜公公道：「生死有命，這也怪不了誰！」

齊天心像是沒有聽見他說話，他忽然失聲道：「莊姑娘，你……你就是……你扮裝那姓張的男子，我竟被你騙過了！」

莊玲見他這時才發覺，心想你這人粗心大意得很可以了，她抿嘴道：「我姓莊，誰又裝什麼大男人了，真是奇怪。」

齊天心見著了她，心中甚是喜歡，忙說道：「莊姑娘，你們怎麼也千里迢迢跑到塞外來？真是湊巧，想不到會在這裡碰到你們。」

莊玲粉臉一紅，這正是言者無心，聽者有意，她遠來張家口，固然是爲了避仇，但少女芳心，卻另外暗藏了一份心思，莊玲好像秘密被人拆穿，又是羞澀又是惱怒，好半晌才道：「我們到處受人欺侮，只好東逃西躲了。」

她半真半假，但想起身世楚楚可憐，不禁真的悲從中來，眼內珠光閃爍。

齊天心道：「誰敢欺侮你，我替你出氣。」

他激動之下，衝口而說，莊玲聽得甚是受用，她幽幽道：「像你這麼高的武功，自然沒有人敢與你作對了，可是你可知道，我……我們……別人看我們一老一小，好像是天生該被欺侮似的。」

齊天心叫道：「倒底是誰欺侮你，你告訴我個姓名總可以。」

莊玲道：「我一時之間也說不出來，總之有很多人便是了，喂，你……你……真願和我們作朋友嗎？」

莊玲四下一看，杜公公已經走開，她大膽瞪了齊天心一眼，只見他朗朗丰采，實在瀟灑之極，臉上一片坦誠，和那冷漠深沉得像石頭一般的董其心，真是不可同日而語了。

齊天心點點頭，莊玲道：「如果我們是壞人，很壞很壞的人，你也願意和我們作朋友？」

齊天心一怔，口中茫然道：「你怎會是壞人？你怎會是壞人？」

莊玲心中一喜，不覺笑靨如花。齊天心結結巴巴地道：「你……莊姑娘現下又要到何處去？」

莊玲道：「我們又要回洛陽去。」

齊天心面露喜色道：「我在此地還有點事要辦辦，我日後也要到洛陽去，那時咱們又可相見。」

他坦然而言，神色甚是誠摯，莊玲又羞又喜，只見齊天心目光中流露出一種難言的情意，她正待開口說兩句好聽的話，一時卻不知說什麼好。

齊天心這人心中所感，完全流露在面上，莊玲見他臉上頗有留戀之色，心中也突感悽涼不已。

齊天心道：「姑娘路上珍重，我……我這就去了。」

莊玲黯然低下頭去，待她抬起頭來，齊天心已放馬而行，她招招手，齊天心又走了過來，莊玲柔聲道：「我脾氣不好，你別見怪。」

齊天心雖有滿腔情意，但卻說不出來，他只點點頭道：「你脾氣很好，很好，就是你生了氣，我……我也不去怪你。」

莊玲道：「你永遠不怪我？我亂發脾氣你也和我作朋友？」

齊天心道：「永遠不怪你。」

莊玲只覺眼角一酸，流下兩行眼淚，她忙揮袖揩去，輕歎一口氣道：「那我就放心了，好……你……你走吧！」

她呆呆看著齊天心影子消失在來路上，這時杜公公也叫趕車的把車趕了過來，馬鞭一抖走過了林子，又是漫漫黃沙，一片大地。

杜公公忽道：「如果那藍文侯和董其心趕回，又碰上咱們，咱們可要裝得使他們不起絲毫疑念。」

莊玲道：「他難道認不出我？」

杜公公道：「小姐這三年模樣大變，已是個如花少女，那廝一定認不出來，我老兒戴上人皮面具就可以了。」

莊玲道：「那咱們也改了稱呼姓名，他便不會懷疑了，好，杜公公，咱們就父女相稱。」

杜公公大驚道：「這個折殺老夫了！」

莊玲道：「你就依了我。」

杜公公望著她，對於這個嬌慣了的小女孩，他可是沒作手腳處。

他們走遠了。過了半天，這路上來了兩人，正是藍文侯和董其心。

董其心道：「藍大哥，咱們既然追丟了那獨臂人，此處也不必多留，咱們快走吧！」

藍文侯道：「小兄弟，我知你的意思，但你的事也很重要，咱們分道揚鑣如何？」

董其心道：「那麼我再從大哥一程。」

廿四　以一敵三

其心陪著藍文侯再走出了張家口，漫長的黃土道上，就只有他們兩個行者。

藍文侯抬眼望了望四周，風沙在空中飛舞著，他歎了一口氣：「小兄弟，送人千里，終須一別，你到此為止吧！」

其心道：「大哥你這就到開封去嗎？」

藍文侯道：「是啊，我得日夜兼程，而且全走小路間道，定要在那三個異服狂人之前趕到開封……」

其心皺了皺眉頭，有一個問題他一直藏放在心裡，到了這時候實在忍不住了，他問道：「藍大哥，不知那三個傢伙是一齊趕到開封還是分頭行事？」

藍文侯道：「據我猜想，他們必然是一齊先到開封作案……」

其心想了想道：「開封城有雷二俠在，再加上大哥你，那三個異服狂人雖然厲害，但要想在開封城裡殺人作案，只怕便沒有那麼安穩了，我擔心的是……」

藍文侯道：「你擔心什麼？」

其心道：「如果那三個傢伙不先到開封去呢？他們先到洛陽……或是長安，那邊無論是穆十俠和蕭五俠，或是白三俠與古四俠，只怕……都非那三人敵手！」

藍文侯歎了口氣道：「我何嘗沒有想到這一點，只是咱們摸不準他們究竟先到哪裡，只好如此分配了——」

其心道：「若是他們先跑到洛陽，白三俠和古四俠兩人怎能敵住？以他們兩人的性子，必是一拚了之，那豈不要糟？」

藍文侯呆了半晌，長歎道：「中原武林高手如雲，若不是個個挾技藏諸名山，管天下事的大擔子，又怎會落到我藍文侯這等不成才的身上來？罷了罷了，一拚罷了，我不管誰又來管？」

武林中身懷絕技的高手不乏其人，但不是關在廟宇道觀裡面唸經，就是躲在深山茅屋之中，修身養性，藍文侯終生恓恓惶惶，吃自己的粗茶淡飯，管天下的不平之事，到頭來丐幫還讓人給拆散了，就沒聽見哪個武林高手出來為他抱不平的，他雖然是英雄肝膽，這時仍是忍不住大發牢騷了。

其心默默想了一想，忽然道：「大哥，你到開封去，我到洛陽去吧！」

藍文侯一把抓住了其心的肩膀，激動地叫道：「小兄弟……小兄弟，我早就知道你是滿腔熱血的！」

其心是個城府頗深的少年，他盡量使自己冷得像是一塊冰，好像世上沒有一件事能夠使他的熱血沸騰，但是有一件事是無法改變的，那便是——他是地煞董無公的骨肉，他的血脈中流著的乃是董無公那熱情的熱血！

此刻其心終於無法再冷靜了，他曾不只一次告訴自己，只管自己的事才是最聰明的人，世上不平的事太多了，要管也管不完，無法阻止所有的不平事，只有躲避它便了，但是其心愈是冷靜，愈是躲避，結果卻是逼著他一步步地步入世上的不平事中。

藍文侯興奮地握著其心的手道：「那麼小兄弟，咱們立刻就各奔目的，洛陽城中悅來老客棧是丐幫會合之地，剩下一個長安，那……那就碰碰運氣了！」

其心不知怎的心中有一些亂，他笑了笑拱手道：「大哥珍重。」

目送著藍文侯魁梧的背影遠去，其心聳了聳肩，自己對自己說：「既然答應了，就放手去做罷。」

於是，他向右邊的一條路走了下去。

晨曦像黃金般燦爛，在北國的平原上更顯得那麼輝煌。

其心睜開了眼，他把蒙蓋在頭上的衣服掀開，昨夜，他就這麼睡在荒野的大樹下。去冬的枯草梗戳著他的背，左腳也有麻木，他彷彿又回到了童年流浪的時光，他微微笑了一笑，坐了起來。

他眼前一亮，使他驚詫的是不知什麼時候在他睡覺的坡向下看去，不及三丈之遠停著一輛帶蓬的馬車。

他想了想，昨夜睡覺的時候分明是一片荒野，想來這輛馬車必是半夜停到這裡來的了。

他暗道：「唉，昨夜睡得真和死人一樣了。」

他把那件當被子的厚衣穿上，隨手攏了攏頭上散亂的頭髮，便一步步走下坡來。

走到那馬車旁，忽然他聽到「咦」地一聲驚呼，他一回頭，只見到一個男人的背影很快地閃入車內，他不禁怔了一怔，只見那篷車後面又走出一個婀娜的少女。

那少女生得面如芙蓉，目如明星，雖是布裙衣衫，但是卻遮掩不住她無比的艷麗，令其心驚震的是，這一張臉孔依稀有幾分熟悉——

他想了一想，想起來了，這少女的臉孔竟和三年前莊人儀的那個寶貝女兒有幾分相似。住在莊家中當小廝的時候，其心對於那個嬌縱的小女主人根本不理不睬，那時他除了覺得那個年齡相仿的女娃兒長得很好看以外，旁的什麼也沒有感覺到，莊玲對他的一片真心情意，他根本毫不在乎，直到他出手擊斃了莊人儀之後，才感到十分抱愧，尤其一當他想到了莊玲，他便覺得十分內疚。

這就是其心先天的唯一弱點，他在外表上是做到了「不動心」的地步了，但是在內心仍會感到內疚，就只爲了這個弱點，終於使其心後來陷入了無窮的煩惱。

其心望著那少女不禁呆了半天，那少女被他這麼盯著，不禁臉上一紅。慢慢低下了頭。

其心見她並不認得自己，忍不住問道：「姑娘——」

那少女抬起眼來望了其心一眼，其心被她望得心中微微一慌，他停了一停才鼓起勇氣道：「姑娘——可是姓莊？」

那少女低頭搖了一搖，沒有答他。

其心沒有什麼話可說了，本來打算走開，但是忍不住仍站在那兒打量了那姑娘一眼。

那姑娘以爲他已經走了，抬起眼來，正碰上其心的眼光，她紅著臉背過身子去。

其心呆了一呆，這時蓬車裡一個人走了出來，看那衣著正是方才見到的那個漢子，其心一看，只見是個年在六旬的老者，臉上皺紋縱橫，雙目中卻射出一種奇怪的光芒，牢牢地盯著其心。

其心有些不好意思，連忙拱了拱手道：「老丈請了。」

那老人冷冷點了點頭道：「小哥兒打哪兒來？」

其心的心中正在想著別的事，心不在焉地隨手向後指了指，那老人道：「這麼說來，小哥是要往洛陽去啦？」

其心道：「正是……」

老人的目中又射出一道異光，微微點了點頭道：「咱們是同路的了。」

其心心中仍在想著那個熟悉的面容，這時那少女走了過來，對那老人道：「爹，馬兒餵好啦……」

那老人指著那少女道：「這是小女——」

其心只好拱拱手道：「老丈，你們坐車，在下這裡先行了。」

老丈拱手道：「好，好，咱們前途見。」

其心本對那姑娘總有幾分疑惑，但是那少女喚那老者一聲「爹」，這就驅散了他的疑惑，他大步向前走了。

他心中暗笑道：「聞說女孩子家長大十八變，若是那莊玲真還在世上的話，只怕就是站在我面前我也不一定就認識呢！」

這一段路上一個行人也沒有，其心不自覺地愈走愈快起來，也不知走了多久，背後蹄聲得得，他回首一看，只見黃塵起處，那輛馬車飛馳而來，其心走到路邊上，遠遠只聽見車上的老漢高聲叫道：「嗨，小哥兒，你好快的腳程！」

得得得，那馬車慢了下來，那老漢道：「小哥兒，瞧不出你斯斯文文的模樣，行起路來真比慣走長路的腳伕還行。」

其心笑了笑沒有答話，他走到馬車邊問道：「老丈貴姓？」

老者揚了揚馬鞭道：「老漢賤姓易，小哥兒貴姓？」

其心道：「在下姓董。」

老者道：「此去洛陽還有好幾天路程．咱們這車子空敞得緊，小哥兒若是不嫌，就一起坐上來如何？」

其心想要快些趕路，只怕坐上車去人家要一路慢慢觀賞風景，到時候自己又不好意思，便道：「不，不，謝了，在下還是走走的好……」

那老者率性勒住了馬車，誠懇地道：「小哥兒，你可不要客氣，常言說得好，出門靠朋友，我老兒最喜結交年輕朋友，你不必推辭。」

其心雖然聰明絕頂，處事冷靜深沉無比，但是他的社會經驗究竟太少，那等應對交際之詞若是沒有經驗，任你再是聰明，也絕流利不起來，其心一時想不出用什麼話來推辭，只搖手道：「不，不……貴車上有女眷，在下怎好……」

他話尚未說完，那老者已大笑道：「來，來，又不是叫你坐在車裡面，你坐在我身邊豈不好？這車子原就該是兩人駕御的。」

其心覺得再也不好推辭了，只好爬上車去，他心中對這老者的好意十分感謝，只是不便說出自己急於施展輕功趕路。

馬車又啓動了，車輪在黃土路上壓下優美的痕跡。

午間經過一個鎮集，老者只讓馬匹飽餐休息了一下，自己也在鎮上買了些東西便繼續趕路。其心暗暗放心，心想大約這老者也是急於趕路到洛陽去，如這般走法，絕不會慢到哪裡去。

夜裡，他們又在前不巴村後不巴店的野外過夜了，其心拿了一條毯子下了車道：「在下在那樹下睡一覺便成了。」

他以爲那父女二人睡在那篷車中，哪知他方才躺下，那老漢也拿了一條毯子走到樹下來，其心道：「易老丈不要客氣，在下流浪慣了，露宿野外是經常的事啦……」

老漢笑道：「不不，小女一個人睡，老漢隨便睡哪裡都是一樣的。」

其心也沒多說，便閉目睡了。

夜深時，睡在其心身邊不遠的易老丈輕輕地爬了起來，他幾乎是一分一分地緩緩向其心這邊移了過來，當真是一點聲音也沒有發出，

漸漸，他到了其心的身邊，只見他的雙目射出一股殺氣，他輕輕舉起掌來，對準其心的正胸，緩緩地下降——

但是他的手掌降落到距其心胸口僅有數尺之時，他忽然停止了下落，只因他想到了一個問

題——

若是這一掌打不死董其心呢？

若是這一掌不能送了董其心的命，那麼今夜裡死的不是董其心，而將是自己和自己的「女兒」兩人了。

然而此刻是個難得的好機會啊——其心放心地熟睡在面前！

問題只在一掌能不能斃了董其心的命！

他重新把董其心的功力估計了一遍，三年前，他還是一個孩童的時候，他就一掌擊斃了武林中的神秘高手莊人儀，這三年後，董其心的功力該到了什麼地步了？

若是趁這機會用毒害他，那該是再好沒有的了，可是老者猶記得三年前「南中五毒」對這怪童不生效力的往事，太多的奇蹟使得老者左思右慮，不敢冒然下手。

他考慮又考慮，頭上的汗珠一顆顆暴了出來。

其心依然呼吸勻靜地睡著。

老者猶疑著，遲遲不敢下手，他想道：「這小子只怕是這世上第一個奇人了，也許他的功力已經到微風驚而內力生的地步，那麼我這一掌下去，這一輩子便再沒有機會報仇了……」

他腦中忽然閃過一個影子，暗道：「若是我的掌力有那個身穿銀狐皮裘的公子哥兒那般強，我便毫不考慮地一掌拍下去——」

想到這裡，他緩緩地放了手掌，用連自己也聽不見的聲音對自己說：「我不能冒然行事，壞了我的全盤計劃，董其心，董其心，你遲早還是得命送我手的！」

他又悄悄地爬回原地睡下了。

於是，在冥冥之中，其心又度過了一次生死的關頭。

天亮了，曙光劃破了黑暗的天空……

其心揉了揉眼，輕輕地爬了起來，他看了看身邊不遠處易老丈還在打鼾熟睡，他伸了一個懶腰，想要弄點水洗個臉，他想起馬車的前座下有一個大水壺，於是他緩緩向馬車走去。

天色依然暗得緊，其心半睜著睡眼，迷迷糊糊一直走到馬車上，他才發現馬車邊站著一個人。

他退了一步，道：「呵——易姑娘……你早。」

易姑娘微微一笑，露出了一排雪白的牙齒。

其心道：「在下……我是來取水壺的……」

易姑娘伸手在馬車上把水壺取了下來，遞到其心的手中，她淺笑著道：「我叫易蓮兒……」

其心接過水壺，尷尬地道：「我叫董其心，易姑娘……易姑娘與在下認識的一人好生相像，是以在下一見到易姑娘便覺吃驚——」

那易蓮兒揚著一邊的細眉微笑道：「我和誰相像？」

其心道：「那是我童年時……童年時一個……朋友。」

易蓮兒的俏臉上閃過一絲似笑非笑的表情，低聲道：「你的朋友嗎？」

其心只好點了點頭，他心中有一言難盡的感覺。易蓮兒沒有再多問，只是淺笑著望著其心，那光滑的臉頰在曙光下有如透明的一般，烏黑的眸子下是挺直的鼻樑，那模樣真美極了。

其心不敢直視，只提著那水壺緩緩地走開了。

天亮時，馬車又啓程了。

洛陽，終於在望了。

其心抖了抖馬韁，車子慢了下來。

易老兒回過頭來道：「女兒，咱們到洛陽了。」

車中傳來嬌弱的回答：「嗯——」

其心駕著車走進這歷代帝王建都之地的古城。

進城一直走過去，不到半里路，便看到了「悅來老客棧」五個金字的大招牌，其心連忙詢問的望了易老兒一眼，易老兒點了點頭。

其心把車停在客棧門口，早有夥計來牽馬招呼，其心和易老兒走了進去，那帳房堆滿了笑容上來道：「客倌，一路辛苦啦。」

其心不知這是大客棧裡夥計的生意經，只道是人家與他禮貌，連忙拱手道：「還好，還好。」

那帳房一看便知是個初出門的娃兒，其實其心十三歲起便到江湖流浪了，只是他從來沒正式住過一次旅館，都是草行露宿罷了。

那帳房道：「這兩日城裡旅客格外多，咱們這兒都已住滿客人啦，只剩下一個套房，客倌看看還可以嗎？」

易老兒聽說只有這麼一個房間，不禁一皺眉，輕聲道：「我們換一間客棧罷……」

其心與藍文侯說好的在悅來老店與丐幫英雄相會，連忙道：「就這裡好，就這裡好。」

易老兒聽他這麼說，心中不由一怔。那帳房道：「不瞞客倌說，城裡其餘的客店都沒有什麼空房了。」

易老兒只得糊里糊塗地點了點頭。那帳房道：「好，好，夥計，帶三位客人去。」

三人到了房裡，只見那套房有前後兩間隔開，其心把易家的行李都放到裡面的房裡，自己拿了一條厚毯子鋪在外面的長椅上。

易姑娘這時才深深吐了一口氣，放下了心，其心卻是一點也沒感覺出有什麼不對勁，回頭笑道：「二位先歇一下，我出去走走。」

易老兒點了點頭，其心轉身走將出去，他在客棧四周仔細瞧了瞧，並沒有什麼丐幫的訊記，他知道丐幫的兄弟還沒有到，便回客房去與易老兒一同用了晚飯。

次日，整天他都在城中轉，什麼也沒碰著，他回到客棧的時候，又是華燈初上的時分了。

正當他走到悅來客棧的門口，一個人迎面與他撞了一下，他一抬頭，幾乎叫了出來——只見與他相碰之人，身高體猛，氣度威猛，不是昔日丐幫中的開碑神手白翎又是誰？

其心呼道：「白三俠……」

白翎低聲道：「過來一步談話！」

其心跟著他走到一個僻靜的角落，白翎道：「董兄弟不遠千里趕到洛陽，助我一臂之力，白某這裡先謝過了——」

其心見他說得那麼自然，彷彿這事是他白翎自己的私事一般，心中不禁大爲感動，他感歎世上畢竟有這些熱血的漢子，從前他讀書讀到古燕趙慷慨悲歌之士，爲一句話一個字拔刀刎頸，血濺五步之內，他總以爲是史家刀筆過實，到了這時，他才相信世上真有這等拋頭顱灑熱血的鐵漢了。

他也不知該說什麼，只是道：「白三俠若是不把董某當外人看，便請不必言謝。」

開碑神手白翎道：「兄弟你到了多久？」

其心道：「不過一日——古四俠呢？」

白翎道：「不出半個時辰便到。」

其心道：「不知那三個異服之人究竟先到了哪裡？」

白翎的神色一凜，沉聲道：「那三個異服之人可是身穿條紋皮衣，雙腿上紮著白羊毛球兒？」

其心道：「正是正是，白三俠怎麼知——」

白翎點了點頭道：「如果這樣，那麼他們的第一站就是洛陽了！」

其心驚道：「白三俠見到了他們？」

白翎道：「正是，我在城外見到他們，看來也是剛到——」

其心道：「那麼他們可能就在今晚下手了。」

白翎點頭道：「不錯，咱們今晚就出動。」

他說著拿出三支火藥箭來交給其心道：「放紅的是發現敵蹤，黃的是危急求救，綠的是速退城外，董兄弟你就伏在城東那條大街的屋背上罷——」

其心接過了三支信號箭，放在懷裡，白翎道：「我先到城外去接古老四！」

其心點了點頭，轉過角回到悅來客棧。

他走到房前，輕輕推開了門，他原來亂糟糟的「床」已經被收拾得整整齊齊了。易老兒不在房中，易蓮兒正靜靜地坐在一旁看書。

其心走進來，她從書上面瞥過來一個悄悄的眼波，但是仍然被其心捕捉住了，他發覺那眼波中是溫柔，是關懷，卻也是幽怨。

月亮慢慢升了起來，照著繁華的洛陽城。

城東街上，忽然一條人影比流星還快地從屋脊上滾過，一直向街頭上那一幢大屋飛去。

驀地裡，董其心輕飄飄地出現在屋脊上，攔著那疾奔而來的黑影，低沉地喝道：「是爲了一百顆人頭而來的嗎？」

那人猛一停身，輕靈無比地立在原地，低聲道：「你是什麼人？」

說著手一揚，一隻火熠子迎風而亮，直飛到其心的頭上，把其心的面孔照得清清楚楚。

其心一揚手，一股勁風捲出，把那火熠子反捲回去，直送到來人頭的上方，奇的是火焰連閃都沒有閃動一下。

火焰也照亮了那人的面孔，只見那人身著異服，鼻高目凹，但是其心卻是一點也不認識。

其心不禁驚得退了一步，反問道：「你是誰？」

那人冷笑道：「正如你說的，是爲了那一百顆人頭而來的。」

其心道：「你們來了四個？」

那人道：「三個。」

其心想了一想道：「你們一夥的倒底有多少？」

那人嘻嘻笑了起來，指著其心道：「你是說咱們師兄弟嗎？告訴你也罷，一共是九個！區區是老七！」

其心吃了一驚，暗道：「不好了，原來他們一共有九個人，那麼必是開封洛陽長安三處同時下手的了……唉，長安危矣！」

他心中雖驚，口上卻是絲毫不亂，冷冷地道：「你要想下手，除非先殺了我。」

他說著手一揚，一支紅色的火箭直衝而上，同時間裡，城西和城南方向也是一道紅光衝起，其心暗道：「白三俠和古四俠全遇上敵人了。」

那異服少年猛一揚掌，對著其心攻了過來，其心舉掌一揮，只覺對方手掌重如山嶽，他暗暗吃驚，這九個異服怪人個個都有一身出奇的功力，真不知是從哪裡來的，他一連架了三掌，覺得異服少年掌法又重又快，卻是沒有絲毫漏洞。

其心暗道：「這九人年紀輕輕，居然個個如此厲害，想來他們必然還有師長，難道世上還有一個不知名的絕頂高手？」

他雙掌翻飛，一瞬之間已過了數十招，他覺得這個異服少年的功力較之中原武林任何高手，已無絲毫遜色的了。

驀地裡，西方一朵黃色火箭升起，其心暗叫道：「不好，城西遇危了。」他急切之間無法把對手擊敗，便大叫一聲道：「喂，你有種跟我走嗎？」說罷拔身便起，那個異服少年真是個大草包，居然就罵道：「有什麼不敢，老子先宰了你再放手幹事。」

罵著飛身趕了過來，其心奔到城西，只見遠處一個大鏢局，想來異服人是要想衝入鏢局去動手殺人。

前面兩條人影翻騰著，其心叫道：「是古四俠嗎？」

「小兄弟，正是古某！」

只見一個異服人雙掌連揮，雙足連進，直向那鏢局衝去，那丐幫四俠古箏鋒釘立在地上，一掌接一掌地硬碰硬接，鐵膽判官掌上功力非同小可，但是那異服人出掌愈來愈快，掌揮之間，一種尖銳的呼嘯之聲升了起來。

其心暗驚道：「不好，這廝功力之高，猶在我這對手之上！」

他大步飛縱過去，那邊轟然之聲連響了二十下，那異服人連進了十步，然而鐵膽判官古箏鋒卻是一步也沒有退，是以兩人之間，相距只有五步之遙了。

其心大吼道：「古四俠，讓他過去。」

那異服人鼓掌一推，古箏鋒一絲不讓，雙掌平封而出，轟然聲過，古箏鋒依然昂立當地，然而其心已看見他面色異常酡紅，知他已受內傷，他連忙飛縱過去，喝道：「古四俠，我替你一陣！」

就在這時，南方天空又是一道黃光飛起，其心在心中大喝道：「糟！白三俠也遭危了！」

古箏鋒強提一口真氣喝道：「小兄弟，咱們一塊兒向南移，且戰且走！」

鐵膽判官成名武林已有三四十年，一雙鐵掌從來不知退縮是何物，他雖已內傷，雙掌卻是鼓足餘力，一絲也不見緩慢。

他們方才移了十數步，猛見南方又是一道綠光沖天而起。其心和古箏鋒不約而同，一齊飛身而起，古箏鋒大罵道：「王八孫子，敢跟咱們走嗎？」

那兩個異服少年飛身追撲下來，四條人影如流星一般直飛出城廓。

到了城外，立刻瞧見開碑神手白翎正與另一個陌生的異服少年苦鬥著，那異服少年招出如風，掌法神奇之極，白翎卻是只有一掌揮舞，另一掌垂在身側。

其心當下飛落，白翎喝道：「這小子無恥暗算，我左臂已無法動彈……」

丐幫的三當家開碑神手天生神力，畢生的功力就在這一雙手掌上，他雖只有一隻手能動，但是掌法卻是穩得出奇，對方攻勢在他十倍之上，卻是一時攻不進去！

其心一看，古箏鋒已經身形踉蹌，白翎又傷左臂，他一咬牙飛身過去，硬接了一掌，替下了強弩之末的白翎。

對方三人會齊，十分得意地狂笑道：「便先取了你們三人的頭再動手殺別人也不遲。」

其心回首看了古白二人一眼，古箏鋒咬牙道：「小兄弟，你別管我們了，我古箏鋒還撐得住——」

其心默默對自己道：「其心其心，這可不是你要賣弄自己，形勢逼得你非出手不可了！」

他抬起頭來道：「你們來吧！一齊上啊！」

那三人互相對望了一眼，忽然放聲大笑起來，然而笑聲未完，三人猛然一晃身，一齊向前撲來，其勢有如長空電閃！

月光下，其心的臉上突現凜然之色，只見他從容地一舉掌，閃電般拍出了三掌——

轟！轟！轟！轟！

人影一陣亂竄，那三個異服少年落到五丈之外，三個人都是面色蒼白，嘴角滲出鮮血，而其心依然站在那裡，一分也沒動！

不知過了多久，那三人齊聲道：「震天三式……震天三式……天下有誰會震天三式？……你是誰？……姓什麼……」

其心放下了雙掌，淡淡道：「我姓董——」

那三人幾乎又是齊聲驚問道：「董?!……天劍是你什麼人？」

其心依然是淡淡地道：「我不認識什麼天劍不天劍。」

那三人驚詫地對望了一眼，忽然一齊拔身而起，如飛而去。

月光下，一切都恢復了平靜，平靜的城廓，平靜的草原，平靜的其心，只有古箏鋒和白翎兩人四隻眼睛射出驚震而駭然的目光，那像是在無言地問道：「你——原來是地煞董無公的後人！」

他們同時在自責，爲什麼會那麼笨，其心既然姓董，那麼天下除了地煞和天劍，還會有第三個人能調教出這等神跡般的功夫嗎？

山巒重重疊疊，山勢雄奇中隱隱現出一片肅殺的氣氛，在最翠綠最險要的一塊山麓下，鬱濃的樹林中露出幾塊赭紅的屋宇。

偶爾幾聲銳急的鳥鳴，但瞬間即遠去，好像有什麼極其凶殘的景象，使得整個山野籠罩著一縷淒慘的荒涼。

「呵！呵！」

一陣令人聞聲下淚的猿啼劃過長空，爲這孤寂的荒野更添一份悲涼，正對著有紅屋宇的山峰頂，一條青色的身影在樹叢中一閃而沒，身形之外再加上青色的混淆，即使一等一的目力，也只是在他越過山峰那麼極短的時間內看到一點影兒。

這兒正是受盡武林人士嚮往的崑崙山，而那被樹叢遮蔽了的屋宇，即是崑崙派本門，地位隱秘，再加上門人不出江湖，這地方久與江湖隔絕。

翻下山嶺，漸漸一大片雄偉的廟宇露了出來，一層層像階梯的建築，除了較高的一所寶塔外，都很巧妙地被樹林擋住。當先一堵土紅圍牆，兩根大石柱當中倒著一扇石門，另一扇雖仍連在石柱上，但也碎得四分五裂，五個寸厚的門板上赫然印著凌亂而深刻的數個手印，石柱頂上本似乎尚有一塊匾額，但卻被人取去，只留下一塊白而光禿的痕跡，偌大一個廟宇靜悄悄的一絲聲息也無，不！突然一聲輕歎傳了出來。

大門前不知何時多出個青袍老年儒生，白淨而秀朗的面貌流露出一股書卷氣，但眉間凝聚著濃濃的鬱怒，眼光更冷峻得使人望而生畏！

「唉！來遲一步！」

只聽他自言自語道：「真令人不敢相信啊！」整個空間瀰漫著難聞已極的腐臭氣味，這青袍中年人鼻孔歙動兩下似是閉住了呼吸，然後舉步向內走去。

才一進門，立刻一幅慘絕人寰的景色呈現出來。在開頭兩起大廳間是塊方約數十丈的園子，幾乎五步就有一株粗如人身的巨木，兩廳當中是一條通道直往後延伸，隱隱約約看得見後面一層層的屋舍。

這時每一株大樹下都有一名著淺青色袈裟的和尚，有的躺著，有的俯臥著，有的靠在樹上，有的趺坐在地，但每一位的腦袋都軟軟地垂在一側，紫紅色的血從七孔流出，早已凝成血柱。

「好厲害的掌法！」這青衣人閃爍著一種駭人的目光，將一位趺坐和尚的頸部仔細看了一下，又觀測了數十株樹木種植的方位，輕輕搖搖頭，又道：「這陣法雖不難破，但要以同一手法連斃這麼多人實不太容易！」

青衣人不再停留，舉步間身形如行雲流水直向內中飄去，沿途上先是白衣，再是黃衣最後是紅衣和尚的屍體，幾乎每一人的死法都是一樣的被人震斷頸脈，晃眼看去真像全部入睡了般。

轉眼間正來至那高矗的寶塔，這青衣人面上此時候顯露出一股焦灼的神氣，只見大門口立著兩位體格高大的灰衣和尚，一個手揚起半空，面容扭曲，生像正吐氣開聲猛然出掌，另一個面容肅殺，左手微曲在懷內，右手食指豎起在空中劃個半圈，此二人死法已與前不同，先前一位是生生被外家至剛之氣震死，後一位卻是被點中乳下重穴斃命，但顯然已與來敵動手拚了數招。

青衣人似對崑崙一派甚是熟稔，歎道：「慧字輩亦不堪來人一擊，塵字輩自是凶多吉少了！」敢情這崑崙一派以服色相區，現存的以塵字輩份最高，而這些灰衣僧人即是第二高輩了。

塔內暗森森的，青衣人輕輕將門首兩人放倒，舉步又向內走去，神目中炯炯有光。

這寶塔是崑崙派最重要的地方，塔分三層，最上一層是崑崙各種心法秘藏所在，次一層供著歷代祖師的神位，最下一層即由掌門人居住，又共分三間，入門的大廳約十數丈方圓，是掌門人召集首要門徒處所，內裡兩間，一間書房，一間臥房。

青衣人才一入內，身形陡地一窒，只見暗暗的光線下，八名灰衣僧人對著門口圍成一個缺口圓圈，生似一隻蟾蜍嘴向著進門張著大口。

這八位僧人身姿皆美妙之極，有些坐著，一些立著，在圈外正對門口處卻趺坐著個黑衣和尚，面首低垂，看不清是什麼個模樣。

此刻青衣人已站至八人中央，只見他對那八人仔細端詳一番，突然額上竟淌著滴滴冷汗。

「不可能！絕不可能！」他低喊著。

「八個人每個攻出兩式暗含二式，四八三十二式，崑崙大般若三十六式還有四式……」突然他如有所悟，目光射向靜坐圈外的黑衣和尚，果然那黑衣和尚左掌平揮，右掌如戟刺出，正是大般若三十六式中最厲害兩式「白羅飛昇」和「韋護挑燈」。

青衣人在圈中連擺了數個身架，更將頭猛擺一陣，臉現疑惑的表情道：「大般若三十六式乃武學中之正宗，同時使出雖不能說無人能破，但即使是換了我也不能一下子將九人一同擊斃，這內中必有蹊蹺！」

只見他再望了那黑衣和尚一眼，突似有什麼發現，彎著腰身仔細察看著泥土，果然八人所圍圈子中的正中泥地上留著一灘黑血，如非他彎著身仔細察看，在這幽黑中根本看不出來。

「看來敵人亦有人受傷……」青衣人自言自語，又在地上搜尋著，但卻沒再發現什麼。

這時陽光更偏西，一線光線從小窗透入，正射在八位僧人中左邊最內裡一位左側四尺處。

「那是什麼？」青衣人口中低喊一聲，身形如閃電已來至陽光投射處，只見泥地上被人用利器在地上畫著斗大一個死字，青衣人停也不停立刻飛向最內左側一人，果然在距那人右方四尺處也刻著一歪歪斜斜的「死」字，青衣人站在兩死字當中，偏著頭似在想這兩個「死」字是什麼意思，但隨即又搖搖頭。

「兩字相距一丈二，這必是來人殺了所有人後才劃下的，會是什麼用意呢？」青衣人一面說著，一面向著遠在丈外的黑衣和尚走去。

黑衣和尚靜靜將頭垂著，青衣人將他頭一抬，像鬆了口氣道：「啊！這不是飛天如來，想是他師弟淨塵和尚了。飛天如來若未遭劫數，崑崙一派就還有救！」

突然青衣人將淨塵和尚的頭掀得高高的，對著他鼻孔注視一番，臉上流露出恍然大悟的神情，呼道：「想不到這邪門功夫又出世了！」

塔內更暗，青衣人將淨塵和尙腦袋輕輕放下，突然發覺其僧袍下襬內隆起一物，青衣人遲疑了一下，隨即伸手掀開僧袍，立刻一塊小木牌現了出來，上面亦被銳器刻著個死字。

青衣人一伸手去拿那小木板，哪曉那木塊竟嵌在土中，只好用手指一挑，誰知木塊才一離土，突然「吱！吱！」破空聲大作，一排細若牛毛的鋼針如一蓬亂雨從淨塵和尙身後壁中射出。

青衣人雙手猛往外一揮，身子如乘勢一下子比閃電還快地飄到門口，突然兩道白線在身前電射而下，接著一蓬黑毛鋼針錚錚脆響落在腳前。

「咦！」青衣人輕歎一聲，發覺先前那兩「死」字上各插著一支細若筆桿的無羽利箭，細長的箭桿尙微微的發著顫。

青衣人這次再仔細將室內看過一遍，才一手將內中一支箭拔起。只見這箭身彈性十足，顏色黑得透亮，看似柔軟卻堅硬無比，正是中原罕見的緬鐵所造，箭頭細得如針，射時必然無風無息。

青衣人用指輕彈了下箭尖，微顫的尖端竟泛出一片極淡的藍光。

「好陰毒的暗算，這緬鐵無堅不摧，再加上無可救藥的劇毒，哼！任誰在措手不及下也承受不起……」他想了想，隨即又道：「這兩箭射的位置早已佈置好，那麼打算射殺的又是誰呢？那木牌至兩『死』字足有兩丈，在掀牌到兩箭齊發的時間算來，這麼短的瞬間能飛退兩丈的人必是江湖中罕見的高手，但爲何預先空了這方位，有哪一門派的輕身功在退避時必走這兩方位的？」

只因這青衣人在避那一蓬半毛鋼針的身子筆直退至門外，這樣即使他速度慢了些，但那隻淬毒緬鐵箭再銳利也射不到他。

一時間他也想不起這兩隻箭是預謀刺殺何人，但從這僅有的少許線索中，好似已被他窺出個端倪。日正西沉，青衣人快步奔出這間大廟宇，門外更加死氣沉沉，一片金黃的色彩灑在翠綠的山坡上。

神情漠然的，生像有一個個問號在他面上閃過。

「只怪我來遲一步啊！」青衣人扼腕長歎，一股憤慨之氣從他清癯的面上顯出。遠遠山腳下突地傳來一聲清嘯，平和而內力聚鬱。

「誰人來了？」青衣人自問一聲，視界裡一條黃色身影自山對面直奔而來。

又是一聲清嘯，來人轉瞬間已來至廟門前，竟是一位白髮蒼然的老道士，雪也似的鬍鬚隨風蕩於頷下，真有出塵之慨。

「啊！董大俠，真料不到在這兒遇見你！」來人正是武當派掌門人周石靈，見著故人直露出一番親熱。

青衣人正是地煞董無公，見著周石靈內心也是一喜，朗聲答道：「三年不見，道長仙顏不變，真令老友欣慰了。」

「周道長可是與崑崙派有約？」董無公漠然一笑道。

周石靈心中對董無公早是佩服之至，聞言恭聲答道：「貧道年前與崑崙不塵禪師約在今日相聚，貧道正如約前來。」

董無公搖搖頭，道：「如是這樣，道長可不必進去了！」

周石靈聞得此言，面色陡變，微打個稽首，道：「施主請稍候，貧道看看就來。」說完如飛向門內奔去。

董無公又歎口氣，負手在門前緩步著。盞茶不到，周石靈已神色張惶從內中奔出，只見他滿額汗珠點點，容顏似陡地蒼老了十年，驚道：「是怎麼回事，崑崙派竟遭此大劫？」

地煞無可奈何道：「我亦來遲一步……」下面本似還有言語，卻突地頓住。

周石靈心神微亂，倒不曾注意這點小節，又道：「內裡不見飛天如來，大俠可知其下落？」

地煞亦是不知，反問道：「周道長與不塵禪師之約可有第三者知曉？」

周石靈想了想答道：「貧道與不塵禪師之約正是半年前之事了，當日不塵即入室閉關，今日正是功成出室之日。當時不塵相約態度慎重，似有什麼重大之事，但極不可能有第三人知曉……」突地似憶起一事，但接著仍道：「不可能！不可能！」

董無公目光陡地一閃，輕喊道：「道長小心了！」右掌陡地五招齊出，掌式奇特已極，一隻手臂驀地化成千隻，無數的手指竟似漫天鋼釘直向周石靈罩去。

周石靈滿臉驚容，他再怎樣也想不到董無公會暴起暗算。只見他右足尖在地上滴溜溜一轉，身子直向左斜方水平飛去，卻正落在二丈開外。

「董大俠，你……」周石靈尚摸不著頭腦，董無公已哈哈大笑，道：「原來這批凶手想暗算的正是你，好一式『退避三舍』，向左向右皆逃不脫利箭！」

周石靈正想發問，董無公已含笑將先前自己遭伏的情形敘給周石靈聽。周石靈亦是經驗老到，回憶起寶塔底層室內的兩支緬鐵製利箭，心中也暗呼僥倖不已。

董無公心中疑問雖解，但面色卻更加凝重，很慎重地對周石靈道：「道長現在請趕快回山，董某雖尚不十分明白此事來龍去脈，但中原武林將遭大劫必然難免，董某說句不中聽的話，希望道長趕緊將貴派實力保存，如有來敵千萬別擋其鋒銳，能退先退！能逃先逃！」

周石靈雖不太清楚董無公話中真正含義，但從對方懇切的態度中，亦明白事態的嚴重，既然對方不肯明言，他也不多問，微一抱揖，道：「貧道必牢記施主之言，現在就此別過！」說完頭也不回直向萬重山巒奔去。

董無公也不多留，身形一展間亦隱沒於山影之中。

廿五　神箭金弓

董無公深深吸了一口氣，腦海中翻騰著的仍是那屍橫遍地的崑崙古剎，他想著那紫黑色的血，不由得在心靈深處打了一個寒噤，於是他的熱血也開始沸騰起來。十年來，董無公的名字與無數武林高手的血債連在一起，自從他被他的親兄弟一掌毀了一身神功，在他寧靜的心中早已遠離那腥風血雨了，然而此時，董無公覺得他彷彿又回到了幾年前的日子裡，幾年來的修身養性功夫不知逸向何方，他的心中只是血、血、血、血……

他翻過了幾個巒頭，山勢漸漸向下坡斜了，他的身形猶如一縷輕煙一般，又快又穩地飄了下去。

忽然，他猛可地一停，一陣人語聲傳入了他的耳朵。

他皺了皺眉，刷地一下子向左邊飛躍了過去，兩隻大鳥被他突然的轉身驚得尖鳴一聲，一衝而起，但是董無公的身子竟比這兩隻大鳥沖得還要高，還要快，呼地一聲掠過了鳥的頭頂，直落而下。

那間歇的人聲漸漸清晰了——

一個難聽之極的嗓子呵呵笑道：「老禿驢，你還要苦撐嗎？你身中我的『無情血掌』六掌之多，難道還有命嗎？」

另一個陰沉的聲音：「老禿驢，你身中『無情血掌』，從廟裡拚到此處，整整總有二十多里路，你再運勁，那可是加速死亡啊……」

董無公在心中暗叫一聲：「是飛天如來！」

他身形一長，如箭而前，然而前面出現了岔道，一左一右。

董無公略一踟躇，他忽然想到：「二十多里路？從崑崙古剎到他們現下爭鬥之處有二十多里？我離開寺廟至此最多只有十多里，難道方才那聲音離我仍有十里之遙？」

他一想到這裡，心中恍然大悟，左邊一條筆直地伸出去，右邊的路卻迴旋著向下而去，他暗道：「是了，他們必是從右邊這條路下去的，也許他們就在我的正下方不遠之處，但是山路迴旋曲繞，是以他說有十里之遙……」

他不再考慮，起步便向右邊路上奔去。

這時，那邊的人聲又傳了過來。

「老禿驢，人說跑了和尚跑不了廟，禿驢你的老廟都讓咱們毀了，今日崑崙一脈是滿門死絕啦，哈哈哈……」

「禿驢，你還拚個什麼？你崑崙那幾手功夫哪一樣我不知道？勸你還是免費心了吧！」

董無公暗驚道：「聽聲音似乎凌月國主並不在其中，想來大約是他的兩個師兄了……」

他的身形又加快了一些，在盤旋而下的山道上如飛而行。

下面的聲音又清晰了一些——

「怎麼？哈哈，老禿驢，你要施展『大般若神功』了？哈哈哈哈，十五年前在崑崙關上，老夫受你一掌之賜，今天老子既然來了，就不把你那兩手狗屁掌力放在眼裡啦！」

董無公一躍八丈，他心中想道：「十五年前凌月國主的二師兄笑面血掌初闖中原，連破中原十道挑戰，結果在崑崙關上被飛天如來一掌震退，那真是轟動一時的大事啊……」

他心中想著，身形卻是愈加快了，遠看上去，就如一顆流星一般。

這時，下面忽然傳來了慘呼與悶哼之聲，董無公心中一緊，側耳傾聽，然而卻再聽不到什麼聲音。

驟然的寂靜，使得董無公大為焦急，這個以「地煞」兩字造成武林中空前大兇手的老人，這時候卻是多麼脆弱，甚至連任何的突變都感到焦躁難忍。

他如一隻勁矢一般呼地一聲繞過了一個大彎，眼前出現了一幕令人難以置信的景象。

只見三丈之外呆立著一個人，那人的身邊地上躺著一個人。

那呆立站著的人似乎是震驚無比，站在那兒不知所措，董無公走上前去，只見那躺在地上的並不是飛天如來，胸前衣衫全碎，顯然是中了崑崙派的鎮山絕技——大般若神功！

董無公環目四顧，卻不見了崑崙掌門飛天如來，他抬起眼來，正好那呆立著的人也看見了他。

那人身高八尺，面如重棗，望了望董無公一眼，忽然目中露了凶光，冷冷地道：「你是什麼人？」

董無公反問道：「閣下可是凌月國主的大師兄，人稱西天劍神的金南道金老爺子？」

那人冷笑道：「是又怎樣？」

董無公只淡然道：「是的話，久仰了。」

那人走近一步，再問道：「你是什麼人？」

董無公仍不答他，又反問道：「如此說來，躺在地上的這位必該是令二師弟笑面血掌中大爺了？」

那人又逼近了一步，狂焰殺氣高漲地道：「我只問你是什麼人？」

董無公不答，忽然仰天笑道：「想不到不可一世的笑面血掌十五年讓大般若三十六式敗在崑崙關頭，十五年後又在崑崙山上死在般若神功之下，哈哈哈哈，好一個飛天如來！」

那人忍不住怒吼道：「飛天如來那老禿驢腳底賊滑，他今天跑掉了又能怎樣？我還沒有聽說過中了無情血掌還能活過一個月的，嘿嘿！」

董無公不理他，只是仰天大笑道：「好個飛天如來，一掌打死了笑面血掌，拔身就跑了個無蹤無影，哈哈，飛天如來那一手輕功可真行啊……」

那西天劍神金南道一把抓了過來，怒喝道：「你究竟是誰？」

他這一抓勢如風至，但是董無公略一晃身便避了過去，他暗暗心驚，聞說中西天劍神金南道一身天竺神功已達爐火純青地步，就憑這一抓的功夫看來，金南道是名不虛傳了。

董無公退了一步，暗道：「飛天如來雖則一身崑崙神功驚人，但是怎樣也不會是這兩人之敵呀，他竟能在重傷之餘突然出掌擊斃了笑面血掌，然後抽身而退，這手輕功可真是夠得上宇內獨尊的了。」

那金南道也驚駭地瞪著董無公，董無公道：「好毒辣的手段，崑崙百年古剎，中原武林重鎮，竟讓你們兩人搗個血流遍地，活口不留，如此說來——」

他停了一停，那西天劍神嘿然冷笑道：「如此說來便怎的？」

董無公道：「如此說來，這地上躺著的真是死有餘辜了！」

那西天劍神正要開口，董無公臉色一沉，厲聲道：「告訴老朽，凌月國主大舉而入中原，究竟打的是什麼主意？」

那西天劍神金南道吃了一驚，大喝道：「你怎麼知道？」

董無公道：「老朽在張家口看見三個奇裝異服的狂漢，說是要在中原先取一百個武林人物的首級，那不是你們的弟子還是誰？」

金南道仰天狂笑道：「你既要多管閒事，那麼今日你是死定了！」

董無公走進了一步，此時，他胸中那久埋藏著的江湖豪氣重新復活了起來，他的雙目中也逐漸現出了異樣的光采。

他緊逼著再問道：「你們突襲崑崙，不錯，若是笑面血掌要報一掌之仇，那還有可說，但是你們爲什麼要設伏暗算武當的周石靈？你們莫非要到中原來掀起一場腥風血雨麼？」

那西天劍神金南道大吃一驚，退了一步喝道：「你……你怎麼知道得那麼多？你……說什麼？」

董無公冷笑道：「可惜你人算不如天算，武當周道長沒吃著你們的埋伏，到是老朽差一點吃著了。」

「嚓」地一聲，西天劍神拔出了一柄藍光奪目的長劍。

董無公雙手輕輕地垂了下來——

金南道壓低了嗓子，狠狠地道：「既然你都知道了，今日你死定啦！」

董無公雙目中也射出了肅殺之氣，他壓低了嗓子一字一字地道：「走著瞧吧！」

西天劍神是凌月國主的大師兄，本來中原武林根本不知道西域武學的深淺，只是大唐天寶年間，有三個天竺的苦行僧到了中土，在華山絕巖上以一路怪異無比的劍法連勝了中原十八位劍術高手，那時中原第一劍手是河南湯陰的周俠飛，周俠飛帶著雙劍趕到華山的時候，那三個苦行僧已經離去了。

這是西域武學第一次被中原人知曉，近年來中原人只知道西域出了一個凌月國主，在一月之間破了西藏十八座大小飛龍寺的主持喇嘛，一躍而爲西域武林之主。

十八年前，凌月國主忽然隻身到了中原，上了少林寺求見不死和尚，據說是有一個佛門的問題要請教不死和尚，結果兩人關在少林寺藏經閣中三日三夜，出來時兩人都是面露倦色，只聽見凌月國主長揖道：「多謝禪師教誨。」

不死和尚垂目合十道了聲：「阿彌陀佛，魯施主珍重。」

從此武林人才知道凌月國主是姓魯，事後有人問不死和尚，凌月國主究竟如何，不死和尚道：「其人學究天人，智慧蓋世。」

問他武學造詣，不死和尚只是說了「深不可測」四個字，便什麼也都不肯說了。

這是中原武林所知道凌月國主唯一的資料，從此凌月國主就沒有再入過中原，只是幾年後，凌月國主的師兄笑面血掌闖入中原，屠殺武林高手，結果惹下了轟動武林的崑崙關之戰，崑崙掌教飛天如來一掌震退了笑面血掌，至於這位淩月國主的大師兄西天劍神，中原人是沒有人見過的了。

董無公說出了決裂的話後，他暗吸了一口氣，把上乘內功提聚到全身，凝視著金南道那一支藍光閃閃的長劍。

董無公是個天賦異稟的武林奇才，對於武學有一種特殊的敏感，任何艱難的武學妙招，他只要看過三遍便能得到其中奧妙，在他一生之中，他從沒有對人發生過畏懼之感，除了一個人——那就是他的親兄弟，天劍董無奇。

但是此刻他的心中竟充滿了緊張，因為他自從失去了一身神功後，這還是第一次與人動手，而對方是一個不知深淺的西域高手。

金南道抖了抖手中的長劍，他的漢語說得流利無比，微微帶著甘陝一帶的腔音，狠狠地道：「亮傢伙呀！」

董無公盡量放得輕鬆，淡淡地道：「老朽對什麼人都是這一雙肉掌！」

西天劍神猛一抖手，藍光閃動，忽地「嗤嗤」之聲響起，只見他一劍正中刺了進來——

董無公看都不看，伸手便向劍抓去，金南道一翻身之間，一連五劍刺出，招式古怪之極，但是那快捷精準卻是較之任何中原最上乘的劍術，絕無遜色之處。

董無公心中充滿緊張，出招謹慎萬分，但是每一招都是妙絕人寰的佳作，只是出手之際八分守二分攻，往往顯得顧忌太多，不夠快捷。

只見一片藍光滾滾而起，西天劍神金南道真有一身驚世駭俗的神奇劍法，他名為西天劍神，即使到了中原來，只怕也找不出什麼劍上能勝過他的人，但是奇的是他那又怪異又凌厲的劍招攻到董無公的身上，卻是似乎絲毫不起作用，董無公只是平實地躲避，卻是一一剛好閃過。

到了這時候，金南道也知道面前這個陌生的老人必是中原武林中有數的高手了，只是猜不出他的名字來。

匆匆之間過了五十餘招，董無公漸漸消除了緊張，他那世上無雙的神功一一施了出來，只見他瀟灑無比地一竄 而入了那凌厲的藍光層中。

董無公左一掌，右一掌，從守勢變成了攻勢，當地煞董無公展開了攻勢，普天之下，再沒有一種功夫能和他搶攻的，任你功力再高，也得等他攻到段落之時，方有機會反攻。

只見那一片藍光威勢陡然一挫，董無公的掌風嗚嗚地傳了出來，金南道大喝一聲：「老傢伙，看劍！」

只見他身形陡然飛了起來，真如一條巨龍騰躍在空中一樣，那一支藍汪汪的寶劍閃爍之間，一連刺出了十劍。

董無公雙掌翻飛，暗道：「西藏飛龍十八劍！」

他招出如風，要試試這西藏喇嘛的絕學究竟厲害到什麼地步。

轉眼之間，百招已過，這時西天劍神發揮了他劍道上的神技，只是二十招之間，變換了七種上乘劍法，沒有半招是董無公識得的。

在這種情形下，雙方忽然都有了顧忌，雙方都無法預料到對手每一個細微動作將會演變出如何厲害的殺著來，於是，你攻我守，我攻你守，轉眼之間，已是二百招了。

到了第三百招時，董無公忽然大發神威，伸手夾住了那藍汪汪寶劍的劍身。剎那之間，由漫天飛動的場面變成靜到極點，金南道內力泉湧，那劍身不住地抖動著，但是董無公雙指鉗住了劍身，就如一隻鋼鉗一般，一動也不動。

只見那隻藍色寶劍漸漸地被變成了一個大半圓，終於，在兩股罕見的內家真力之下，那柄百煉寶劍「啪」地一聲斷成了兩截。

董無公唰地一聲退了半丈，冷靜地凝視著西天劍神金南道。

金南道的臉上流露出灰白色的難過神色，在西域，他得到「劍神」的威名，實在說起來，就算連上中原武林，要想找到他這一手神劍的也是難上加難，倒楣的只因他一出師就碰上了地煞董無公。

他心中難過已極，把手中的半截劍子用力擲在地上，一言不發，默默俯身把地上師弟的屍身抱起。

董無公此刻腦海中什麼也沒有，他被一種又陌生又熟悉的感覺沖得醉醺醺，飄飄然，那種英雄的豪氣在曾經枯寂了的心田中洶湧著，他默默低頭望著自己的一雙手，那曾經在縱橫湖海中擊敗無數強敵的手，也曾在心如古井的歲月中書空咄咄的手，此刻，這雙手再次堅強了起來，每一根筋脈上都似乎發放出無與倫比的力量。

金南道默默想了一想，終於開口道：「你……究竟是誰？」

董無公抬起頭來道：「老朽董無公。」

金南道的臉上閃過千萬種難以形容的表情，又像是驚震，又像恍然大悟，那其中還夾著釋然於懷的表情，是的，無論是誰，若是敗給了地煞董無公，那總不算是太丟人的啊！

在長安，另一場血戰在醞釀著。

清晨的時候，一個衣衫襤褸的老者和一個青年和尚一同走入了長安城。

那正是丐幫的金弓神丐蕭五俠和醉裡神拳穆十俠。

穆中原道：「五哥，憩憩吧！」

蕭昆露齒一笑道：「小弟要想喝酒就喝吧，何必說憩一憩！」

穆中原率性笑道：「上去喝兩杯怎樣？」

蕭昆抬頭一看，左邊一座酒樓，斗大的酒字旗兒迎風招展，蕭昆點頭笑道：「好，好，就依你。」

兩人走上酒樓，酒保見一個和尚大模大樣地要了兩斤最烈的白乾，都不禁竊竊私語，穆中原對這種情形是看慣了，絲毫也不在意。

這時候「蹬蹬」的樓梯響，夾著哈哈的狂笑聲，只見四個江湖漢子旁若無人地走了上來，嘩啦啦地把椅子撞倒了兩三張，大呼大喝地坐在穆中原身旁的桌子上。

一個滿臉麻子的大漢叫道：「喂，喂，酒保有什麼吃的？」

一個酒保連忙遞了一張菜單上來，那麻子揮手道：「揀好的送上來，先來酒。」

那酒保連忙上來斟酒，巴結地道：「四位爺這趟鏢去得好遠，怕有三個月沒有來光顧敝店了吧？」

那麻子左邊一個肥胖的矮子呸的吐了一口痰，乾咳一聲道：「你他媽的少多嘴，站在一邊好好上酒上菜，不要惹爺們心煩。」

那酒保沒有脾氣地陪笑道：「是小的多嘴。」

那胖子對面是個兩頰瘦凹的黑漢子，他端起酒壺對著嘴咕嚕咕嚕灌了一大口，卻不嚥下去，只有嘴裡唏裡呼嚕嗽了一陣，「噗」地一聲又吐了出來，開口罵道：「他媽的，幾個月不來，你就拿出這種淡出鳥的水酒來對付你老子，你真不想活了？」

那酒保作了一個揖，連聲道：「是，是，小的這就去換，去換……」

黑漢子哼了一聲道：「唉，咱們鎮威鏢局這趟鏢也真走得倒楣到家了，每天都得趕百二三十里的路，真累死老子了。」

那胖子道：「老黑，你還唉聲歎息什麼？在青梅鎮那天，一晚上怕不贏了十幾兩金子？」

那黑漢子呸了一口道：「肥豬你叫些什麼？你黑爺爺贏了錢哪次虧待過你？四個人吃喝玩樂，我黑大爺贏來的錢不當錢花，一路上你白吃白嫖，哪次不是我付的賬？」

另外兩人連忙湊趣道：「不錯不錯，黑大哥人黑心白。」

那麻子道：「黑大哥，青梅鎮上那叫做什麼彩娘的妞兒可真有一手呵，真把咱們黑大哥迷得祖宗姓什麼都忘了。」

眾人哄堂大笑起來，接下來更是無數不堪入耳的穢語淫笑。

穆中原一口喝乾了酒，低聲道：「五哥，現在的鏢師們愈來愈下作了。」

這時，酒樓後面有人叫會賬，接著三個人走了出來，走到四個鏢師的桌邊，其中一個忽然猛一閃身，只聽得「啪、啪、啪、啪」四下清脆已極的響聲，那四個鏢師齊聲慘呼，每個人的臉上都挨了一記重耳光，直打得四個人的牙齒脫落，滿臉是血。

四人一齊站起身來，正要動手，只聽得「啪、啪、啪、啪」四聲，四個鏢師每人臉上又挨了一記重耳光，四人都站不住腳，轉了一個圈兒，跌坐在椅上。

那動手的人冷冷道：「今天晚上再來取你們的性命。」

穆中原一抬頭，只見那正要下樓的三人全是身著異服，奇形怪狀，穆中原低聲說道：「五哥，是正點子到了。」

他一彈指，一枝竹筷子如箭一般飛射而出，直射向那三人中最後一人。

穆中原這一手彈指發箭是從少林金剛指的功夫中化出來的，端的厲害無比，那奇裝異服的漢子背對著這邊，忽然反手一掌揮出，那隻竹筷子嗚地一聲被逼得斜了數寸，轉了一個彎，「卡」地一聲釘在牆上。

那人隨手一掌，竟把穆中原的筷子逼得轉向，那份功力端的駭人，他們是吃了一驚，猛可回頭，穆中原連忙俯身伏在桌上，裝得喝醉了一般，蕭昆咳了一聲道：「唉，年輕人真不行，三杯白乾下肚就像隻醉貓了。」

那人的注意力立刻移到蕭昆身上，只見蕭昆面前一雙筷子放得好好的，他疑惑地望了那四個鏢師一眼，蹬蹬蹬地下樓去了。

穆中原緩緩地抬起頭來，他的目光中露出駭然的神色，蕭昆搖了搖頭，低聲道：「想不到這三個異服怪人功力如此之高……」

穆中原站起身來，叫道：「堂官，會賬！」

他們兩人走下了酒樓，蕭昆道：「小弟——」

穆中原知道他要說什麼，但是他還是等他說出來，他應了一聲，蕭昆道：「小弟，咱們兩人只怕寡不敵眾。」

穆中原沒有答話，蕭昆歎了口氣道：「可惜七弟九弟還在江南，藍大哥千里傳信，說這三人可能先到開封，也可能先到洛陽，卻不料他們先到了長安。」

穆中原幽然道：「要是六哥沒讓莊人儀給毀了就好了。」

蕭昆道：「他們三人先到長安作案，總比先到洛陽好些。」

穆中原知他的意思，但是他們又怎料到所謂的「奇裝異服的漢子」，一共有九人之多，洛陽、開封和長安是同時作案。穆中原道：「五哥你怎麼說？」

蕭昆皺著眉，沉思又沉思，然後停下了腳步，他緩緩地道：「十弟，拚就拚了。」

穆中原緊接著道：「正是，反正咱們以寡敵眾的仗是打慣了的！」

說完，兩人忽然相對大笑起來，在街當中，行人都以爲這是兩個瘋子。

夜罩著長安城。

穆中原和蕭昆悄悄地到了城中心。

穆中原輕聲道：「五哥，看那邊，好像是來了。」

蕭昆抬目望去，只見三條人影如電馳風行一般直奔過來，蕭昆道：「十弟，你出去，把他們引到城外。」

說時遲，那時快，只見那三條人影呼地一聲已到了正面的房屋頂上，穆中原呼地一聲躍了出去，對準當面的一個一拳揮出，口中破口罵道：「三個王八蛋龜孫子，有種的跟你老子來！」

穆中原雖然曾是一個出家人，可是這些年來隨著丐幫在江湖上混，這等粗話叫他來罵，一點也不覺爲難。

那當先一人舉拳接了一下，只覺拳力奇重，又被人劈頭劈腦臭罵一句，不禁氣得說話都打結了：「你……你……是什麼……東西？」

穆中原罵道：「是你老子。」

那人飛身追了過來，穆中原對著另外兩個異服漢子罵道：「你們兩個小子有種的也跟我來。」

他罵完扭身就跑，在陡然之間藉著一扭腰之力，完全轉了方向，而速度絲毫不減，穆中原年紀輕輕就威名滿天下，著實有幾下真才實學。

蕭昆見那三人都被穆中原逗怒了，一齊都跟蹤著穆中原追了下去，他這才一長身形，也尾隨著跟了下去，來一個螳螂捕蟬，黃雀在後。

穆中原飛落到城廓外，一個反身，止了下來，他大咧咧地道：「你們三人便是誇口要殺一百個中原武林人物的傢伙嗎？」

那當先之人是個身長九尺的高個子，他怒氣勃勃地喝道：「你叫什麼名字？」

穆中原道：「你們不是要人頭麼，人頭在這裡，你們來取吧！」

他說著指了指自己的頸子。

那高個子一言不發，猛一伸掌，便撲到了穆中原的胸前。穆中原雙掌猛揮，他發出的勁道柔和之中卻夾著無比的剛勁，這正是正宗少林神掌的特色，穆中原已得了其中的精髓。那高個子接了一掌，心中大爲駭然，看不出這像潑婦罵街般的和尙，拳力竟是如此之重。

穆中原率性大叫道：「喂，喂，你們三個一起上吧！」

他話聲方了，後面蕭昆已經趕到，他大叫道：「喂，喂，打架一對一呀，不能多吃少呀！」

那三人回頭一看蕭昆，登時記起早上在酒樓上竹筷飛鏢的事了，他們喝道：「原來是你——」

蕭昆一晃身飛躍了過去，他到了穆中原身邊，哈哈笑道：「十弟，好好幹一場吧！」

穆中原微微一笑，這時，那高個子已經伸掌逼了上來，蕭昆和穆中原有默契地互一閃身，一左一右成了犄角之勢。

穆中原雙掌齊飛，直如千斤硬弓齊發，那三個異服漢子一聲呼嘯，全都圍了上來。

霎時之間，一場血戰展開了，穆中原一口氣發出了十記少林神拳，蕭昆出招又穩又辣，五十招內，丐幫雙俠雖是以二敵三，卻是佔盡了攻勢。

那三個異服漢子功力深厚無比，出招又是奇得大出人意料之外，百招之後，蕭昆和穆中原的攻勢便失去了。

穆中原原是個不知挫折的人，他一言不發，只是拚命發掌，要在劣勢之中強行搶攻，匆匆之間，便過了二百大招。

漸漸地，那三個異服漢子的攻勢掌握了戰局，穆中原與蕭昆終於陷入了苦鬥。

蕭昆一收掌，已採取了九成的守勢，他低喝一聲道：「咱們纏到天亮！」

苦鬥至五百招時，一幕無可挽回的悲劇發生了——

只聽得蕭昆一聲慘叫，他的胸前中了一掌，穆中原吃驚之下一個閃失，一個異服漢子伸掌拍在他的肩上。

穆中原猛一沉肩，卸去了一半的力道，但是他臉上的表情卻裝得比中了兩掌還要難過，那邊蕭昆退了兩步，穆中原卻突起一拳結結實實地打在他面前那異服漢子的胸前。

蕭昆知道若是此時不能拚掉對方三個其中的一個，那麼愈打下去，愈是死期將臨了。他一面彎下腰去，似是不能支持了，一面暗中捉住每一個機會，要一擊傷敵。

那被穆中原結結實實打了一拳的異服漢子後退了兩步，正從蕭昆的面前經過，另外兩人各發出一掌掩護，豈料蕭昆忽然捨了命雙掌猛然一擊而出——

這一招乃是金弓神丐的絕學，他雙掌擊出以後，雙腳一左一右的盤旋，正好巧妙無比地退出對方的掌圈——

穆中原大叫一聲：「五哥，好招——」

然而就在這一剎那，蕭昆猛覺雙腿一軟，他沒有估到方才中的一掌竟然傷到這個程度，霎時之間，他的腦海中什麼也沒有了，有的只是一片空白，接著沉重的掌力打到他的身上，他的掌力也打到那中了穆中原一拳的人的身上，於是，兩個人雙雙倒下——

穆中原萬萬料不到事情突然演變到這個地步，他一驚之下，眼看著蕭昆緩緩地倒下，臉上流露出痛苦的神情，穆中原雖是個千錘百煉的鐵漢子，他可以殺人不眨眼，但是他的心深處卻依然是赤子之心，霎時之間，他變得不知所措，呆住了——

然而那兩個異服人卻在這一個難再的機會時間對穆中原痛下殺手——

穆中原只覺萬鈞力量直逼上來，他心中叫了一聲糟，待要發掌已是不及，他是個銳氣百折不撓的人，天生的機智再加上江湖風險的刺激，已使得他的腦筋有如彈簧般地敏銳，迎著那雷霆萬鈞的掌力，他立刻大吼一聲「哎喲」——

緊接著他的身形藉著那一掌之勢，有如斷線風箏一般飛出，「撲通」一聲跌入護城河中，他一落入水中，立刻伸手抓住了一根深插入河底的竹桿，他知道，只要自己一浮上去，那就是死的時刻到了。

他飛快地作了決定，掌中猛一運勁，那根竹桿中腰而斷，他雙足夾住了埋在河底中的下半截竹桿，張口含住了上半截，猛然一口真氣吐出——

這一口氣乃是穆中原畢生功力所聚，少林寺相傳曾有一種「開口劍」的功夫，穆中原這一口真氣直如有形之物，那半截竹桿上六七個節頭竟然被他這一口真氣全部吹裂——

穆中原深吸一口氣，新鮮的空氣從空心的竹桿中傳了進來，他緊咬著竹桿，心中輕輕放下了一塊大石，他知道，此刻暫時是安全了。

果然，上面傳來那奇服漢子的聲音：「這光頭不知身上藏了什麼暗器，竟然如此之重，屍體一落下就浮不起來啦！」

穆中原一絲也不敢輕懈，焦急地等待著，只聽得上面忽然又傳來一聲慘叫，接著聽到了蕭昆的狂笑聲：「哈哈哈哈……你不必瞧了，你的兩個夥伴已經沒命啦，你瞧瞧，蕭大爺的毒箭射在什麼地方……哈哈……全是正中心臟……哈哈……」

但是那笑聲愈來愈低弱，接著那異服人的怒吼聲：「好個老鬼，看我斃了你！」

轟然一聲，一切歸於平靜。

穆中原知道蕭五哥發出了金弓神箭的絕技，只覺全身的熱血似乎要一湧而出，他雖作勢裝腔地跌入河中，但是他的胸前還是結結實實地挨了一掌，他一張嘴，一片血紅湧了出來。

他默默地對自己道：「五哥完了。」

上面恢復了平靜，穆中原仍是不動，過了一會，他聽見那僅存的異服人喃喃地道：「唉！想不到陰溝裡翻船，明明已經得手，偏偏遭了那化子詐死詭計，天又要亮了，不然憑我一個人現在衝到城裡也足可大殺一場了，真是洩氣，今夜動不成手就沒有機會了，我得立刻趕回去大伙集合，師父說的初十之前要趕到少林寺去……」

過了一會，又聽見他道：「少林寺可不比崑崙，咱們是非得全力一擊的……」

穆中原雖在水中，但是他聽得一清二楚，他心中疑雲陣陣，悲憤重重，但是他一點也不能動。

也不知過了多久，寂靜極了，分明是人已遠去了，穆中原雙腳一用勁，身形濕淋淋地躍了上來。

望著躺在地上的蕭昆，花白的鬚髮凌亂地散開著，上面沾了些血跡，也沾了些濕泥，那情形淒涼極了。

穆中原在丐幫之中，蕭昆待他有若子侄，他口中雖然喊一聲「五哥」，其實心裡早就把他當作長輩了，他緩緩走過去把地上那支金光閃閃的小弓拾了起來，又走回到蕭昆的屍身邊，把小弓插在自己的腰間，低聲道：「五哥，你這一生粗茶淡飯，享用的不及常人十分之一，辛勞的卻在常人千倍之上，你其實只有花甲出頭，看起來倒有八十歲的模樣了，難道說天下的英雄都是生來就勞碌命麼？」

穆中原仰起首，望著星光點點的天空，真是欲哭無淚了。

他就在地上挖了一個坑，恭恭敬敬地把蕭昆抱了起來，他的臉頰在蕭昆冰涼了的臉頰上親一親，便把屍身放到坑中。

黃土堆了下去，穆中原喃喃地道：「五哥，你死了連棺木都沒有一口，你一生豁達，不會怪我吧，今天你去了，還有你穆十弟親手葬了你，他日我死的時候，也許是死無葬身之地哩……」

他搬了一大塊石頭來，那石頭總有數百斤重，他把石頭放在墳前，哇地又吐了一口鮮血，猛然一口真氣，施出少林金剛指的功夫，在那石上刻道：「金弓神丐蕭昆之墓。」

只是他一口真力聚不上來，愈刻愈是淺弱，最後兩字只是模糊可辨而已，他歎了口氣道：「唉！咱們當叫化子的有這麼個棲身之坑也就差不多啦，馬虎些吧！」

他站起身來，默默地想道：「聽那小子說他們將要大舉攻向少林，算來不死禪師正是坐關之期，那麼少林寺遭此突襲，這批化外之人分明個個武藝絕高，那如何招架得住？」

他盤算了又盤算，終於喃喃地道：「穆中原受了少林十年養育之恩，便算是跑折了雙腿也要趕先衝到少林寺，即使拚了性命，我這少林寺逐出的弟子能埋骨少林寺，也是福氣大了。」

他向蕭昆的墳堆拜了又拜，這才轉身離開，他走到城門外的官道邊時，天已經亮了！

不久，城門開了，太陽升了上來，一會兒，城裡走出一個騎著馬的衙役，穆中原猛然一個飛身躍了上去，那衙役驚呼一聲落下馬來，穆中原飛上馬背，抖手一掌拍在馬臀上，飛馳而去。

背後傳來「強盜——搶馬——」的吼聲，只是那吼聲愈來愈遠了。

廿六　洛城風雲

洛陽古都，初夏的陽光，淡淡地灑在黃土的城郊，天氣涼爽，風吹起還帶有一點寒意。

這是難得的好天氣，大河兩岸，一年到頭就只這幾個月最舒服，沒有冰天雪地的酷寒，做做輕鬆的活兒，身上穿件夾褂兒並不流汗，天穹又高又藍，冥冥裡看著人世滄桑，改朝換代。

這天城外呂仙寺擠滿了上香的仕女，富家的兒郎穿得錦衣光采，穿梭似的在人群處走來走去，後面都是跟著幾個奴僕，唯諾從行，還有一些名門閨閣千金小姐，打扮得花枝招展，含羞地扶著丫環，碎步而行，虔誠地跪在神前，默默許願，沒有人能夠知道她們心願是什麼，這是人間最珍貴的秘密，也是最溫馨的秘密。

這廟中供的是呂仙，黑堂堂一張臉，幾許細髯，也頗有幾分仙風道骨，相傳成廟以來，善男信女求財得財，疑難得解，求子得子，端的靈驗非常，是以香火不絕。

過了晌午，人群愈來愈多，廟外的廣場擠得水洩不通，忽然人叢中喧嘩大起，原來夾雜在人堆裡討錢的叫化都集攏來，七嘴八舌叫道：「齊大爺，您老好！」

「齊大爺，您老又來啦！」

眾人心中一奇，紛紛抬目瞧去，只見一個俊雅青年公子，邁著大步走來，他揚目向眾人一掃，臉上忽露失望之色，漫不經意一掃，遍地都是碎散銀子，眾叫化紛紛俯身去拾，卻是慢條斯理，決不亂搶。

那年輕公子正是齊天心，他心中忖道：「能將這些像餓死鬼一般的叫化子，管理得如此有規矩，看來昔年丐幫的頭兒當真是個人才了。」

他出道太遲，對丐幫昔日名頭並不清楚，丐幫自居庸關一戰，遭了莊人儀調虎離山之計，被九音神尼打得零零落落，藍文侯痛心之下，解散丐幫，其實丐幫潛力仍在，幫眾團結非常，各地分舵仍是井井有序，領導有人。

人叢中那些富家公子，見齊天心一出手便是大把銀子，少說也是百十兩，真可供上等家庭半年之用，心中都暗暗吃驚，但表面上卻裝作不在乎，齊天心也不理會眾人，只注目人叢中，似乎正在尋人。

那閨閣千金們，平日深居簡處，何曾見過如此俊美少年，愛美惡醜乃人之天性，都忍不住偷瞧齊天心兩眼，心中怦然而動。

齊天心佇立半刻，臉上儘是失望之色，他這人胸無城府，喜怒哀樂都形之於色，那些叫化紛紛道：「齊大爺，廟裡的呂仙爺爺才叫靈驗哩，你老可要去求個籤去？」

齊天心揮揮手，轉身便走，又到城外四周逛了一會，直到天色大暗，這才無聊地走回城中。這洛陽自古以來，曾多次尊為京都，端的萬家燈火，繁榮異常，齊天心找了一個酒樓，臨窗而眺，只覺一片昇平，酒樓上更是笙歌不絕，雅座中時時傳出笑謔之聲。

齊天心突感心中甚是落寞，他從張家口千里之外又來到中原，雖說是要找尋那冒充自己僕人的羅金福，可是心中卻時時刻刻惦掛著那有數面之緣的少女，一路上真是馬不停蹄地趕來，他情感極是強烈，如果心中對某人好，真恨不得立刻掏出心肝以示真誠，如果討厭別人，那就唯恐別人不知，處處要尋人霉氣，總算他本事高強，率性而行，別人卻也奈他不何。

這時已是初更時分，齊天心喝了一杯酒，心中更是千頭萬緒，煩躁已極，他來到洛陽已經數日，卻連那姓莊的女子影子也沒見上，他到處閒逛，只是想碰上那少女，他心想那女子天真活潑，定是喜愛遊玩，可是走了三天，卻是白費心機。

他俯視街心，青石板的大道，行人來往匆匆，臉上卻都安詳，他哪知道，不久以前這古城醞釀著一件空前大禍，關係整個中原武林，他哪又想到這場大禍被一個自己曾瞧不起的少年，一個只受欺侮而不知還手的少年，一手給挽回了，就是那驚天動地的一掌，至少挽回了洛陽道上武林數十條豪傑的生命。

古城的夜很是安詳，齊天心留連樓上，心中不知該做什麼，酒樓上的人漸漸走了，絲竹之聲也停止。這時明月高懸，齊天心看看屋頂，心中想道：「這酒樓氣勢不凡，可惜就只有這一層，如果高高地再有幾層，我倒願意上去。」

他想起兒時讀的詩詞：「少年不識愁滋味，愛上層樓，愛上層樓……」心中更覺不是味兒，正想起身會賬離去，忽然街上馬聲得得，一隊鐵甲騎兵縱馬而來，那領頭的是個胖子，卻是江湖漢子打扮，口中吆喝道：「讓路！讓路！」

街上行人紛紛走避，那店小二見齊天心一個人悶坐，便上前搭訕道：「這是抓飛賊的。」

齊天心心中忖道：「洛陽城內安靜，怎麼會出飛賊？這倒要瞧瞧，如果真的是武功高強匪類，我倒可助軍士一臂。」

他性喜熱鬧，心念一轉，不斷向店小二詢問詳情，便將輕愁暫時拋開，順手丟了一錠銀子，也不問酒錢多少，起身便走，遠遠跟在那隊軍士之後。

那隊騎兵走到城門旁，停了一會竟然城門大開出城而去，齊天心身形一閃，守城兵丁眼一花，他已混出城外，施展輕功，跟上前去。

那隊騎兵走了很遠，忽然停在郊外一處小村之前，帶頭漢子一招手，眾人紛紛下馬，包圍著向一座小院撲去。

齊天心暗怪道：「這鄉村都是樸實農民，怎會是飛賊？」

那爲首漢子，見包圍之勢已成，大步走近大門，口中高聲道：「飛賊快滾出來，爺們倒要瞧瞧你有多大能耐。」

齊天心只見那小屋大門緊掩，那爲首胖漢口中雖則虛張聲勢，其實對屋內之人很是忌憚，他怕屋內之人忽然襲擊，是以遲遲不敢去撞大門。

屋內人聲寂然，並無人回答，那軍士罵道：「兔崽子，你再不出來束手就擒，老子可要放火了。」

齊天心心中好笑，尋思道：「這官軍頭子說話倒像殺人放火的匪類一樣。」

屋內仍然沒有回音，那頭兒手一揮叫道：「兄弟們，火箭招呼！」

忽然大門砰然打開，一個結實的少年走了出來，那頭兒嚇了一跳，倒退數步，定定神，叱道：「好飛賊，你的末日到了，快跟爺們吃官司去。」

那少年身高膀闊，好一副魁梧身形，他滿臉輕蔑地道：「就憑你這飯桶成嗎？」

他雙目四周一掃，只見黑暗中隱隱閃爍著刀劍光輝，心知一定來了不少武士。那頭兒怒道：「大膽飛賊，你目無法紀，難道還敢拒捕嗎？」

他邊說邊就一刀砍去，這是他平日逮捕人犯的習慣，不分清紅皂白，也不管是否冤枉，先來一個下馬威再說。那少年不慌不忙，右手雙指一伸，夾住刀刃，那頭兒運勁收刀，卻是不能移動分毫，又羞又惱，只急得連脖子也紅了起來，那少年一收手笑道：「好，好，好，誰要你這把破刀，就還給你吧！」

他這一鬆勁，那頭兒頓時身形不隱，一連倒退數步，還是不能站住，正要後跌倒地，忽然人影一閃，一個白面老者飛縱而至，雙手輕輕一托，穩住那頭兒身子，那頭兒定眼一看，當下大喜道：「顧老爺子，原來是您老人家來了，這！這小子就是鬧遍洛陽的飛賊。」

那白面老者冷冷道：「李頭兒，你把人馬帶走。」

那姓李的頭兒道：「顧爺，咱們……咱們知府大人交代下來，這小子可要活捉，還有那小妞兒……」他話尚未說完，那姓顧的白臉老者不耐煩道：「好了，好了，李頭兒，你回去稟告金大人，一切唯我姓顧的是問。」

姓李的頭兒如釋重負，召集人馬而去。齊天心在暗裡老早就瞧得不耐煩了，可是他弄不清倒底誰是誰非，心想總不能幫錯壞人，是以耐著性子未曾出手。

他見那少年年紀和自己相若，而且一臉正氣，絕非為惡作歹的人，心中正是沉思不解，姓顧的老者抱拳微微一笑道：「在下顧紹文，不敢請教兄台高名大姓？」

那少年倒退半步，運氣於胸，雙掌有意無意一合，像是回禮一般，其實他是怕遭對方暗算。顧紹文心中暗道：「這少年不過十多歲，瞧他一臉還是孩子模樣，怎的如此機警？」

那少年道：「原來是北五省第一名捕頭顧大爺，在下失敬了。」

顧紹文道：「好說，好說。」

少年道：「在下是無名小卒，亮出名來顧大爺也不會知道，不如不說的好。」

顧紹文臉色一變道：「聽說閣下武當劍法端的令人佩服，武當周道長名垂天下，江湖上黑白兩道誰人不欽敬，唉，周道長門人也是一個強勝一個，真是天下英雄，盡出於武當之門。」

那少年聞言吃了一驚，暗忖道：「我前次爲了急於退敵脫圍，忽然施了一招本門劍法，這人難道一直跟在我後面不成？」

顧紹文仰首觀天，像是無限感歎，他語中有刺，表面上恭維了一大篇，其實言外之意乃是點明武當弟子是名門正派，譏哨那少年不守門規。

那少年如何聽不懂他語中含意，當下冷冷道：「顧大爺是衝著在下而來？」

顧紹文見他年紀輕輕，可是神色傲倨老成，心中不禁微微有氣，但他是公門中老前輩，經驗何等豐富，淡淡一笑道：「在下豈敢，只望閣下高抬貴手，賞吃公門飯的小兄弟一口飯吃。」

那少年笑道：「想不到名震北五省的公門高手竟會看走了眼，在下雖然不才，卻也不敢和公門兄弟杯葛不清。」

顧紹文忍氣沉聲道：「閣下出手搶走了林大爺林百萬的小妾，林大爺乃是當今朝廷一品大員兵部尚書之令弟，這不要了咱們小兄弟的命嗎？」

那少年突然臉色大變，兩目發赤道：「林百萬仗著幾個臭錢，作惡多端，真是罪孽深重，人人得而誅之，我饒了他一條老命，已是手下留情了。」

顧紹文又道：「那麼閣下盜了府台大人貢物千年成形靈芝，這也有理由麼？」

那少年不語。顧紹文道：「閣下如看老夫薄面放手，不但河南境內小兄弟感激不盡，就是大河南北只要是我顧紹文的學生，都不敢忘閣下大德。」

那少年堅決搖首道：「那女子是我親戚，林百萬逼迫民女爲妾，我萬萬不能容忍於他。靈芝嘛，已經被人服用啦！」

顧紹文大驚怒道：「搶竊貢物是必死之罪！」

少年沉聲道：「咱們是不見真章不休手啦！顧大人，你動手吧！」

他想起一事，臉上神色大是黯淡，已非適才豪放之色，顧紹文冷冷道：「這還用老夫動手，你想想看，你這幾日運氣之間有什麼異樣？」

少年淡然道：「顧大人，如果你勝了在下手中這把劍子，在下隨由你發落，只是……在下有個不情……不情……之請求……」

他說到此，見顧紹文一本正經，心中暗歎一口氣，知道說出反而自討其辱，便住口不說了。

顧紹文又道：「你是不是感到運氣時，前胸有陣陣刺痛，哈哈，你如不信，便試試看。」

少年心中一驚，但神色不動。顧紹文道：「哈哈，老夫早就在你食水井中作了手腳，這毒物性雖慢，可是厲害無比，三天之內功力減半，十日之內功力全廢！如果依了在下之言，解藥自當奉上。」

他目光炯炯地凝視著那少年，那少年與他雙目一對，心中不由一寒，竟覺他所說大有可能，他長吸一口氣，只覺胸前果然隱隱作痛。

那少年心中大怒，恐懼之心一除，怒目而視，但見對方目放奇光，自己眼光竟被壓抑，只覺鬥志全消，自己好像已是囊中囚任人宰割，他不禁慢慢低下頭去。顧紹文緩緩上去，突然一指點去，那少年下意識一偏身閃過，顧紹文一掌又自切到，那少年不閃不躲，竟然束手待擒。忽然「嘶嘶」兩聲，顧紹文掌勢不收，身子順勢一沉，左手向空中一撈，只覺來物力道奇重，幾乎把持不住。

他掌勢略慢，尚未擊到那少年，便被一股大力一托，倒退兩步，身子打了個圈子才停住。他抬頭一瞧，眼前站了一個俊秀少年，他鬆開左手，原來抓著的是兩枚乾栗，心中不由一凜，這風乾栗子又輕又小，可是適才來勢竟若疾矢，力道之沉真是生平僅見，來人之功力可想而知了。

原來齊天心見那少年突然氣餒，心中大為奇怪，他不禁也朝顧紹文一瞧，只覺心中一震，對方目光懾人心弦，他內功深厚，已達百邪難侵的自如境界，當下心神一凜，忽然想起父親曾說過公門中人有一種秘技催眠，用來對付高強敵手，他恍然大悟，心知顧老兒便是在施催眠術，只是相隔太遠，要想出手援救那少年已是不及，便先伸手摸出兩粒未吃完的栗子彈去，阻擋對方一刻。

齊天心劈口便道：「這人既是武當門人，一定不是壞人，你就放他一馬如何？」

他輕描淡寫說著，自覺甚是得禮。顧紹文連連打量了他幾眼，忽然顫聲道：「閣下可是姓齊？」

齊天心點頭不語，顧紹文道：「衝著齊公子面子，在下這就告辭。」

齊天心只覺面子十足，他回頭看看那少年，那少年已然回轉神智，見顧紹文走遠，連忙上前道謝。齊天心暗笑忖道：「我原是來幫忙捉飛賊，想不到卻幫了飛賊的忙。」

那少年恭身一揖道：「在下王雄，多謝閣下相救之德。」

齊天心道：「周石靈道長可是令師？」

少年道：「那是家師伯。」

齊天心哦了一聲，那少年又道：「如非閣下仗義出援，在下實在不是那老捕頭對手。」

齊天心道：「公門中難道也有如此高手？」

少年王雄道：「顧老兒功力深厚，他行事穩健，爲人很圓滑，是以很少和人動手，他辦案都是密布陷阱，令對方自陷絕地，是以百無一失，只有半年前他不知怎麼和丐幫幹上了，結果他帶了五名弟子，和丐幫雷二俠、白三俠、古四俠打了一仗，後來誤會解開，雙方絕口不提此事，但據當時在場之人傳出，顧老兒不但鬥了白三俠、古四俠，還接下了雷二俠的三十六趟快劍，並未曾傷了絲毫。」

齊天心道：「丐幫是個很了不起的幫會麼？」

王雄道：「雷二俠在河洛號稱第一劍，可是聽說功力比起藍大幫主和穆十俠並不見高，閣下便可想見丐幫人物之盛。」

齊天心道：「閣下對這河洛一帶武林定很熟悉，在下倒有一事請教。」

王雄道：「請問有何見教？」

齊天心道：「最近河洛一帶可曾出現一個姓羅的少年高手，不，還有一個姓郭一個姓溫的三個少年？」

王雄想了想搖搖頭道：「最近河洛武林平靜無事，在下不曾聽說有這三個高手出現。」

齊天心想想無事逗留，便待告辭而去。王雄道：「閣下初來洛陽，對北方武林如有什麼不清楚之事，小弟倒願傾胸中所知相告，請進屋一敘如何？」

齊天心道：「在下只是為尋找一人，這北方武林之事在下卻無聊去管，嘿嘿，今兒夜真熱鬧，前前後後又來了四位好朋友啦！」

王雄傾耳一聽，果然有夜行人行步之聲，他適才見齊天心一出手，便驚走公門第一高手顧紹文，心知這少年定有極大來頭。

那四個人不一會均跑近前來，齊天心冷冷打量他們一眼，垂手不語。王雄冷冷道：「原來是帆揚鏢局孫總鏢頭，啊！河洛三英也來啦，哈哈，在下從未聽說過保鏢的爺和開山立舵的好漢合夥做生意的，真是天下怪事。」

帆揚鏢局子母金刀孫帆揚，是全國第一家金字招牌鏢局，他武功既高，人又極為四海，是以帆揚鏢局遍設全國，鏢師中能人輩出，也算是一霸，總局卻設在洛陽。

河洛三英乃是黃河道上水路中最負盛名好漢，靠水吃飯的朋友，只要提起三英之名，無不心驚膽寒，不敢招惹半點，這三人是同胞兄弟，長像生得極為相似，都是又粗又黑，凶神似的一張馬臉。

子母金刀孫帆揚道：「柔雲劍客，咱們帆揚鏢局和貴派素來無怨無仇，你為何要架這根樑子？」

那少年王雄，是北方近兩年來崛起的高手，他投身武當，學劍一共才三年，他天資奇高，已是劍法精妙，得武當正宗「柔雲劍法」真諦。他緩緩而道：「在下實有難言之隱，事畢後自當折劍向孫老鏢頭請罪，如果孫老鏢頭要仗人多，嘿嘿，在下卻不怕。」

孫帆揚怒叫道：「老夫再不濟也不會以眾凌寡，再說這三位大英雄，大豪傑，在下也不敢高攀。」

他行鏢一向少走黃河水路，是以和河洛三英沒有交情，只因上次他一個徒兒在河上與人爭鬥，河洛三英不但不看他老面子，反將他徒兒折辱一頓，是以一直對三人耿耿於懷，但他處事老練，只是對方不甚為己，也就放手過去。

那河洛三英老三脾氣最是暴躁，他縱聲怪叫道：「老大，咱們把事辦好，再和這什麼鳥鏢頭打一架。」

孫帆揚不理，他對柔雲劍客道：「老夫一生在刀尖上討生活，雖說不上什麼仗義行俠，但也頗知道一個『義』一個『理』字，無理不義之事，老夫寧願斷頭卻也不為。」

柔雲劍客道：「孫總鏢頭仗義疏財，江湖人哪一個不曉，只是在下實在情不得已。」

孫帆揚道：「王大俠，如說要錢用，在下雖則窮酸，但十萬八萬還拿得出來，給朋友花那有什麼話說，只是此物乃皇上貢品，老夫萬萬擔當不起。」

悄走來兩人。

柔雲劍客默然。河洛三英已是不大耐煩，正待鼓噪起哄，忽然眾人眼前一花，一前一後悄走來兩人。

齊天心見前面那人身法如電，似乎從天而降，他凝神一瞧，原來正是那叫董其心的少年，上次在張家口他曾見其心出手，功力之深，連自己也覺駭然。

孫帆揚見人愈來愈多，他也不細看來人，心知都是爲那傳聞中的千年成形靈芝而來，他心中不由暗暗叫苦，他當初接下這隻鏢，知道千載靈藥定然轟動武林，是以行蹤極是隱密，用了金蟬脫殼之計，自己親自出馬，押的卻是空車，另外派了一個鏢局高手，攜帶寶物，單騎飛奔赴京，想不到還是被這柔雲劍客誤打誤撞給搶了過來，偏這柔雲劍客又自以爲做的天衣無縫，一時大意，終於傳遍武林。

孫帆揚心知非得速戰速決，便道：「如果閣下勝了老夫一招半式，老夫立刻關了鏢局，但若老夫僥倖勝了，閣下卻又何說？」

柔雲劍客自知理虧，他心虛之下平日機智大打折扣，半天竟答不上話。齊天心見眾人虎視耽耽，他內心已早站在柔雲劍客這邊，當下忍不住道：「你若贏了，在下還要領教！如果勝了在下，那千年靈芝自然由你拿去。」

他看了看王雄，示意要他答應，王雄見這人與自己素不相識，竟然如此義氣，心中大爲感激，那千年靈芝他已給一個病人服用了，此時如何交出？他爲人從不打誑，此時進退不得，一時之間不知所措。

齊天心不住向他使眼，示意他自己有絕對把握，只管答應不必害怕。董其心見他擠眉弄眼，一臉自信樣子，不由莞然一笑，只覺那姓齊的闊公子，還是和小時候一樣的驕傲自得，他看了齊天心兩眼，不知怎的，總是感到甚是親切。

那和董其心一起來的正是丐幫白三俠，他朗聲道：「這千年靈芝雖說是練武人夢寐所求，但不是白某狂口，卻未放在區區眼下，只是白某非得此物，否則不能竟功，還請各位高抬貴手。」

孫帆揚暗暗叫苦，忖道：「哦，白叫花也爲這靈藥而來，這事好生棘手。」

齊天心不耐道：「各位都是爲此藥而來，咱們不必囉嗦，有本事的上來拿便是。」

他此言一出，眾人都是激怒不已。董其心暗暗忖道：「這闊小子如果一意護著那什麼柔雲劍客，要取這靈藥，只怕是大大難事，我出手擊敵，從來都是坦然無懼，就是大戰那三個蠻子，我也是絲毫不懼，可是這闊小子出招有一種令人莫測高深的意味，和他放對，落敗則未必，取勝之機卻也極是渺茫。」

河洛三英首先發難，他兄弟三人從來就是同進同退，會敵總是三人聯手，齊天心瞧都不瞧，唰唰閃過數招，忽然咔嚓一聲，柔雲劍客已拔出長劍。孫帆揚兩柄金刀一長一短，也拔在手中。

董其心低聲道：「白三哥，那少年就是齊天心。」

白三俠吃了一驚道：「難怪有這等功力，小兄弟你瞧，河洛三英不出五招，兵刃便要出手，看來今天……今天可有一場苦戰。」

董其心用密室傳音的功夫對白三俠道：「這人大有來歷，小弟不願和他動手。」

白三俠道：「此人一表人才，風度翩翩，小兄弟如果出手傷了他，當真叫人惋惜。」

他對董其心之能已然欽佩得五體投地，對方雖然高強，他卻未曾絲毫爲其心擔憂，只道英雄相惜，其心不忍出手。其心道：「我未必是他對手，看來姜六哥所須靈藥，咱們得另想辦法。」

齊天心見董其心嘴皮微動，知他用密室傳音和他夥伴相商，齊天心不由有氣，暗自忖道：「你有本事使出來便得，本公子怕你不成，鬼鬼祟祟豈是好漢行徑。」

他心中有氣，手腳更顯凌厲，連施三招搶攻，劈手奪過三樣兵器，兩劍一棍，順手一擲，三件兵器都沒入土中，無影無蹤。

那劍尖鋒利倒也罷了，可是那齊眉棍又短又粗，北方黃土堅逾山石，竟然沒入土中，白三俠心中大寒，他望望平日不動聲色的小兄弟，臉上也悚然動容，但卻帶著一種古怪，似乎又憂又喜。

河洛三英面面相覷，驚得呆了，好半晌才回轉神來，三人頭也不回逕自走了。

齊天心瞄了董其心一眼，董其心對他微微一笑，齊天心只覺對方很是誠摯，並無半點惡意，他不便發作，轉眼看柔雲劍客和子母金刀孫帆揚決鬥，只見兩人打得有攻有守，情勢十分激烈。

那柔雲劍客一劍一劍出招不慌不忙，遇到對方激攻，緊緊守住不讓敵人有隙可乘。孫帆揚殺得性起，長刀短刀如狂風疾雨，漫天灑來。

柔雲劍客不斷後退。白三俠悄聲道：「小兄弟，你瞧他的步法。」

董其心點頭道：「武當劍法專是講究以逸制動，這六招一完，柔雲劍客便要反攻。」

那柔雲劍客連退六步，驀然一劍削出，解去危機，立刻劍光大盛，一支長劍捲在兩柄金刀之中，以快對快搶攻起來。他出劍又穩又重，隱隱之間，已有高手之風。

子母金刀孫帆揚驀地招勢一變，攻守雜亂不成章法，招招都從不可意料方向遞到。董其心一凜，只覺對方招式怪異，生平未見，他仔細再一瞧，他武學之道已臻悟通之地，當下恍然忖道：「原來他長刀使的劍法，短刀使的倒是內家刀法，難怪瞧起來怪不順眼。」

白三俠低聲道：「江湖上從來未曾傳說子母金刀還有如此絕技，這路兵刃上的功夫，真是好生怪異，柔雲劍客只怕要敗。」

董其心點點頭。柔雲劍客王雄只見對方怪招如抽絲剝繭，層出不窮，一時之間也想不出對付之法，攻勢一頓，又被逼得倒退不已。

孫帆揚愈戰愈勇，忽然齊天心大喝一聲道：「這是陰陽刀，長刀作劍，儘是唬人虛招，只須對付短刀便得。」

他家學淵源，一下便點破了失傳江湖的絕技。那子母金刀臉色灰敗，又攻了兩招，轉身飛躍而去。

要知這陰陽刀法失傳江湖已近百年，只因江湖上使刀的好手很少，是以許多上乘刀法都慢慢失傳，這子母金刀參悟半生，總算在一本古冊中找出這套無敵刀法，只道江湖上再無人識得，想不到一出招便被人叫破，當下心中又是氣餒又是膽寒，他足智多謀，心想今日之事，那俊秀少年在旁，萬難討得好去，乘個機會，這便退身而去。

柔雲劍客見對方佔盡優勢，忽然一聲不響離去，心想這少年不知是何路數，當真深不可測。齊天心微露得意道：「這陰陽刀也算不了什麼，少林的達摩劍法便是它的剋星。」

白翎低聲對董其心道：「既然小兄弟不願與他動手，咱們這便走啦！」

董其心沉吟一會，眼前又浮起了姜六俠憔悴的容顏，他知道一個生龍活虎般的武林健手，變成舉步維艱的病弱，那心情真夠人受的，他這人城府極深，但是董家天生遺傳下的俠義心胸和兒女情腸，卻是深種在他身上，所謂湖山易改，秉性難移，他和丐幫交往，早已把丐幫十俠視作兄長一般，當下和聲道：「齊公子，柔雲劍客，在下有一位好朋友，他身受重傷，非靈藥不足爲功，懇請相賜些許。」

王雄張口欲說，齊天心冷冷道：「閣下適才難道不在場內？」

董其心道：「在下也知道這是個不情之請，只是……只是……」

齊天心把臉一仰，又露出那副天皇老子都不買帳的神色。董其心自幼便看不慣這闊小子那付神氣，這時心中又感不滿，齊天心臉色不變，緩緩道：「我再說一遍，要千年靈芝的，只要勝了在下一招半式，在下保證雙手奉上。」

白翎冷冷道：「這個閣下恐怕也作不了主。」

齊天心只見王雄臉色通紅，窘態畢露，知他定有困難之處，齊天心從來只要出手助人，都是送佛到底，當下冷冷道：「閣下難道不信？這千年靈芝雖是難求已極，但是想勝得在下，卻也差不多困難。」

他出言太過狂妄，董其心不由輕輕哼了一聲。齊天心叫道：「我知你不心服，你就進招吧！」

董其心注視著他，齊天心全身佈滿真氣斜睨董其心，他心中緊張，嘴角還掛著一絲不在乎的微笑，這公子哥兒，一生之中從來未受過挫折，雖知對方極強，可是自信必勝之心並未動搖。

董其心愈瞧對方愈是親切，可是親切中包含了一種漠意和敵意，他沉吟半天道：「好，你發招吧！」

齊天心雙肩微動，揚身而起，雙手連拂，就在這同時，董其心也飛身躍起，柔雲劍客和白三俠只見兩人在空中手足齊施，也看不清楚換了幾招，只見兩人一齊落地，神色凝重的相隔三步而立。

齊天心道：「好功夫，再接一招。」

他上去一步直欺近身，一招遞出，尚未襲滿，已然連換五式，直拂董其心五大穴道，董其心雙手一封，飛快地也還了五六式，兩人又各自退了一步。

白翎一生見過的大場面何止萬千，可是對這種雷霆之勢，變招之疾，莫說從未見過，便是目下看也未曾看得清楚。

齊天心嗔目望著董其心，他心中狂跳不已，對方功力之強，實在還遠在他意料之外，他連兩招絕技，對方卻輕鬆接過，而且在千鈞一髮中，還了兩招。

兩人凝神而立，四周靜悄悄地，只聽見風吹草動，小蟲鳴叫，白翎自這小兄弟相識以來，都見他雍容自若，神氣不動，就是強若那三個異服蠻子，也是揮手摧敵，絲毫不滯，此時見他立在黑暗之中，臉上雖則平靜，可是雙手卻微微發顫。

兩人又僵持了半刻，只見齊天心臉上漸漸酡紅，董其心雙目低垂，似乎入定一般，正在千鈞一髮之際，忽然小屋內一個少女的聲音喚道：「雄哥哥，你在哪裡？」

柔雲劍客忙道：「萍妹，大哥就來啦！」

那少女的聲音又道：「怎麼這麼黑，屋裡的燈都滅了嗎？呀！現在是什麼時候了？我真睡得死了。」

董其心只覺那聲音無限熟悉，他強敵在前，不暇細思，那柔雲劍客也不顧這緊張局面，他向齊天心歉然一笑，便跑了進去，那少女似乎害怕屋裡黑暗，已迎面走了出來。董其心一瞧，心中不由一震忖道：「原來是小萍，雄哥哥，那柔雲劍客就是她表兄阿雄，想不到數年不見，他也學了武功。」

童年裡那暑夏中嬉戲的往事都浮上董其心的心頭，小萍那蹦跳著的快樂小臉也回到了董其心的眼前，他不禁癡了。

那少女目光在董其心臉上一瞥，毫不留意地便對柔雲劍客道：「這些都是誰？」

柔雲劍客王雄柔聲道：「是好朋友。」

那少女又道：「是你們武當派的嗎？」

柔雲劍客道：「不是！」

少女甚是天真，她不懂武功，絲毫未曾發覺齊天心和董其心正在以死相拚，她不斷地問著，柔雲劍客很耐煩地回答。董其心忖道：「昔日的朋友都大啦！小萍長得真是好看！」

他想到從前兒時趣事，小萍相待之情，心想這場架是打不成了，他幾年行走江湖自思容顏定是大變，是以昔日最爲相得的小女友都認不得自己，心內不覺甚是惘然。

他低聲對齊天心道：「閣下好深功夫，在下不是對手。」

他說完便和白翎走了，他長長吁了口氣道：「真是好險！」

白翎道：「我瞧那姓齊的未必能擋住小兄弟一擊。」

董其心默然，半晌道：「那未必。」心中卻尋思道：「我如發出那震天三式，只怕是個兩敗之局，那姓齊的一定也有不可抗拒的看家本事。」

齊天心見董其心和白翎走得遠了，他心中卻暗暗道：「我如發出那招，那小子只怕要命喪當場，可是那小子雖是陰陽怪氣，偏他長得一副好相貌，我卻不願傷他。」

那柔雲劍客王雄向他稱謝不已，他邀齊天心入內，那少女奉上一杯茶，就坐在王雄身旁。

王雄道：「今日若非齊大俠仗義援救，小可只怕……」

他話尚未說完，齊天心忙道：「些許之勞何足掛齒，只是閣下身懷靈藥已傳遍江湖，還要多多小心才好。」

王雄滿面羞澀低聲道：「那靈芝玉液已被敝表妹服食，她受惡人相害，中毒失去記憶，小可這才不顧一切，違反了師門戒規，出手奪了這靈藥。」

齊天心急問道：「這藥有效嗎？」

王雄道：「敝表妹已然痊癒，在下這就返回武當，向敝師請罪。」

那少女見兩人說話，自己卻聽不見，她心中不悅，板著臉道：「阿雄哥，你們說什麼，難道我不能聽？」

王雄道：「小萍，你聽不懂的。」

小萍道：「阿雄哥，你好聰明喲，我偏要聽。」

王雄無奈，只好向齊天心苦笑一下，聲音果然放高，齊天心平日何等高傲，此時不但不覺那少女刁蠻無理，反覺她甚是天真可愛，他心內忖道：「如果那姓莊的少女，和她一樣天真，那可有多好！」

他想到姓莊的少女不知芳蹤何處，不覺大感意興闌珊，柔雲劍客道：「齊大俠，那適才與白三俠一道來的少年，身法頗似少林嫡傳。」

齊天心搖搖頭道：「他功夫極雜，卻是又精，我也瞧不出他的門路。素聞貴派門規森嚴，你此去請罪，可有困難？」

王雄默然，小萍插口道：「少林厲害還是武當厲害？」

王雄又密室傳音方法道：「小可拚著性命不要，也不能讓這表妹受屈。只是愧對子母金刀孫老鏢頭，他一家大小幾十口，唉！只怕永無寧日了。」

齊天心道：「這千年靈芝當真世上再難買求？」

王雄道：「洛陽首富林百萬，家中遍藏天下奇珍異寶，聽說他在年前也買進一隻成形靈芝，不知他服用沒有，再說這姓林的兄長是朝廷命史，上次我救我這表妹時，已是費了千辛萬苦，幾乎被護院武士所傷，唉！就是他收藏了靈芝，也是枉然。」

齊天心也不由大爲著急，他只道世上無難事，論錢他可以揮之若沙，論力，他可以遍行天下無敵，他心想王雄此舉對孫帆揚太過意不去，是以也心焦不已。

王雄道：「那北五省名捕顧紹文也非好惹，他找不出這貢物，定然逼迫孫帆揚，孫帆揚最好面子，定然傾家蕩產也要向林百萬購買，只便宜了這爲富不仁的壞蛋。唉！小可與孫老鏢頭這根樑子是架定了。」

齊天心心意一動，只聽得兩眼放光，他急問道：「那姓林的商人肯出賣嗎？」

王雄道：「此人貪圖利益，雖是富可敵國，但天性吝嗇，只要他未脫手或是服用，出價高過他買進的數倍，定可誘他脫手。」

齊天心點點頭不語。王雄道：「只是小可哪有這許多錢，就是孫鏢頭，雖說多年行鏢，場面撐得大，但鏢行開銷何等鉅大，一時之間，哪裡湊得出這許多銀子。」

齊天心道：「讓在下想想辦法。」

他說完起身便走。王雄感激得兩眼發酸，只覺熱淚幾乎奪眶而出，齊天心只是大步而去。

廿七　帆揚萬里

洛陽的夜，靜靜地。由於柔雲劍客的作案，的確使官場捕頭軍士們緊張起來，但百姓們都坦坦然，因爲他們知道這飛賊只光顧爲富不仁的巨賈，或是暴政如刀的酷吏，是以頗爲心安理得，在內心深處，還有一些沾沾自喜的感覺。

古老的城，古樸的民風，城東——

帆揚鏢局門前兩座石獅盤踞著，這名滿天下第一大鏢局，氣勢端的不凡，門上橫著四個大字「帆揚萬里」，漆金閃閃，甚是輝煌，筆力如龍飛鳳舞，顯然是出於一代名家之手。

月色朦朧，鏢局生意是一天到晚都不歇的，這時雖是夜深沉，門口的油燈仍是旺盛地燃燒著，當班的掌櫃和夥計，正有一句沒一句地聊著，臉上且都有喜色。

忽然人影一閃，總鏢頭子母金刀孫帆揚端端立在門口，掌櫃和夥計起身相迎，孫帆揚連忙搖手道：「快坐，坐坐，大夥兒辛苦了。」

掌櫃道：「總鏢頭一年到頭風塵僕僕，苦撐咱們這個鏢局，我李掌櫃每天只須坐在櫃台之前幾個時辰，不但養家活口綽綽有餘，再過幾年，便可成小康之家啦！總鏢頭，您待人真厚，我姓李的恨年輕時不學些本事，不能替您老分勞。」

他神色誠懇，臉上悚然動容，像是在發洩久藏於胸之言，孫帆揚哈哈一笑道：「李掌櫃，人人都說你囉嗦，看來當真不假，這鏢局上下千餘名好朋友都兢兢業業，才有今天局面，我姓孫的縱是千手萬腳，也不能唱獨角兒戲啦！」

李掌櫃道：「話雖如此，但我等總覺愧對總鏢頭，老王，你說是不是？」

那夥計姓王，接口道：「咱們鏢局裡一個夥計，也比別家鏢局鏢師拿的錢多，不說一年四季是發雙倍工錢，就是每月分紅利也就和工錢差不許多了，孫爺您自已卻過得清苦……」

孫帆揚心中有事，打斷他話頭，說道：「李掌櫃，老王，你們對總鏢頭不滿嗎？」

李掌櫃和夥計老王一愣。孫帆揚道：「如果兩位把我姓孫的當朋友看，這種話以後永遠休提，只要我姓孫的一口氣在，總不會叫朋友們委屈的。」

他說到後來，心中無限感慨，神色不禁黯然，原來他接了知府金大人貢品這趟暗鏢，心知非同小可，只派了鏢局中一名武功卓絕，人又機智絕倫的鏢頭攜寶單騎赴京，他怕鏢局人多口雜，所以此事做得極為機密，後來那鏢頭出事，千年靈芝液被柔雲劍客所奪，他將鏢頭偷偷送到開封養傷，此事鏢局中只有寥寥數人得知。

李掌櫃心中感激，他平日伶牙俐齒，頭腦清晰，算起帳來，就是千頭萬緒，只須一撥算盤，立刻迎刃而解，可是此時見總鏢頭義薄雲天，一時之間，真情流露，竟吶吶半天說不出一句話來。

孫帆揚道：「到山西太原府那支鏢可有回音？」

李掌櫃精神一振道：「剛才夜裡，由太原鏢局快馬傳訊帶來的消息，那支鏢已交到貨主手中。」

孫帆揚又道：「那麼去保定府的呢？」

李掌櫃道：「總鏢頭請放心，今晚傳來消息，已入河北境界了，河北是咱們鏢局老地盤，一定錯不了的。」

孫帆揚吁了口氣道：「叫老王吩咐伙房，好好弄幾樣小菜給傳訊的鏢師宵夜，來的可又是吳鏢師嗎？」

李掌櫃連聲應諾道：「不敢勞總鏢頭掛惦他，這小子人一到，匆匆向楚鏢頭報告一番，就往三十里外家裡去啦！」

孫帆揚微微一笑道：「人家新婚夫婦，這卻也難怪。」

他緩緩向內走去，心中尋思李掌櫃的話。

「河北境內是咱們的地盤，可是那貢品就是失在河北境內，柔雲劍客成心和我孫帆揚過不去，這筆賬遲早要算清楚。」

他邊走邊想，不覺走到寢室，他一月之中倒有二十多天睡在鏢局之內，在家的日子倒少得多，他推開門坐在床上，心中忖道：「我陰陽刀法眼看就要奏功，不意那旁邊的小子竟能認得這失傳多年絕藝，此人如果幫定柔雲劍客，此事倒是大大棘手。」

他轉念又想道：「近來江湖上只出現一個青年絕代高手，那就是齊天心公子，我雖耳聞大名，可是並沒親眼看過他，此人難不成就是齊天心？」

他正在盤算，忽然鏢局前面傳來人聲，李掌櫃高聲道：「顧大爺來到。」

孫帆揚心中一緊，只得整整衣冠，迎了出去，來人正是北五省名捕顧紹文，他向孫帆揚拱拱手道：「總鏢頭請恕在下深夜打擾之罪。」

孫帆揚道：「好說，好說！」

顧紹文直趨孫帆揚室內，兩人坐定後，顧紹文臉色一沉，官味十足地道：「總鏢頭，還有三日便是限期，那事可有眉目？」

孫帆揚歎口氣道：「搶貢物的正是柔雲劍客，在下就是拚了這條老命，也要和他鬥鬥。」

顧紹文冷冷道：「柔雲劍客是武當派的。」

孫帆揚激怒道：「武當的又怎樣，武當派的作案也不准別人管？」

顧紹文道：「總鏢頭火氣太盛，在下費盡九牛二虎之力，總算查出此人乃是真犯，這便悄悄帶信給總鏢頭，原望以總鏢頭威名功力，此人手到擒來，想不到……嘿嘿……」

孫帆揚叫道：「你不必使用激將，姓孫的自有打算。」

顧紹文冷冷一笑，緩緩道：「這個在下也知道，只是現下打草驚蛇，那廝如果一溜了之，可就不妙啦！早知如此，我不如和總鏢頭合手去捉那廝，唉！也怪我顧慮太多，怕總鏢頭誤會我姓顧的小看你而不高興，唉！真是一著之差，一著之差。」

他唉聲歎氣，孫帆揚人極聰明，不然怎能參悟出絕傳武功，只是天生好勝愛面子，無論如何也輸不下一口氣。齊天心點破他所使刀法，他大驚之下，不及思考，這才失色離開，如非如此，他定不會無功而回，此時他明知顧紹文不斷相激，但心中卻是忍不下這口氣，當下沉聲道：「顧捕頭，依你卻要怎的？」

顧紹文緩緩道：「鏢局失鏢，一切責任原都由貴局自負，不過……」

他話尙未說完，孫帆揚道：「這個不用顧大人擔心，在下行鏢數十年，這點小小規矩卻還省得。」

顧紹文道：「這次失鏢可不是尋常之事，金大人已嚴令屬下不准洩露，本來尙可拖延數日，可是那姓王的小子，不僅奪得了貢物，還毫不知收斂，是以目下已傳遍北方武林，別人雖不知此事來龍去脈，但知靈芝在這小子手中，依在下看不到數日，便要傳到京去，如果被皇帝老子知道了，不說你我擔當不起，就是金大人也是性命交關。」

子母金刀孫帆揚嗔目不語。顧紹文又道：「在下已派下層層眼線，那姓王的小子就是插翼也難走脫，只是聽他口氣，那靈芝液已被服用了。」

孫帆揚霍地站起，雙眼睜得有如銅鈴，他震驚之下，半天說不出一句話。顧紹文道：「總鏢頭名滿天下，鏢局遍佈天下，生意極是旺盛，如說別物失了，總鏢頭眼不眨一下便可賠出，只是這靈芝仙液乃是可遇難求之物，如果被那小子給服用了，可真叫人難以設法。」

孫帆揚只覺全身血液直往上衝，恨不得立刻就找柔雲劍客拚命，他幼年失怙，十二歲闖蕩江湖，爲人義薄雲天，但知勇往直前，好容易闖下這片事業，真是珍惜無比，此時眼看失鏢卻又無法補償，真急得五內俱焚方寸大亂。

顧紹文道：「在下也替總鏢頭想過，當今之事，只有一條路好走，就不知總鏢頭願不願意。」

孫帆揚道：「請教顧大人高見。」

顧紹文道：「那千年靈芝仙液，多半是被那小子所服，如果此事如此，便斃了那小子也是悃然，倒是本城林大官人林百萬家中，也藏著一隻成形靈芝，這事總鏢頭想也有個耳聞。」

孫帆揚點頭道：「顧大人可是要在下向林百萬買下那靈芝，將錯就錯當貢物送入京城。」

顧紹文微微一笑道：「在下正是此意。」

孫帆揚斷然拒絕道：「莫說那林百萬爲富不仁，我姓孫的在江湖上雖是無名小卒，卻也不屑向他低聲下氣相求，而且林百萬吝嗇成性，這天地至寶他豈肯出賣？」

顧紹文道：「這些小節在下自有辦法，只要你總鏢頭點首答應，包管他肯出售。」

孫帆揚道：「這個在下難接受，在下只消將那柔雲劍客捉住，交給顧大人辦便是了。」

顧紹文冷冷道：「這捉賊拿犯的事，區區還不敢勞動總鏢頭，鏢局失鏢，並非只須捉得奪鏢之人便可了事的。」

孫帆揚心中雖然惱怒，可是他自知理虧，說不出半句硬話來。顧紹文又道：「在下來時已和林大官人商量過，他老看在區區面上，也想交你這個朋友，所以慨然答應出讓。」

孫帆揚哼了一聲，他明知這顧紹文和林百萬一定串通賺他，可是目下一籌莫展，他乃是個極好面子之人，寧教拋頭顱灑鮮血都在所不惜，卻不能有失聲名，當下只得道：「林百萬開價如何？」

顧紹文緩緩道：「不多不少十萬兩銀子！」

孫帆揚一震，他幾乎以爲聽錯了，又再問了一遍，顧紹文道：「這是千載難求之物，這價錢卻也公道。」

孫帆揚怒道：「林百萬這狗奴，去年那雲南採藥老道來洛陽，他出售這成形靈芝，不過叫價貳萬兩銀子，當時在下便想買下，咱們開鏢局的成天在槍林刀山中混，難保不出亂子，在下本想收下配幾種療傷聖品，只因當時錢被一個朋友拿去救急，一時湊不出這兩萬銀子，才讓林百萬捷足先登，只過一年，他就漲價五倍，天下豈有這種便宜之事！」

顧紹文道：「林大官人說他那靈芝是花了十多萬銀子買來的，本當傳家之寶，一方面是礙於人情，另方面是為救金大人之難，這才脫手相讓，嘿嘿，林大官人也不是少錢花的。」

孫帆揚沉聲道：「這個在下萬萬不依。」

顧紹文乾笑數聲，陰陰道：「那麼總鏢頭有何打算？」

孫帆揚怒道：「我自有安排，大不了我這鏢局不要了。」

顧紹文道：「事關大內貢品，孫鏢頭想一走了之，可也沒有這麼容易！」

孫帆揚冷冷笑道：「姓顧的，別人怕你，我姓孫的卻不懼你，你……你敢攔我嗎？」

他愈說愈怒，聲音自然放大。顧紹文道：「你孫總鏢頭武藝高，自是沒有人敢攔你，只是寶眷嗯？嘿嘿！事出之後，金大人已派人保護寶眷了。」

孫帆揚怒叫道：「顧紹文，你好卑鄙手段！」

顧紹文低聲道：「總鏢頭息怒，你大聲叫嚷，難不成要叫鏢局人都來看笑話不成，依在下看來，此事還是愈少人知愈好。」

孫帆揚果然不再高聲發怒，他氣憤膺胸，卻是逼於形勢，不能開口，心中卻暗暗道：「如果這事一了，我孫帆揚只要三寸氣在，姓顧的你等著瞧。」

顧紹文道：「目下只有此法，孫總鏢頭你看如何？」

孫帆揚慘然道：「我拿不出這許多銀子。」

顧紹文道：「這個也不妨，孫帆揚鏢局是金字招牌，在下只要總鏢頭一句話。」

孫帆揚沉吟不決。顧紹文道：「那不足的銀子，由我姓顧的向林大官人作保，分幾年還清，只是爲明瞭鏢局帳目，在下須派一位兄弟替總鏢頭幫幫忙，還有幾個小兄弟也想請總鏢頭賞口飯吃。」

孫帆揚此時方寸大亂。顧紹文道：「在下只要求一個副總鏢頭和幾個鏢伙的職位，總鏢頭諒不至於拒絕吧！」

他處心積慮，就想攫奪這帆揚鏢局基業，他知帆揚鏢局行遍天下，是武林一霸，孫帆揚又是個直性人，容易上人圈套，只須在帳目上弄弄手腳，教他鏢局負債利上滾利，愈陷愈深，那麼孫帆揚這人好面子，鏢局遲早可以盤過來。

孫帆揚聽他要派一個副鏢頭，他適才聽了半天，只有這一句話聽清楚，當下大爲暴怒，刷地一聲，長短金刀都已拔在手中。

顧紹文淡然一笑道：「孫總鏢頭的子母金刀，在下萬萬抵擋不住，嘿嘿，還請高抬貴手，放過區區一馬。」

孫帆揚臉色激得通紅，他此時理智漸泯，真待出手大幹，那顧紹文是何等人物，他冷眼旁觀知道不能再逼，當下正色道：「在下深夜造訪，只想和總鏢頭相商應付之策，總鏢頭不願也就罷了，反倒要尋在下霉氣，在下一片好心，不意得到此結果，總鏢頭如能殺死在下也便罷了，不然嘿嘿，在下可要遍邀大河南北武林朋友告以此事，評個理看看。」

孫帆揚心中一凜，怒火已滅去了七分，他接下貢物這件鏢，武林中人絕無人知道，是以出事以後，除了河洛三英老大在現場得知以外，別人自不會知道是帆揚鏢局所失，他原意奪得失物，再顯點本事警告三英，叫他們畢生不敢亂說，這時顧紹文一提，正說他孫帆揚心坎之中，他傾家蕩產並不在乎，最擔心的莫過於武林中人得知此事，行遍天下的帆揚鏢局，竟在北方的地盤內失了鏢。

孫帆揚神色頹喪，砰然一聲，雙刀掉在地上，他強自靜定道：「好，好，好，在下一切都依了你。」

他雙目冒火，凝視著顧紹文，顧紹文視若未睹，口中假意讚道：「拿得起，放得下，這才是好漢行徑。」

孫帆揚道：「在下搜盡局中所有，也不過五萬兩銀子，明日便當奉上，其餘不足五萬兩，在下保證兩年內還清。」

顧紹文心中狂喜，他知這直性人已然甘心入彀，臉上卻假裝聲色不動，沉吟半晌道：「不足之數由在下向林百萬大人去說情，不過林大官人平日做事穩健，如果憑空口說，只怕難以放心得下。」

孫帆揚心中一橫忖道：「今日就全依了這老賊，只要帆揚鏢局聲名得保，這五萬兩銀子總好設法，如果他逼得我無路可走，再和他拚命不遲。」

他心中盤算一定，便道：「依顧大人說要怎樣？」

顧紹文道：「只須貴局一顆虎頭印信存在林大官人那裡，林大官人自然放心啦！」

孫帆揚雙目盡赤，要知這印信乃是帆揚鏢局對外接鏢收費，放款存款之憑據，如果存在林百萬之處，顯然就是將鏢局經濟大權操於他之手。

孫帆揚急怒之下，並未想到這是顧紹文詭計，他正待開口拒絕，但見顧紹文似乎不耐煩，舉步欲走，他知道顧紹文這人吃了數十年公門飯，什麼手段都施得出，心中一餒，順手從懷中取出鑰匙，開了床頭朱木大櫃，取出一顆虎頭大印。

他一言不發，將那顆印信交給顧紹文，心情激動，雙手不禁微微發顫。他自幼闖蕩江湖，在刀山槍林中出生入死也不知經過了多少，但都是豪氣衝霄，夷然視之，此時將一生心血交付別人，竟是自持不住。

顧紹文接過大印，心中躊躇滿志，他正待起身出門，忽然室外人聲喧雜，他推開門一看，鏢局大廳站了高矮數十條大漢，人人對他都是怒目而視。

顧紹文向孫帆揚看了一眼，孫帆揚高聲道：「你們這些是幹什麼？」

人叢中一個中年壯漢悲聲道：「我等無能，不能替總鏢頭擔責，空負總鏢頭待我們一番情意，今日拚得性命不在也不能讓別人欺侮總鏢頭，夥計們，是也不是？」

眾人哄然應是，聲音極是雄壯，那大廳又空又寬，深夜四周寂靜，一時之間，迴聲四起，似乎在助長聲威。

那發言的壯漢正是鏢局副鏢頭無敵神拳楚顛，原是少林俗家弟子，一身外家功夫已得少林真髓，當真吐氣開口，揮拳如雷，在北方武林也是個大大有名高手。

孫帆揚喝聲道：「各位都給我退下，這難道是對待朋友的作風嗎？」

楚顛道：「這姓顧的狼心狗肺，他……他是在想……想奪咱們的鏢局啦！」

孫帆揚怒道：「我姓孫的還沒死，各位便不把我的話當話嗎？」

楚顛見他急怒攻心，只得滿含悲憤退下。孫帆揚隨在顧紹文之後，直送他出了大門。

這時長夜將盡，曉星西沉，孫帆揚長吸一口氣，只覺萬箭簇胸，胸口隱隱作痛，他抬頭一看那「帆揚萬里」四大金字，像是四張譏笑的人臉，星光下，正暗暗向他譏嘲。

他緩緩走進大廳，又吸了口氣，平靜地道：「各位適才都聽見了！」

楚顛神情沉重地點點頭，孫帆揚本就不願任何人得知此事，這才委屈答應顧紹文之要挾，此時眼前眾人都已得知，他雖知這些忠於自己之人，可是人多口雜，難保不傳到江湖上去，他一急之下，只覺喉頭一甜，張口鮮血噴出，一個踉蹌，幾乎倒在地上。

楚顛連忙上前去扶，眾人見總鏢頭面如金紙，都不禁驚惶失色，李掌櫃道：「不要緊，不要緊，總鏢頭一時急憤攻心，吐出這口鮮血便不礙事了，只須休息一會便好了。」

眾人知李掌櫃平日頗精岐黃，心下略放，孫帆揚揚手示意眾人散去，他提起一口真氣，身子挺得筆直一步步向門外走去。

眾人知道這總鏢頭脾氣，也知多勸無用。楚顛放心不下，悄悄跟在總鏢頭之後，遠遠地護送著他，直到孫帆揚進了家門，這才悶悶而返。

孫帆揚一走，人叢中一個清秀中年人霍拔出長劍，面色嚴肅喃喃道：「總鏢頭為我一時疏失，竟至傾家蕩產，我若不能替他老解圍，有若此指。」

他揮劍向左手無名指和么指砍去，眾人驚叫一聲，卻已不及阻止，驀然砰地一聲，從窗櫺中飛來一塊小石子，將那中年漢子長劍擊落。

這中年漢子正是失鏢鏢頭，他受傷不重，在開封養了二天，心中只覺對不住總鏢頭，真是心急如焚，兼程又趕了回來，正巧遇上顧紹文脅逼總鏢頭，他雜在眾鏢師中，孫帆揚情急之下，竟然沒有發現。

窗外，一個低沉的聲音道：「你自殘身體卻又有何用，你總鏢頭爲人很好，到時自有人來助他。」

眾人一怔，七手八腳推開窗子，只見晨光晞曦，一個少年人身形，只兩閃便消失在長街盡頭，那速度的確令人不可思議。

那失鏢中年漢子也是鏢局內有數高手，他抬起長劍，手中撫摸著那粒石子，只有豆大砂石，竟能將自己緊握之劍震得脫手，來人內勁之強，已達飛花摘葉致敵的地步了。

且說孫帆揚趕到家中，他妻子原出自書香之門，很是明白大義，她見丈夫漏夜回家，臉上失神無采，心知一定是鏢局出了大事，她也不多問，先親手倒了一杯新茶端上。

她家中人口原本簡單，可是孫帆揚這人好客，家中住了老老小小數十個親戚，她從未發過半句怨言。

孫帆揚望著妻子，半天說不出一句話來，這時在另一寢室中，孫帆揚那獨生女兒正在甜睡未醒哩！

孫帆揚歎口氣道：「娘子，爲夫這一生沒讓你娘兒倆享點福，倒是時時要你們受罪不安。」

他妻子道：「官人有話只管直說，我雖是個婦人家不省什麼，可是好歹也可出個主意供官人參考。」

孫帆揚道：「娘子請替為夫立刻湊足兩萬兩紋銀，我明天便有急用。」

他妻子沉吟一會道：「家中我歷年所集下來的倒有萬把兩銀子，都換成了金條，還有十幾件值錢首飾也可值上五六千兩銀子，還差兩三千兩，倒是籌措不及。」

她出身書香之家，格守閨訓，對於丈夫的事從不過問。孫帆揚看著賢慧的妻子，想到她平日的節儉，自己醉心事業，無形中對她甚是冷落，心中真是百感交集，也不知是悲是怒。

他妻子忽然喜道：「官人莫愁，這差的兩三千兩銀子也有了，去年珊兒滿十五，官人不是送她一串珍珠項鏈嗎？那珠子又圓又大，可也值得幾千兩吧！」

她絲毫不怪孫帆揚，彷彿認為丈夫所行是天經地義之事，孫帆揚只聽得作聲不得，他兩眼發酸，眼淚幾乎奪眶而出。

他妻子邊說邊就翻箱倒筴，尋出十數件首飾，又從箱底捧出一個小包，用紅紙包得密密的整整齊齊，上面還寫著「大吉大利」。

他娘子打開紙包道：「這裡是兩百五十兩黃金，官人明日叫人兌了，大概總值上萬把兩銀子，這些首飾我根本就從來沒有帶過，本來也是留給珊兒的，官人莫愁，只要留得青山在，這些首飾又算得了什麼？」

她輕手輕腳走到女兒床邊，取下頸間明珠項鏈，一併交給孫帆揚。饒是孫帆揚豪氣衝霄，此時也是柔腸迴繞不能自已。

孫帆揚鏢局行鏢近三十年，一直一帆風順，執全國鏢局牛耳，人人都只道孫帆揚爲人豪邁，爲朋友一擲千金毫不含糊，是個巨富，誰又想得到在這最後關頭，竟是如此度過？

次日孫帆揚又從鏢局中取了三萬兩銀子湊足五萬兩，已是午後時分，他親自交給顧紹文。顧紹文滿面喜容打了個收據，答應將千年靈芝在第二天送來。

這日鏢局中又接了數宗生意，孫帆揚心中惦念債務，一些平日不願走鏢的路線也重新開放。他在鏢局中待了一天，安撫眾人情緒。想起自己那獨生女兒如果知道項鏈被老父拿去賣了，一定會氣苦，他心中想到這，便不能安心留在鏢局，三更時分，忍不住回到家中。

他才一進門，只聽見女兒悅耳的嗓子嘰嘰叭叭說得好不高興，他心中大怪，直奔內室，只見珊兒娘女兩人，頭靠頭正圍在桌邊欣賞一個紅絨盒中之物。

他走進一看，心中大吃一驚，原來那盒中盛著的正是一串珍珠項鏈，粒粒大如龍目，燈光下，正放出淡淡光芒，色彩顯得柔和寧穆，顯然是價值連城之物，他尚不及開口，珊兒喜叫道：「爹爹，你看這鏈子如何？」

孫帆揚正色道：「娘子，這珠鏈從哪裡來的？」

珊兒搶著道：「我和娘在廚房裡作菜，回時就見桌上放了兩個盒子，那個大盒子我們還沒拆開哩！」

孫帆揚略一沉吟，伸手揭開另外一個錦盒，眼光到處，只見盒中央端放著帆揚鏢局印信，旁邊肉色玉盤盛著一支狀如人形的靈芝。

孫帆揚心中狂跳不已，他心中暗叫：「千年靈芝，千年靈芝，這是怎麼回事？難道是顧紹文發了慈心，將靈芝和鏢局印信送回不成？」

珊兒也湊上來看，她伸手去接過錦盒，忽然一陣微風吹過，樑上掉下兩張紙來。

孫帆揚一手抓住，只見其中一張是洛陽天寶錢莊的銀票，正巧是五萬兩整，另一張上面稀稀寥寥寫了幾行字：

「孫總鏢頭英鑒：閣下義薄雲天，可欽可敬，茲奉上靈芝一支，印信一具，銀票五萬兩，萬望勿卻，令嬡孝心動人，敬附珠鏈一副，亦希哂納。柔雲劍客南赴武當，他日定當登門請罪也。

齊天心具。」

孫帆揚呆呆站在那裡，不知過了多久，珊兒親切地叫喚。

「爹爹，你……你怎麼……流淚了？」

他娘子忙道：「珊兒莫胡說。」

孫帆揚轉身一躍出了窗子，他在家中從未露過一招半式，珊兒見父親一飛而出，直驚得合不攏嘴來。

孫帆揚只見院中黑壓壓一片，半個人影也沒有，夜風吹得他面頰發涼，可是他胸中熱血奔騰，真如萬川歸流，洶湧狂瀾，一生之中，他沒有比此時更振奮感激的了，他默默誓道：「齊公子你不願露面，是怕我受恩不好意思，此恩深沉，但教公子吩咐，我姓孫的水裡來水裡去，火裡來火裡去。」

他胸中感激之情瀰漫，緩步走入內，這時在屋簷下貼著一個青年公子，他右手食指勾住屋角，身子竟能久貼簷下，不露身形。

這公子正是齊天心，他見孫帆揚喜得有如瘋狂，心中也跟著快樂起來，他替柔雲劍客及孫帆揚解決了一個問題，就如替自己解決難題一樣輕鬆。

屋中又傳來珊兒悅耳的笑聲，齊天心忽感心內一陣空虛，他心中忖道：「善人自應善報，我不過替天行道而已，事完了，我也該走啦！」

他右手指一勾，身形凌空而起，一會兒便消失在黑暗之中。

忽然黑影一閃，從園中假山中走出另一個少年來，他瞧著齊天心優美的身形，和那種揮金若沙的英雄氣概，心中真有說不出的高興。

他心中想：「齊天心雖傲得緊，可是濟人若溺，俠義心腸教人心折，姓孫的果然是好人，花了半夜工夫，替他卻敵也還值得。」

他看看夜已深沉，不再逗留，也起身越牆而去。

原來這少年正是董其心，他和白三俠起初只知靈芝仙液落在柔雲劍客手中，卻不知是孫帆揚所失之鏢，後來弄清此事，白三俠素仰孫帆揚為人，便和董其心不再插手此事。

這天晚上董其心在洛陽城中忽然發現數名內家高手，他心中奇怪，又怕是那三個蠻子同道，當下便跟蹤下去，原來這些人都是耳聞孫帆揚鏢局中押了千年靈芝，為這武林異寶而來，其實這是河洛三英上次鎩羽而歸，自知功力相差太遠，奪寶無望，又恨子母金刀孫帆揚對他兄弟無禮，便到處造謠，替孫帆揚惹下麻煩。

那批人總有五六個之多，都是內功精湛高手。董其心聽白三俠說過孫帆揚爲人，心想這批人乘人之危，大非英雄行徑，他連顯神功，就在孫帆揚園外將這五六人嚇得心驚膽戰，抱頭鼠竄，他正想回去，忽見齊天心飛步而來，躍上門外一棵沖天高樹，輕飄飄落在園內，董其心好奇心起，也跟了進去，躲在假山中，將齊天心所作所爲瞧了一個清楚。

董其心走了一會，想到齊天心這人種種行徑，不由想起兒時讀史記，司馬遷筆下的信陵公子，只覺齊天心可取之處愈來愈多，他心中忖道：「信陵公子富可敵國，爲人光風霽月，這姓齊的雖非王公巨侯，但有一股高雅氣質，較之公侯毫不遜色，而且他施恩坦然，像是當然之事，並不隱言怕別人知道感激，因爲他好像永遠都是施恩者。真是大有古人之風，只是信陵公子謙謙若虛，這姓齊的卻是飛揚跋扈，有一股傲氣。」

他邊走邊想，轉念又忖道：「如果我有許多錢財，我自也會去幫助別人，可是我想總沒有姓齊的做得那麼自然灑脫，好像根本是理所當然的事，怕是多年培養的結果吧！」

其實他倆人天性大是相異，豈可同日而語，董其心如是行俠助人，一定事成身返，生怕別人感恩圖報，齊天心卻覺得這根本不值得感激，他揮灑銀子救人，就如拋一塊石子一般稀鬆平常，好在他有個最最了不起的父親，相形之下，董其心畢竟落了個小家氣。

他心中胡想，無形中對齊天心已產生一種非常親切的感情，而且甚是深厚，他走著走著，不覺已走到住所，白三俠坐在燈下，怔怔只是發呆。

董其心道：「白三哥還不安睡？」

白翎道：「我只擔心長安，蕭老五和穆老十。」

原來丐幫十俠是依入幫先後排列，金弓神丐蕭五俠在十俠之中年齡居長，但入幫較遲，只排行第五。

董其心沉吟道：「如果是和藍大哥在張家口，碰著那三個小子，那麼的確非同小可，如果是和到洛陽來的那三個武功相若，那麼蕭五哥和穆十哥戰雖不勝，也不致於不可抵敵。」

董其心知穆中原在丐幫十俠中功力已是數一數二的人物，金弓神丐箭法又是武林一絕，是以不太過擔心。

白翎道：「愚兄近數日心神不寧，似有大禍臨頭，我白老三一生經過多少凶險，卻從無預感。」

董其心道：「等古四哥傷勢一好，咱們大伙去長安。」

白翎心內大爲感激，他乃是豪俠之心，口中並不說出，兩人回房去睡。

第二天一早，洛陽城中遍傳，林百萬家中之寶成形靈芝，被一個青年公子花了十萬兩銀子買下，洛陽雖稱富饒文明古都，可是一口氣能拿出這許多銀子的人，卻是寥寥可數。

城西一家大院子門口，擠滿了男女老幼，有衣冠楚楚的紳士，也有粗野的販夫走卒，人人都渴望地看著坐在門口的一個少年華服公子。

那公子見眾人實在太亂，他微微一笑，緩緩道：「各位不要爭先恐後，只要有林百萬錢莊的銀票，一律五十兩換一百兩，赤金相抵。」

他順手打開一隻大箱，裡面全是一座座赤金元寶，朝陽初升，映得那黃金光芒四射，只一剎那，眾人啞口失聲，偌大一夥人群，靜得連尖針落地也可聽清。

他又開了數口箱子，都是黃金明珠，眾人為這聲勢所震，自然而然整齊地排成一條長龍。他身旁站著一位中年商人，手中撥弄著算盤，一邊收進銀票，一邊換出金錠，他動手之快，就如行雲流水，絲毫不滯，那青年公子睜大著眼，滿臉敬佩之色。

人群中有在洛陽經商的，都識得那中年商人是洛城最大銀樓天寶銀莊掌櫃，他算盤心算之術，已是宇內難尋，臻於大國手地步。

那站在後面的青年身後還有數口大箱，眾人心中盤算一定可以兌現，便都安靜地等著，那兌過現的人，也都無言疾行而退，生怕主人反悔。

眾人雖則不敢說出，但卻都有個共同想法：這青年如非上天財神派下的散財童子，便是個神經漢子，只是這少年生得煦然有若美玉，八成兒是大羅神仙。

這平空便賺一倍的好生意，如何不傳遍洛城，漸漸的人叢愈聚愈多，人人的興趣都集中到這城西巨院來，早上傳說的十萬金購靈芝的事，已漸漸被人淡忘，有些商人湊足了家中紋銀，先到林百萬錢莊兌成銀票，一轉手便又賺進一倍銀子。

人人都怕林百萬知道此事，是以洛城家家俱知，就只把林百萬一人瞞得如鐵桶一般。

這時輪到一個小女孩，她衣服雖是陳舊，但卻甚是清潔，補縫之處也非常平挺，她怯生生地從袋中取出一張小額銀票來，那銀票摺得四四方方，她珍惜地雙手打開交給那發銀中年掌櫃。

那中年掌櫃一看，那銀票票面只有五兩，他笑笑道：「五兩加倍不過十兩，咱們最少的也是黃金一兩，便值得五十兩銀子啦，又不能將金子打碎，這個太少，可不能兌現啦！」

那女孩雙頰通紅，她見四周人都瞧著她，不禁羞不可抑，一句話不說，便將銀票收回袋中，正想低頭溜走，那少年公子道：「小姑娘別走，你這五兩的銀票今天還沒有收到過，便算五兩黃金好了，好教那些貪心想賺大錢的人看看！」

他邊說邊就把五個一兩重金錠塞在那女孩手中，那女孩有若夢中，呆呆的連說謝都忘了。

那少年笑容滿面地望著那小女孩，小女孩手中重沉沉地握著五塊金錠，真不知道是真是幻，過了半晌，她見到那少年頭已轉開，那掌櫃的又開始他的分銀工作，她悄悄地走開，飛奔到大街上去，走進了一家皮貨店，買了一件她早在幾個月之前便已經看定的皮裘外衣。

那一兩金子找下來還剩下二十餘兩銀子，小女孩做夢也沒有想到擁有這鉅大的財富的一天。

她繡花整整積了一年錢，這才湊足五兩銀子，她要買件皮外衣給她媽媽，還差一半多，因爲媽媽唯一的一件皮衣，去年在她生傷寒時，已送進皮貨店賣了。

她捧著皮衣，一步步走回家，心中編織了無數個美夢，似乎悲苦的命運已經遠離她去了。

換銀票的工作到了中午以後才漸漸完畢，那少年取出一錠五十兩金元寶送給掌櫃，那掌櫃一早上手中發出何止萬兩金子，此時也不覺五十兩之多了。

那少年將銀票收齊，滿滿裝了一個大袋，他嘴角含笑，神色極是得意，收拾一下剩下金錠，提著布袋，大步走向大街上林百萬所經營的錢莊。

他一言不發，將布袋往櫃台上一放，那錢莊的夥計打開布袋一看，只見大大小小全是自己錢莊所發出的票子。

那管賬的二爺連忙接過點數，數了半天恰好是五十萬兩，他臉色蒼白，顫著聲音說道：「客倌可要全領？」

那少年揚聲道：「這個當然。」

那管賬結結巴巴地道：「這個……這個……客倌稍待……我……我去請店東來。」

他進去一會，請出一個五旬左右肥胖老者出來，那人生得肥肥短短，臉上也頗有幾分威嚴，身後站著四個短衫漢子。

那管賬的道：「這位就是敝店店東林大爺！」

那少年頭都不抬，他不耐煩地道：「快快拿銀子來，本少爺還有要事須辦。」

林百萬一瞧，正是昨日買靈芝的少年人，心中不由發虛，他為人精明之極，他先見今日錢莊中生意突然興旺，每個人都把白銀存放換出銀票，心中便感定不尋常，卻萬萬想不到有人暗中高價收賣，他算盤打得極精，平日錢莊中經常留個十來萬銀子便已足夠應付流通，其他收進之現銀都以高利放出，是以一時之間，如何湊得出這許多銀子。

林百萬將那一堆銀票看了看，有一半都是商家準備外出辦貨，向他兌成銀票攜帶方便，想不到都被這人收了回來，他略為一沉吟，心中雪亮，知道眼前這個少年是成心在架樑的了。

林百萬道：「公子要這許多現銀，攜帶起來只怕大是麻煩，明日敝莊差人送到府上如何？」

他心中盤算未定，摸不清這少年路數，先行拖延再說。那少年不悅道：「在下自己的事不勞店東操心，在下有急事，就請快快點出銀子。」

林百萬裝出一副笑臉道：「五十萬兩銀子就是騾車也須數十百輛才拉得動，公子心焦卻也無用。」

少年怒道：「難道你錢莊中拿不出錢來，真是豈有此理，喂林老頭，你不瞧瞧外面這許多人還拿不？」

林百萬抬頭一看，只見黑壓壓一片人頭，不知何時店外已擠滿了數百個衣衫襤褸的化子，靜悄悄地站在門外等待。

他心中暗暗叫苦，他爲人雖是吝嗇，但生意倒是甚有信用，此時萬難拿出如數銀子，眼看錢莊招牌便要被人摘下。

他凝目瞧了少年幾眼，心中忖道：「這人神通廣大，富不可測，一刻之間能找出這許多化子來，今日之事，用軟？用硬？到底如何是好？」

他在這種情況之下，猶能多方考慮，也不愧是個精明絕頂之人了。忽然外面一聲暴吼，眾化子七嘴八舌叫嚷起來。

他心知事到最後關頭，向後一使眼色，那四個漢子突然伸手去搶那盛滿銀票的布袋，那少年微微一笑，漫不經意一揮手，四名大漢竟然立身不住，踉蹌的各退數步，少年伸手取過布袋。

林百萬機智透頂，他知來者不善，用硬的大是不成，當下堆起一副笑臉道：「小店就連公子昨日買藥之款，也不過四十萬兩左右，不足之數，敢請寬延五天，小老定然快馬加鞭，向四方分店調動給公子。」

那少年冷冷道：「這四十萬兩銀子由你發給鄭州開封一帶災民，你如敢扣下一兩，嘿嘿，可就沒有如此便了，不足之數，五天之後再來取回。」

他伸手一按，那楠木大桌台清晰印了五個指印，他走出錢莊，手一揮灑了一把銀票，那些化子銀票在手，真是如虎添翼，鬧得有聲有色。

不到幾個時辰，林百萬錢莊不能兌現的消息傳遍洛陽，又飛快傳到各地，不數日，他在各地的分莊，也因當地商人起了恐慌不信任，紛紛搶著提現，庫內一空，無法經營下去，這富甲黃河兩岸的林百萬，如山家當也被弄得煙消雲散，他平日作惡多端，自是應得之報。

且說那少年穿過眾化子，忽然背後一個蒼勁聲音道：「齊公子，齊公子。」那少年就是齊天心，他回頭一瞧，心中不由大喜，原來竟是姓莊的少女身邊老僕。

齊天心喜道：「你們住在哪兒？我尋遍洛陽也未尋到。」

杜良笠道：「這洛陽何止十數萬戶，公子如何能尋著。」

他改口喊齊天心為公子，不再叫喊大俠，顯然已將他視為極其親近的人，齊天心粗枝大葉，可並沒有留意。

杜良笠道：「老僕一大早便聽說洛陽城內來了一位財神爺爺，花了十萬兩銀子買什麼成形靈芝，老僕再向別人一打聽，是一個少年公子，老僕心中一盤算，便知十成倒有九成定是齊公子來啦！」

齊天心甚是高興，掩不住嘴角含笑，他想了一下道：「杜……杜……杜公公……」

他話尚未說出，杜良笠急道：「老奴叫杜良笠，公子只管直呼便是。」

齊天心道：「我在城西買下一座大獨院，在下行蹤不定，難在洛陽久居，如果你們尚未定居，不妨搬進去住如何？」

杜良笠不住稱謝，齊天心見他面帶重憂，心中一凜，暗忖不要是那姓莊的小姐出了什麼事。

杜良笠道：「老奴心知一定是公子買下那千年靈芝，所以便跑到林百萬這兒來想探個消息，只因……唉……」

他連聲歎氣，齊天心心中最存不得事，當下急問道：「杜……杜公公，到底是怎麼了，難道你家小姐遭到什麼不幸不成？」

杜良笠黯然點頭，齊天心大急，伸手抓住杜良笠手腕問道：「杜公公，你快說，只要……只要……任何事在下都可想法替你們解決！」

杜良笠見齊公子神色極是焦急，還參了一些悲傷之情，他心念一轉，不由大慰，忖道：「這人和小姐不過萍水相逢，只有數面之緣，情分卻如此之重，看來小姐慧眼識人是錯不了的。」

杜良笠道：「小姐練功失竅，心火內焚，四肢已然僵死數日了。」

齊天心心中一鬆，他原以爲杜良笠說出來比這個還要嚴重十倍，他想這練功走火入魔一般人雖視爲天大之事，但他只須用爹爹近年參悟出來的通脈大法，助其血脈歸竅，不難就會恢復。

杜良笠見他臉色反而輕鬆起來，心中大是犯疑，要知血脈失竅，往往不但練功不成，反而送掉性命，或是四肢僵死，半身不遂，武林中人練功所以不敢求急進，便是害怕根基不穩，容易走火入魔。

杜良笠道：「老漢有個不情之請。」

齊天心接口道：「你不用多說，咱們這就去替你家小姐瞧病去。」

杜良笠道：「公子高明自非小僕所能窺見一二，但這心火自焚，真是非同小可，非但需要功力絕高之人為其引經歸竅，還需……還需蓋世靈藥固其真元，所以……所以老僕斗膽請公子……公子施救。」

齊天心道：「就是沒有靈藥，在下也自有方法使你家小姐復原，我那靈藥已送給一個朋友了。」

杜良笠臉色灰敗，齊天心微笑道：「你只管放心，天下豈有治不好的傷？包在在下身上便是！」

杜良笠心中雖則犯疑，但他親見齊天心之能，似乎無所不行，當下憂喜參半，陪著齊天心走到城中一家院落門口，兩人翻身入內。

他領著齊天心進入小姐閨房，莊玲出身大富之家，對於佈置很是內行，齊天心一進入內，只見佈置得花簇錦團，十分富麗堂皇。

他自幼便和父親處在一起，從未見過這婦女閨中陳設，這時只覺室中色彩柔和，令人無限寧靜。

他抬目一瞧，只見錦帳低垂，杜良笠打開錦帳，床上躺著的正是他長日凝思，深宵夢迴的女子，只見她雙目緊閉，已然失去知覺。

杜良笠道：「老奴怕心火上燒心肺，只有出手點了小姐睡穴，這只是一時之計，時間久了真如火上加油，更不好治啦！」

齊天心見莊玲臉色白得毫無血色，她皮膚本白，人又生得纖細，此時病中娥眉緊凝，更顯著楚楚可憐。

齊天心緩緩道：「在下要替你家小姐通脈，請老管家護法。」

杜良笠心中七上八下，他知如果功力不足，經脈不但不能貫通，反而引火上燒，後果真是不堪設想了。他點點頭，見齊天心滿有把握，不由心下略放。

齊天心伸手一探，只見莊玲手足冰冷，後心跳動微弱，生機已極渺茫，他心中一驚，料不到情況如此之惡。莊玲走火入魔已經數日，杜良笠慌忙中急亂投醫，不但無能渲洩體內真火，反而壓抑血脈，真無異飲鴆止渴，傷勢不可收拾了。

齊天心沉吟半晌，眼中竟流露出一種惶然之色，他一生之中就沒有一事不是輕而易舉取得的，此時竟然覺得漫無把握，不知如何是好。

他耳畔似乎又傳來父親沉著的叮囑：「這通脈大法，不到萬不得已，千萬不要替人療傷，如果真氣一時不足，不但你自己首當其衝，真氣逆轉，內臟受傷，那被療傷的人立刻斷脈而絕。」

他想起父親的神功，已達不可思議的地步，近年來才參悟出這套療傷大法，自己功力雖然不錯，但萬一一個不好，真如父親所言，那可就要抱憾一生了。

他反覆沉思這個問題，這公子哥兒一生中只怕就只有此事令他猶豫的了。

他心中忖道：「如果有成形靈芝在身旁，情形一定要好些。」

他不禁有些後悔，應該將那靈芝切下一小片留下，對孫帆揚並無大碍，此時倒大可用上了。

他見莊玲出氣愈來愈是微弱，眼看便不成了，他長吸一口真氣，右掌緩緩按在莊玲後心大穴之上。

他右掌真力直吐，雙腳盤坐在床邊，他心中想道：「如果父親在旁邊多好，那是十拿九穩的了。」

這嬌生慣養的公子哥兒，在他漫遊湖海，揚名立萬的日子中，他從來沒有想到過父親，此時危險關頭，不禁希望父親在旁相助，世人天性都是如此。

他轉念又想道：「如果這通脈之法無效，我這一生還能快樂遨遊天下嗎？」

他思潮紛亂，突然右臂一震，一股炎熱之流上湧，他心中一凜，不敢再分神，雙眼內視，緩緩發出真純內力。

整個屋子裡靜得呼吸相聞，杜良笠心神緊張，坐立不安在屋門口來回踱著步子。時間一刻一刻過去，他只見齊天心仍然分毫未動雙眼內視，臉上一片莊嚴，白玉般的面孔，瑩瑩放光。

他看不出絲毫苗頭，心中真是急如火焚，又不敢冒然相問，忽然見齊天心左手一抖，也按到小姐腦後大穴之上。

他心神緊張，輕步走近床邊，只見齊天心臉色突變酡紅，而且愈來愈是鮮艷，小姐卻是全身顫慄，臉色愈來愈白。

杜良笠知已到生死緊要關頭，連呼吸都不敢重了，過了一會，齊天心額上汗如雨下，那淡藍色長衫，慢慢地一點點透濕，那料子原是蜀錦上品，本來絕不沾水，此時竟然透濕，可見出汗之多了。

又過了一會，齊天心臉上紅色漸褪，頭頂上裊裊冒出一股白煙，這時莊玲臉上漸有血色，杜良笠心中大喜，忽覺身邊陣陣寒氣，原來竟是從齊天心體內發出。

又過了一個時辰，齊天心臉上紅紅白白轉了數次，已略有疲乏之色，莊玲呼吸漸漸粗壯。杜良笠心中狂跳，他心中想，再過不久，又是個活生生跳蹦蹦的小姐，真是狂喜不已。

正在緊要關頭，忽然門外鈴聲大作，杜良笠怎樣也不願在此刻離開，但他怕鈴聲分了齊公子之心，當下飛奔而出，打開大門，只見少年董其心端端立在門口。

他不知董其心爲什麼突然來此，心中頗感不安，董其心笑笑道：「老丈突然搬走，小可實在瑣務纏身，竟不知老丈搬到何處，托了好些朋友才找到。」

杜良笠道：「不知小兄有何貴幹？」

董其心道：「老丈想是臨去匆匆，令嬡遺失一冊絹冊，店裡的小二拾來交給小可，小可待來相還。」

杜良笠臉色一變，他知小姐平日精明機靈，她遺留她自己日常所作詩詞，如非對這人還有懷念之意，便是別有用意，他忽然想到小姐那本冊內有親筆寫的姓氏，他一路上和董其心到洛陽來，冒充父女的行藏只怕要敗露了。

董其心爲人君子，其實並未翻閱別人小姐之冊，他此時定睛一瞧，面前之人分明就是年幼時收留自己的杜公公，他城府極深，當下並不點破。

董其心暗忖那同行的女子定是莊玲了，難怪甚覺熟悉，在道上杜良笠喬裝老農，不但容顏改變，就是行動也甚是迫真，其心對女子又不感興趣，是以一直被瞞住，他心想杜公公要瞞他只怕另有陰謀，他但願這兩人別再和他糾纏不清，只因他心中對小玲小姐含了一份深沉歉意。

他交出絹冊，正待離去，忽然屋內傳出一陣清晰嘯聲，那聲音雖極細微，可是如長箭疾飛，直貫入耳，董其心大震忖道：「這嘯聲分明是絕代高手勉力運力吐氣，真氣久聚不散，自然形成聲浪，這人是誰，洛陽城中除了齊天心而外，難道還有其他高手？」

他心思敏捷，一時之間腦中已閃過數種不同念頭，他瞧著那僞裝的杜公公，心中忖道：「如果屋裡的人是齊天心，那麼能令他奮起全力而拚的人，更是功參造化了，真有此人，我也不是對手。」

那嘯聲縷縷不絕，董其心惦念齊天心安危，他也不管杜良笠阻住他，輕身一閃，便直奔屋內。

杜良笠眼看攔之不住，也飛奔入內。

董其心一瞧，原來齊天心是在爲人療傷，施出這無比的真力，他心中一定，口中低聲道：「齊公子，小弟助你一臂。」

齊天心運功至緊要關頭，他恍若未聞，董其心緩緩地伸出一手，搭在齊天心的肩上。

過了一會，忽然一聲慘叫，四周一片寂靜，更顯得淒慘無比，杜良笠跳起身叫道：「小姐死了？」

齊天心凝重走下床來，他向董其心望了一眼，那目光中包含了又是怪他多事，又是無可奈何的神色。

杜良笠如一頭瘋獅，衝到小姐床前。董其心輕輕一揮，將他震退幾步。

齊天心轉身又向床上莊玲望去，那目光中充滿了熱情和憐愛，董其心心思細密，如何瞧不出來，他輕輕道：「老丈，你小姐已經好了！」

杜良笠一怔，頹然倒在地下，董其心含笑退出，莊玲那秀麗面孔又重回到他胸中，不知怎的，自己從小從來就沒注意這位大小姐，此時心中竟有一種說不出的滋味來。

廿八　瘋叟義行

董其心默默地走著，街上已是華燈初上的時分，那點點的昏黃燈光在黑色的天底前構成一片鬱鬱的晚景。

董其心沿著碎石路緩緩地向前走去，他孤單的影子長長地斜拖在地上，有時候，他走近了牆邊，於是影子投射在牆上，他停住身來望著自己半側面的影子，默默地對自己說：「其心，你瘦了。」

忽然之間，他從牆角落上的影子發現了一件怪事，只見一棵大槐樹的影子上卻蓋著一個瘦長的人影。

董其心心道：「難道是一個人爬坐在樹上？在這時候？」

他忍不住回過頭來，果然槐樹的樹尖上坐著一個老人，那老人身上穿得又單薄又破爛。其心暗道：「這個時候他坐在樹尖上乘涼嗎？」

他向上望去，那老人忽然咧嘴向著他笑了一笑，其心不好意思地點了點頭道：「老先生好。」

那老人搖了搖頭道：「好什麼？簡直不好極了。」

其心不禁又奇又疑，因為他發現那個老人坐的樹枝只有小指頭那麼粗，但是他坐在上面，樹枝兒連彎都沒有彎一點，他暗暗駭然，這老人顯然是一身上乘的輕身功夫。

他再搭訕道：「你老人家坐在上面很愜意呀……」

那老人嘻嘻笑道：「涼快倒是涼快的，只是肚子餓得不好受。」

其心道：「那麼你老人家怎麼不下來找個館子吃一頓呢？」

那老人面上忽然露出無限羞愧的神色來，結結巴巴地道：「只因我老人家袋裡分文也沒有呀……唉，真是一文錢逼死英雄好漢，我老人家空著肚皮，喝西北風已經七八天了。」

其心不知他說的是真是假，但他見那老人十分有趣，便笑道：「前面有家豫菜館，便由在下作東，請你老人家吃一頓如何？」

那老人驚喜地道：「那怎麼行？那怎麼行？」

但是他的身子已如一縷輕煙一般從樹頂上飄了下來，落在地上，真如一張枯葉一般，其心心中又是一震。

他指了指前面道：「老先生不要客氣，只要肯賞光就成啦！」

那老人伸出大拇指道：「好，好，你這人真不錯。」

其心暗笑，便向前面飯館走去，那老人神經兮兮地跟在後面，一路上不停地自言自語，不知他在說什麼。

到了那飯館裡，其心道：「老先生想吃什麼，隨便點罷！」

老人點了點頭道：「唉，這些好吃的東西真有好久不曾吃過了。」

他指手劃腳，叫的全是大魚大肉，卻是不值幾個錢，其心微笑望著他，那老人風捲殘雲一般，片刻之間，便把大盤大碟的魚肉吃了個光，還紮實地吃了三大碗飯，這才打了一個大飽嗝，搖頭歎道：「唉，這一頓飽，不知又要挨到哪一天才能再吃這麼一頓了。」

其心到現在才發覺這老人說的話竟是一口河南鄉音，他忍不住道：「老先生，你府上哪裡？」

那老人道：「說來話長，還是不說也罷！」

其心奇道：「怎麼說來話長？」

那老人道：「若說我爹是河南人，我娘也是河南人，我自己也生在河南，那我當然是河南的人，可是河南人是天下最卑鄙的人，我老人家恥於做個河南人，是以我又不是河南人啦。」

其心聽得目瞪口呆，他想不到世上有這種道理，不禁呆住了。

那老人卻繼續道：「小孩子，你是河南人吧？」

其心點了點頭，老人想了一想道：「我——我不是罵你。」

其心忍不住哈哈大笑起來，這時，忽然樓下傳來陣陣喧嘩之聲，那喧鬧之聲愈來愈響，簡直吵得對面說話都聽不清楚，其心皺眉問酒保道：「什麼事情那麼吵？」

酒保附耳低聲道：「彭大爺的賭局開始了。」

其心道：「彭大爺？誰是彭大爺？」

酒保道：「彭大爺是咱們這裡的大富翁，他老人家每天這時候在樓下設賭局，賭得可真大哩。」

其心呵了一聲，那老人卻是呼地一聲站了起來，拉住酒保的衣袖道：「什麼？賭錢嗎？」

那酒保道：「不錯。」

那老人臉上忽然流露出奇怪的表情來，他伸手在身上摸了半天，卻是什麼也摸不出來，終於歎了一口氣道：「唉！一文錢也沒有，真賭不成了。」

其心暗暗好笑，那老人道：「咱們走吧！」

其心付了賬，他們走到樓下，那老人又不肯走了，央求道：「咱們看一看再走吧！」

其心皺了皺眉，只好停下身來，只見十幾個人圍著一張大圓桌，正在擲骰子，那些人當中有大腹便便的商賈，也有衣服華麗的富家公子，桌上全是雪白花花的銀子，看來他們全是現錢賭博。

那神經兮兮的老兒瞧了半天，顯得蠢蠢欲動的樣子，其心暗道：「這個老人分明身懷上乘武功，不知爲什麼要裝得如此瘋瘋癲癲的，難道他真是個嗜賭的傢伙？」

只見那老人瞧了一會，似乎忍之又忍實在忍不住了的樣子，他轉臉道：「喂！小孩子，你身上還有沒有錢？借一點給我老人家可好？」

其心不知他在搞什麼鬼，一時不知如何回答。那老人道：「借我二十兩銀子，我付你五分利息。」

其心不禁又好氣又好笑，心想道：「這老傢伙難道是個瘋子？」

那老人見他不答，急得湊近來低聲道：「我瞧那推莊的一臉霉氣，趕快借我點錢乘機狠壓一把，六分利息怎樣？」

其心無奈，只得掏出二十兩銀子來，那老人拿了銀子，馬上就樂不可支地跑上前去，正好那做莊的要擲骰子，老人把銀子往桌上一放，叫道：「慢來，我壓。」

眾人見他一身又髒又破，都皺著眉，那莊家倒像是四海的朋友，問道：「壓多少？」

那老人見桌上壓的至少都是百兩以上，他不禁十分羞愧地道：「二十兩，天門。」立時爆出一聲哄笑，老人卻是不動聲色，牌一攤開，老人贏了，他一言不發，把四十兩往天門再一壓。

牌開出來，他又贏了，他連眼都沒有眨一下，又把八十兩推在尾門上。

牌一攤開，他又吃了，其心見他只是一眨眼的時間就由二十兩變成了一百六十兩白花花的銀子，便扯了他一下，示意他該收手了。

那老人好似沒有感覺似的，伸手一推，把一百六十兩銀子全下在天門上。

眾人這才注意到他，看不出這個破破爛爛的窮臭老兒賭起來倒還真狠。

牌一翻兩瞪眼，老人又贏了，他毫不客氣地把三百二十兩全壓下去，只是半盞茶的時間，那老人一聲不響連過了九關，每一次都是全壓下去，轉眼之間，那個霉莊已輸給他五千兩銀子，眾人雖然全都是老賭客了，可是卻從來沒有見過這樣傾家蕩產不要命的賭法，可是氣人的是這臭老兒硬是每一牌都贏了，大家都只有瞪眼的份了。

其心道：「喂，老先生，你不走我可要走了。」

那老人慢吞吞地把銀子包好，一把揹在背上笑嘻嘻地跟著其心走了。

走到街心，其心懷疑地道：「老先生，究竟是怎麼回事？」

那老人雙眼一翻道：「這全憑運氣呀！一點假也沒有的。」

其心道：「現在哪裡去？」

那老人瘋瘋癲癲地道：「把這些銀子用光罷。」

其心奇道：「你一夜怎麼也用不完這許多銀子呀……」

那老人嘻嘻道：「你跟我走就知道了。」

他一搖一擺，轉了一個彎，眼前一黑，似是走了一條窄狹的陋巷。

那巷中黑得緊，燈光也沒有，其心暗道：「莫不要這老人安了什麼壞心——」

這時只聽得左邊傳來一陣悲切的哭泣，一個婦人的聲音道：「兒呀！都是咱們命苦，本來已經是飽一餐餓一餐的，咱們兩天沒吃飯啦！這叫我一個女人家怎麼辦？……嗚……」

一個嬌幼的嗓子道：「媽……不要哭呀……」

其心聽得心中一酸，想到那忍饑挨餓的滋味，不由他輕歎一聲，正要開口，只見那老人一聲不響，伸手抓起百十兩銀子往左邊那屋裡一拋，叮叮噹噹地落了一地。

屋裡傳來驚呼聲道：「是誰？什麼聲音？」

那老人放開腳步就走，他一面走，一面抓著銀子向兩面陋屋裡拋，片刻之間，眼前一亮，他們已走出那條髒巷子了。

那老人抖了抖衣袋，嘻嘻笑道：「又是一文不名了，唉！明天的三餐又成問題啦！」

其心注視著那老人，不由想起齊天心的一擲萬金，比起這瘋老人何止百倍，可是，他雪白的濃眉下，目中射出一種高貴的光芒，就和齊天心一樣樂於助人，他上前一揖道：「老前輩風塵異俠，仁心俠膽，請受晚輩一禮。」

那老人卻是猛一抓頭，叫道：「不好，不好，我一時拋得快活，連小孩子你那二十兩老本也丟掉啦！這……這……」

其心笑道：「老前輩還要說笑話……」

那老人卻是臉色一沉，大不高興地道：「什麼說笑話？誰和你說笑——」

他說到這裡，忽然一想，似是想起一件事來，皺著眉頭道：「喂！小孩子，你不是長住在洛陽的吧——」

其心點了點頭，那老人道：「你是從南方來的？」

其心道：「不，晚輩是從口外來的。」

那老人臉上神色大喜，忙道：「那麼我問你，你可曾看見一個人，他跳起來的時候，先向左邊一翻轉，再向右邊一扭……」

其心猛然一怔，他腦中立刻現出那怪鳥客的影子，他世故地問道：「怎麼？你是要找這麼個人嗎？他是你的朋友？」

那老人不答他的話，卻是喜得一把抓住他叫道：「你看見過他？」

其心點了點頭道：「我見過。」

老人道：「那在哪裡？」

其心道：「我是在張家口見過他，他跑離張家口後我就不曾見過了。」

那老人失望地搖搖頭道：「啊！你只是在張家口見過他……」

其心暗想道：「這個行事怪異的老頭，只怕與當今武林中隱伏著的大陰謀有極大的關係，我得萬分小心。」

那老人呆呆地想了半天，忽然哈哈地大笑起來，又恢復了原來那瘋瘋癲癲的模樣。其心對著他的目光一望，忽然心中有一絲寒意，他暗暗警戒著，開口問道：「你笑什麼？」

那老人道：「我老人家笑方才那個霉莊。」

其心對他方才在賭場中那連贏九次的事始終不太相信，他不好意思問，只是淡淡地道：「那莊家大約就是那什麼彭大爺了，嘿嘿，對這種不務正業的敗類施一點手腳贏他幾個也是好的。」

老人聽了這句話，氣得鬍子都在發抖，他怒聲道：「你說什麼？誰施手腳？我老人家一生耿直，骰子是他擲的，牌是他砌的，我施什麼手腳？」

其心沒想到這老兒發這麼大的脾氣，他連忙道：「不不，我不是說你老人家施手腳……」

那老人叫道：「嘿嘿，告訴你小孩子，我老人家偌大的一份家產就全送在這兩粒骰子上，幾十年下來苦苦研究，只要是我壓的，那是包贏不輸——」

其心岔開道：「你老要尋那什麼右轉左扭的人幹什麼？」

那老人聽了這句話，似乎又不正常起來，他的雙目中忽然射出駭人的光，臉色變得呆板無神，那模樣極是駭人。

其心不由自主地退了兩步，只聽得那老人喃喃地道：「我找他……找他……找他幹什麼？我找他幹什麼？」

他像是陡然之間忘記了似的，不斷地用手敲自己的腦袋，口中漸漸大聲叫道：「奇了……

我找他幹什麼？我找他幹什麼？」

其心此刻斷定這個老人的神經一定是不正常的了，他見那老人扭著自己的白髮拚命地敲頭，心中不忍起來，連忙上前道：「老先生你怎麼啦！」

他說著就伸手上去抓住老人的手臂——

只聽得呼地一聲，那老人一掌比閃電還快地向其心當胸拍到，霎時之間，其心什麼都不及想，只是本能地一個跟斗倒翻出去，堪堪避過了這一拳。

其心摸了摸額角迸出的冷汗，他這一生還沒有遇過比這一掌更快的出手，他不禁呆住了。

只見那老人仍然發瘋似地扯著自己的頭髮。其心吸了一口真氣，一掌橫抹而出，同時另一手如閃電一般點向老人的軟麻穴。

那老人雖是在瘋狂發作之中，但是對於身手的應變卻是敏捷異常，他一側手半圈半點地指向其心的額前。

這一招施得好不精妙，不僅使其心的左手一點成了廢招，而且連帶攻向其心的前庭，就憑這一個出手，已可斷定這怪老人是個一流的武林高手。

其心倒抽了一口涼氣，他見那老人扯著頭髮咆哮如雷，但是每一出手卻是世上最厲害的招式，一時之間，他竟不知所措。

老人一掌落空，又是大嚷大叫起來。其心一咬牙，短截地一掌猛然拍出，真比閃電還要迅速，那老人也是一掌推出，只聽得轟地一聲，其心覺得一股無以抗拒的掌力直逼過來，他連忙一提氣，內力再次泉湧，於是乎，又是轟然一聲——

老人和其心同時退了幾步，其心鬆了一口氣，他從步入武林以來，還是第一次真正碰上了這等駭人的掌力，他不禁抬起眼來打量這瘋癲的奇怪老人——

只見那老人在這一霎時之間，臉色已經恢復了正常，雙手也垂了下來。

其心提著滿腔純陽真氣，一步步地走近去，那老人抬眼來，臉上露出羞愧之色，囁嚅地道：「你沒受傷？小孩子——」

其心不敢答話，只點了點頭。

老人道：「你呼口氣運行一下看看，確實有沒有受傷？」

其心站定了道：「沒有，一點也沒有。」

那老人迷惘地眨了眨眼道：「小孩子，我想不到你有這麼高的功力——」

其心淡淡地道：「我也是。」

老人道：「你可是姓董？」

其心機警地道：「你憑什麼猜我姓董？」

老人道：「憑什麼？除非你姓董，否則我又要糊塗了。」

其心道：「爲什麼？」

老人道：「只有姓董的方才可能教出這麼年輕的高手。」

其心道：「是麼？」

老人道：「你還沒有回答我，你姓董嗎？」

其心道：「一點也不錯。」

老人的聲音忽然變得冷酷起來：「那就是了，我們現在不是朋友了。」

其心道：「爲什麼？」

老人道：「我告訴你，你趕快走開，我們不是朋友，我們是仇人，董無……」說到這裡，他猛然一停，揮手道：「你快走！」

其心拖延著道：「我不懂你說什麼？」

老人道：「小孩子，你可能是個好人，可是你的爸爸是個大壞蛋，我不願殺了你，叫你快走，這還不明白嗎？」

其心心中暗暗吃驚著，但是他狡猾地道：「你不敢殺我，你怕我爹爹……」

那老人忽然狂怒起來，他大喝道：「你去問問你爹爹，是我怕他還是他怕我？」

其心道：「我爹爹不認識你，我怎麼問呢？」

那老人怒喝道：「告訴你——」

他說到這裡，猛然住了口，不肯再說下去。其心平靜地追問道：「告訴我什麼？」

老人終於沉不住氣，他一字一字地道：「告訴你——我也姓董！」

其心驚得倒退了三步，心中千萬個問號一齊升了上來，一時之間，真是不知所措了。

那老人卻是忽然一頓腳，大叫道：「你不走，我走好了。」

他藉著一頓足，身形竟如大雁一般倒飛出來，一霎時就到了數十丈外。

其心茫然地望著他遠去，滿腹的疑慮與不安，他此刻亂得什麼也不能想，只是不斷地問著自己：「他是誰？」

「他是誰？」

廿九　洛川溶溶

洛水緩緩的流著，初夏正是發水的時節，河面自然寬了許多，白茫茫的一片，一直連到縱橫的阡陌的那一頭。

岸旁新茁的楊柳枝漸漸長了，靜靜地垂下來離水面還有數寸，風吹起，輕點著水面，漣漪頓生，太陽淡淡地灑在原野上，天空偶而飄浮幾朵薄薄的白雲，好一個風和日麗的艷陽天。

這天河面上靜悄悄的不見一條舟舫，平日此時，河上畫舫穿梭如織，那些舟子原是打漁爲生，可是在這春夏之交，一個個將船漆得一新，載渡紅男綠女游河，賺上一筆外快。

才一過午，遊人漸漸多了起來，可是河上仍不見一條船來兜生意，眾人之中，有些脾氣暴躁的，已經開始大聲叱喝，喧嚷不已，有些謹慎膽小的，已看見情勢大異於常，偷偷溜去了。

這河上舟子何止百條，平日爭奪生意唯恐不及，想不到突然之間蹤跡全無，不知藏到何處，整個河面上只有潺潺河水，東流不返。

突然人群中來了三個大漢，黑粗粗的如凶神下凡，那其中年紀較大的看了看四周，濃眉一皺，低聲道：「老二，下水的傢伙帶來沒有？」

其中一個年紀較輕的道：「老大，點子吃死走不脫，何必著急，天氣怪冷的，咱們等等瞧，難不成這洛川百十船戶都死光了不成？」

那年長的老大道：「老二，此事萬萬耽誤不得，點子一過開封，便是秦老虎的地盤啦，咱們雖是不怕那廝，但和他硬碰硬卻是不划算。」

三人低聲說了一陣，仍不見船隻出現，那其中最年輕的叫罵道：「胡老八吃了狗熊豹子膽，爺們要過河，他卻帶著那群龜子龜孫他媽的不知躲到哪裡去了，大哥，俺看一定是有人主使，和咱們作對，不然早也在晚也在，偏生這當兒連鬼影子也見不到一個。」

那老大道：「老三小聲，這裡人多口雜，咱們還是到渡口去。這里把路水面，難道還瞧在咱們三人眼裡麼？」

他三人不再言語，大步往上源而去，才一離開，人群中有一人竊竊私語道：「這三個正是河南境內三個凶神，黃河水面上的霸主河洛三英。」

另一人驚道：「原來就是河洛三英，咱家鄉嚇唬小孩啼哭，只要一說出河洛三英來了，連小兒也噤口不哭，今日撞著這三個凶神沒有出事，真是千幸萬幸。」

眾人原來都是趁興致來游河，這時知道是這三個凶神來了，都嚇得心驚膽顫，紛紛離去。

眾人走得盡了，不久又來了一個老者，他背後插著雙刀，神色穆然走到河邊，口中高聲叫道：「舟子，舟子！」

恰巧此時遠遠划來了一條小船，那老者心中大喜，只道是船家聽到自己叫喚划了過來。

那小舟順流而下，划行極是迅速，不一刻已到跟前，老者手一招道：「老夫身有急事，船老夫只須渡過老夫，船費一定加倍給。」

那操舟的也是個老頭子，他淡然道：「客倌，今天可是不能渡人。」

那背刀老者怒道：「你是怕老夫給不出錢嗎？」
他伸手懷中，一抖手拋出一個五兩重的銀元寶，砰地一聲，落在船上。
那操舟的老者道：「非是小老兒不願意渡客倌，咱們胡老八胡老哥傳下令來，今日河中大小船隻一律船在南灣之內，不得他的命令不能外出，小老兒因爲老妻生病，這才告假先回家去瞧瞧。」
他口中說著，小船順水而下，又行了很遠，那背刀老者在岸上雙腳微動，又趕到船邊。
背刀的老者道：「原來你是胡老八的幫眾，老夫實有急事，也無暇和胡老八說去，你只管渡我過河，將來胡老八怪起來，你就說我孫帆揚……」
他話尚未說完，那操舟的老者立刻改容相待，滿臉驚佩之色道：「原來是孫老爺子，便請快上船吧！」
孫帆揚縱身上船，那操舟的老者道：「小老兒真是有眼不識泰山，孫老爺子不但是咱們胡老爺子的救命恩人，也是這洛川上上下下幾百個漁伙的救命恩人。」
孫帆揚臉色沉凜，他緩緩道：「那也算不得什麼。」
那操舟的老者又道：「去年冬天一股冷流突然流過洛水，這周圍數十里水面的魚統統凍死，要不是孫老爺子拿出兩萬兩銀子來，這一年咱們靠什麼吃？」
孫帆揚沉吟不語，去年洛陽那個採藥老道，出售成形靈芝，孫帆揚原已準備好銀子去買，就是爲了胡老八一句話，便將銀子借給洛川漁民。
孫帆揚忽問道：「胡老八可好？老夫近來瑣務纏身，真是一步也離不開鏢局。」

「胡老爺子很好，孫老爺子你看怪不怪？」

孫帆揚道：「什麼？」

那老者道：「今天你老猜猜爲什麼河面上不見一船？」

孫帆揚搖搖頭。那老者道：「有一個年輕公子帶了女眷游河，他怕其他人游河擾了清興，就把咱們河裡所有的船全給包下了。」

孫帆揚心念一動道：「這個公子可是生得俊俏已極？」

那老者道：「這個小老兒倒是不知。」

兩人言談之間，小船已然渡過河面，孫帆揚一縱上岸，揮揮手，頭也不回大步而去，耳後聽到那老者叫道：「孫爺的銀子咱可不敢要。」

他心中想著另一件事，才走了兩步，忽然背後風聲一起，回身一攬，抽中捲起一物，他定眼一看，正是適才作爲船資的銀兩。

他抬頭一看，那小舟已然行遠，他身有急事，無暇再趕上去，心中卻暗忖道：「胡老八手下大有能人，這老頭手勁又準又足，難怪河洛三英橫行黃河，對胡老八還是忌憚不已。」

他邊走邊想，心中漸漸緊張起來，背後那柄長刀上的金環噹噹交撞，響個不停。

他愈走愈遠，漸漸地消失在平原的盡頭。

忽然河上一片清香，一艘華麗已極的三層大船，緩緩划了過來。

那船張著一片小帆，迎風而進，船頭上坐著一對少年男女，那少女生得如花似玉，白得透明的皮膚，時時露出一片紅暈，正在嗚嗚吹著洞簫。

她身旁那少年真如臨風玉樹，朗朗丰神，正凝目而坐，目中放出光芒。

忽然簫聲一停，那少女嬌嗔道：「喂，齊……齊大哥，你……你在想什麼心事呀？」

那少年一驚忙道：「玲姑娘，你吹得真是好聽，我……我聽得入迷了。」

少女正是莊玲，她病中齊天心每天都跑去殷勤照顧，病好了兩人已經廝混得很是熟悉，這天風和日麗，杜公公見這對少年男女，真是珠聯璧合，美不勝收，他心中老早就有意撮合，便出主意要他倆人游河。

齊天心是公子哥兒脾氣，他一生之中第一次和一個少女單獨出遊，自然要落得面子十足，光輝異常，他推說怕遊人眾多，擾了游河清興，便用一千多兩銀子包下所有河船，整個一條洛川，就只剩下他一條大舟行走，他自覺光采十分，其實他心地善良，這種動作無非是表示他一種優越感，卻也無可厚非了。

莊玲嘴一扁道：「你別騙鬼了，我簫聲停了半天，你還不知道哩，還說什麼聽得入迷？好，你不愛聽，我可不要吹了。」

她愈說愈是氣憤，砰地一聲，竟將那竹製長簫擊斷。齊天心一時之間不知所措，他只反來覆去地道：「怎麼好生生的又生氣了，怎麼好好的又生氣了？」

莊玲嗔然不語，齊天心道：「玲姑娘，古人說餘音裊裊，繞樑三月，你雖停止吹簫，可是我耳畔尚有餘音，是以呆呆地不覺得哩！」

他天資聰敏，這番話說得極是得體，其實也有幾分真情，他平日何等高傲，只是高高在上發令施捨，從未說過這等圓滿應付之詞，這番說出，更顯得誠懇無比，莊玲果然心花怒放，聳聳鼻子道：「偏你會說話，我可說不過你。」

齊天心忽道：「這洛川水勢緩慢，雖是河面寬敞，但總覺不夠雄壯，倒是兩岸平原萬里，一望無際，令人心開不少。」

莊玲道：「我可愛這種山明水秀，那種急湍惡水有什麼好看？」

齊天心道：「古人說黃河之水天上來，一登龍門，便覺天下之水皆是地下流出。」

莊玲道：「我可不跟你抬槓來著，齊……齊大哥，杜公公說你本事通天，你年紀也不比我大幾歲，怎麼會練出這高功夫？」

齊天心支吾道：「我武功也不比你高許多。」

莊玲道：「你又在哄我啦！杜公公的武功我是知道的，可是他說在你手下走不過三招，你上次出手救人家，人家又不是沒有看見過。」

齊天心道：「我的武功真的沒有什麼了不起，有一個人年紀比我還小，可是本事絕不在我之下。」

莊玲急問道：「他是誰？我可不相信這世界上有功夫高過你的少年人。」

齊天心心中一甜，他平日別人對他都是又捧又拍，可是此時竟覺得莊玲讚他受用無比，比起別人讚他，那份量可重得太多。

齊天心道：「那人叫董其心，是個蓋世奇才。」

莊玲臉色突然蒼白，齊天心奇道：「你認識他？」

莊玲一驚搖搖頭，齊天心道：「其實如果我出盡全力，還是有得勝之機。」

莊玲喜道：「齊大哥，我相信你，你……沒有人能和你比的……」

齊天心受用無比，莊玲柔聲道：「齊大哥，你……你喜歡聽我唱歌嗎？」

齊天心有一種受寵若驚的感覺，他點頭道：「這個真是……真是求之不得。」

莊玲嫣然一笑，開口唱了起來，聲音有如黃鶯初啼，又嬌又脆，好聽已極。

齊天心迷迷糊糊，他萬想不到自己心目中高高在上的姑娘，竟會對自己這等好法，他怔怔地聽著，只覺莊玲肌膚賽雪，明艷無邪，心中不由生出一種說不出的感覺，又像是自卑，又像是自傲。

這狂傲的公子哥兒，在他縱橫四海的歲月裡，這時第一次心中有了感激的感覺。

歌唱完了，莊玲自然地又挨近一點，這時河風吹來，一陣陣吹氣若蘭，齊天心真不知是真是幻，怔怔地說不出話來。

莊玲道：「時候不早了，咱們靠岸回去吧！」

齊天心心中一萬個不同意，口中卻說不出來，他喃喃道：「你唱得真好聽！」

莊玲忽道：「只要你愛聽，我……我……唉，以後的日子還長哩，誰都沒法預料會發生什麼事。」

她自以為這已是很明顯的暗示，不由嫩臉羞紅，齊天心卻未曾理會得。莊玲心中發惱，頭一偏去看兩岸景色。

齊天心忽道：「莊……莊姑娘！」

莊玲心中更加不喜，她嗯了一聲也不言語，齊天心又道：「如果莊姑娘不介意的話，我……我在洛陽城西買了一座大院，我過數日……過數日便要離開洛陽，姑娘你和杜公公可以搬進去住。」

莊玲心中氣道：「人家一個女孩子喊你大哥長大哥短，你還姑娘姑娘地叫，真是呆得緊。」

她心中一有氣，身子漸漸坐開，齊天心粗心大意，也沒有察覺到，莊玲沒好氣地道：「誰希罕什麼大院子，我知道你有的是錢，告訴你，咱們是窮人，窮人住不慣大房子。」

她尖刻的譏刺，想起從前父親莊上的雄壯風光，不禁眼圈一紅，幾乎落下淚來。

齊天心被她一頓搶白，真是莫名其妙，若依他平日性子，早就拂袖而去，可是此刻見莊玲楚楚可憐，竟是不忍離去，他柔聲道：「好，不住便不住，我……我也是說著玩的。」

莊玲如何不知這位公子脾氣傲得緊，她適才無理取鬧，此刻心中甚是歉意，她聽到齊天心柔聲勸慰，看見他俊目含憂，心中又是愛憐又是羞愧，淚水像雨一般不斷流下來。

齊天心歎口氣道：「莊姑娘，我……在下……在下實是無心，你……你別氣哭，你討厭在下，我……我就去了。」

莊玲睜開淚眼，哭叫道：「齊……齊大哥，你……你別走。」

齊天心漫聲應道：「只要你不哭便好了，便好了。」

莊玲哭了一聲，心中大感舒適，她原是一個嬌貴少女，這數年來和杜公公埋名隱居，東西飄泊，一些小姐的脾氣不得已收藏起來，這時碰到眼前這個知己少年，不由又流露出撒嬌放刁的少女天性，她聽齊天心說得愈是親切，心中愈是悲喜交加，淚水潮湧。

過了半晌，莊玲收淚道：「齊……齊大哥，我脾氣太壞，我是一個壞姑娘，不配和你作朋友，你……你走吧！」

齊天心結結巴巴道：「哪裡……哪裡，你並不……並不壞……你心是……很好很好的。」

他原想稱讚莊玲一大段話，可是要他當面奉承一個人，卻是從無此經驗，是以結結巴巴，不知所云。

莊玲歎口氣道：「我脾氣不好，我知道管不住自己，齊……齊大哥，你不會生我氣吧！」

齊天心搖搖頭，莊玲又道：「齊大哥，我真是不好，老是和你鬥氣，咱們該好好談談！」

她嘴角含笑，容光煥發，齊天心暗忖道：「對，這才是個好姑娘！」

莊玲問道：「咱們相識這麼久，關於你的事我還一點點也不知道，大哥，你願意告訴我嗎？」

她滿臉懇求之色，齊天心忖道：「瞧你這可憐巴巴的樣子，誰也不能拒絕。」

他沉吟片刻道：「我的身世很隱密，我自己也弄不清楚，我生下後便和爹爹在一起長大，一年到頭不是唸書便是練武。」

莊玲問道：「那你武功是跟你爹爹學的囉！」

齊天心點點頭，莊玲又道：「能教出你這等高手，你爹爹定是本事通天的高手了，我怎麼從來沒有聽說過，江湖上有姓齊的絕代高手？」

她臉上全是驚疑之色，齊天心幾乎忍不住要告訴她：「我不是姓齊，我是姓董，我爹爹是普天下第一高手，從來沒有人能打敗他。」

可是他畢竟年事較長了，心知父親隱名改姓，關係一個武林極大秘密，是以幾次說到口邊，又硬硬嚥了回去。

莊玲道：「你爹爹一定是個富可敵國的富人了。」

齊天心道：「那也未必，我爹爹一年到頭一縷輕袍，真是兩袖清風。」

莊玲不樂道：「你又在騙我，這幾天洛陽城內哪個不在竊竊私語，說是城內來了一個財神爺，杜公公還說你一出手便是數十萬兩，數十萬兩，好怕人的數目喲。」

齊天心道：「我爹爹雖是身無長物，可是卻得到了天下藏寶總圖，這是前朝地輿祖師林國源老先生所繪，他堪察地圖，足跡遍於天下，臨死之前，將全國歷代藏寶之處繪了一張大圖，此圖繪得極是怪異，數十年來無人了解其中之意，爹爹參悟了十年，這才通解圖意。」

莊玲好生羨慕，她接口道：「難怪你取之不盡用之不竭，隨手取來皆是金銀珠寶了。」

齊天心爲人極是爽快，他心中喜歡莊玲，這等隱密之事也告訴她，如果傳到江湖上，一定會惹起一場極大風波，一來他也是仗著功夫高強，懷寶不懼。

莊玲是少女心性，她聽齊天心說得精彩，臉上神情也不由有聲有色，彷佛眼前就是金山銀山，珠落玉盤，神采極是生動，要知莊玲雖則生於大富之家，可是對齊天心用錢若沙，而且順手取來，永不竭盡，也不由心折不已。

齊天心道：「其實金銀珠寶又算得什麼?那林國源跑遍全國，竭盡心智推敲，這才畫下這地圖，原想發掘寶藏，成爲天下巨富，可是卻因運腦過度，倒斃在一處荒郊，他一生精研地輿，也不知經過了多少藏龍臥虎之福地，可是倒斃之處卻是一處極爲險惡黑霉之地，後世子孫世世代代永遠不得發跡。」

莊玲聽得極是出神，齊天心大是得意，他裝得甚是沉重，歎口氣道：「爹爹常說常人庸庸碌碌一生，只是爲名爲利，就算名利雙收，死後也不過數尺方圓，青塚一壘，倒不如逍遙自在，我行我素。」

他口中雖然如此說來，其實心中滿不是這回事，他事事如意，怎會有這種遁世消極觀念，不過是要在莊玲面前賣弄，表示自己是個成熟的大人，便順口胡謅，還加上了爹爹的名義。

莊玲道：「咱們不愁吃穿，自然有這種想法，若是一年到頭都爲忙著塡肚子而營生，豈會想到這許多。」

她自覺這番話說得甚是得體，不由很是得意。

齊天心道：「莊姑娘，你能不能告訴我一點你的身世。」

莊玲黯然道：「我爹爹媽媽不管我，都先我而去了，我從小就跟著杜公公。」

齊天心見又將她引得悲哀起來，連忙噤口不再言語，莊玲瞧在眼裡，芳心大感甜意。

兩人沉默半晌，大船在河上行得又平又穩，和風吹來，撲面生春，這寬大的河面，靜悄悄的只有他倆人，莊玲心中無限寧穆，她內傷新癒，身子還有些弱，眼簾低垂，只覺睡意大濃。

齊天心心中也充滿著柔情密意，他見莊玲久不說話，不由微微抬頭去看，只見莊玲呼吸均勻，已經睡去了。

齊天心輕輕替她蓋上一件輕裘，他這動作甚是自然，瞧著莊玲那又白又紅的小臉兒，他心中突然有一種突起的念頭，竟想去親一下。

他呆呆站在那裡，一陣風過，他全身一爽，暗暗責罵自己道：「齊天心，齊天心，你怎可有這種卑鄙想法，這姑娘何等高貴，豈是低三下四的人？」

一時之間，他只覺無地自容，他瞧瞧四周，靜悄悄的不見一人，心中略為安定，這時莊玲身子微轉，輕裘掉在地上，齊天心又輕手輕腳替她蓋上，生怕驚醒了她。這時如果熟悉他的人瞧見了，一定不會相信自己的眼睛，這豪氣沖霄，目空四海的少年，在這舟上一次次為一個女孩子蓋被，而且目光是那麼溫柔多情。

齊天心無意間觸著莊玲露出衣襟之手臂，只覺冰涼涼的又滑又嫩，他如避蛇蠍似的連忙縮手回來，上次他為莊玲療傷，雖在她前胸後背要穴按摩，可是卻是心情緊張，並無異樣感覺，此時河中波光蕩漾，和風不斷吹來，齊天心只覺柔情蜜意，心醉不已。

他凝視著莊玲，心中瀰漫的全是情愛，他心中喃喃忖道：「你永遠不會想像得到，莊姑娘，你在我心目中的份量，那情感比我最親的人還要重得多。」這時候薄暮冥冥，河上一片輕霧。過了許久，忽然遠遠傳來一陣樂音，飄蕩在微風之中，莊玲翻身立起，她揉揉眼道：「呀！我怎麼一下便睡著了，這一覺只怕過了一個時辰了吧！」

齊天心含笑不語，莊玲自覺有些不好意思，她傾聲聽去，那樂音甚是悠揚，她聽了一會，和韻口中輕唱道：

「惟家王笛暗飛聲，散入東風滿洛城；

此夜曲中聞折柳，何心不起故園情。」

她唱了兩篇，忽然音樂一斷，河面上又是一片寂靜，她意興闌珊地道：「曲終人散，咱們也該走啦！」

齊天心正待答話，突然遠遠岸邊傳來一個尖嫩的嗓音，因為距離太遠，莊玲聽了一會，卻沒聽清一句話，齊天心卻道：「有人想要渡河有急事要辦。咱們橫直無事，載她一程如何？」

莊玲點點頭，齊天心將帆一放，那船側面受風，立刻偏過頭來，直往岸邊馳去，岸上站著一個少女。

那少女叫道：「船上的大叔行過方便，小女子渡過河去一定重謝。」

說話之時，那大船已然靠岸，齊天心只覺那少女面熟已極，他瞧了幾眼驀然想起，原來正是柔雲劍客的小表妹，小萍姑娘。

小萍一上船，便認出齊天心，她笑吟吟道：「齊家大哥哥，想不到又碰上你啦，真是好。」

齊天心道：「你表哥王雄呢？」

小萍道：「他接到什麼武當翠羽令，連夜趕回武當去了，他要我也趕到湖北去。」

齊天心心中一凜，奇道：「你這樣趕去，路可不對呀，一南一北可是愈去愈遠了。」

小萍嫣然一笑道：「齊家大哥哥，你真是細心，不像雄哥哥，一天到晚腦袋裡也不知想些什麼，從來就不會替我安排妥當一件事兒。」

若說齊天心這人武功蓋世，倜儻瀟灑原本不假，如說他心細多思，那倒是奇聞了，其實柔雲劍客心細如絲，他老早就將小萍去路講得清清楚楚，還怕她忘了，又替她密密麻麻寫了一大段路上應注意之點，小萍心中氣憤表兄一刻不留地趕走，是以心下頗為不快。

齊天心笑道：「說了半天，原來你是賭氣不去湖北武當了。」

小萍笑道：「那也不是，我這次要遠遠離開家鄉，我要給爹爹媽媽辭過行哪，說不定三年兩年不再回來了，沒有人陪他倆個哪。」

齊天心從王雄處早知小萍父母雙亡的，他心中大感奇怪。小萍黯然道：「我替爹爹媽媽作了許多他們愛吃的東西，希望這一路趕走，不要壞了才好。」

她像是喃喃自語，齊天心心中一怔，立刻明白這姑娘原來是去祭墳的，他這人爲人心腸極是熱忱，便脫口道：「小萍姑娘，你這一過河，便立刻雇輛馬車，快馬趕回去豈不是好？」

小萍臉一紅，默然不語。她原本也是小康之家女兒，從來不知盤算省錢，可是自從家遭變故，父母雙亡，流浪江湖，對這金錢有了深刻的認識。柔雲劍客也甚窮困，他替小萍治病，又花了不少銀子，是以大感困難，他給小萍留下盤纏不豐，小萍路上只得節省，不敢亂花。

齊天心是聰明人，當下靈機一轉道：「上次我手頭不便，還欠下王雄兄壹百兩銀子，現在也真該還了。」

小萍一忖，隨即道：「雄哥哥說，我們欠下齊大哥一輩子的債，今生今世是報不完的了，齊家大哥，你怎會欠阿雄錢，你別騙我啊！」

齊天心臉色凝重，從懷中取出一張百兩銀票道：「你信不信由你，我欠下別人的錢可不能不還，就托你帶給王兄吧！」

小萍見他說得認真，倒是半信半疑。齊天心道：「你這一路上僱馬車趕去，又省時又省力，你一個人行走江湖，你表兄難道放心得下？」

小萍從懷中取出一件物事，齊天心一看原來是武當門人出師時師父所賜短劍。他心中忖道：「武當弟子遍行天下，只要有這令信，旁人是不敢輕惹的。」

他點點頭道：「有這短劍，壞人果然不敢欺侮你了，你此去愈快愈好。」

小萍心中一震道：「齊家大哥，難道阿雄有什麼危險嗎？」

齊天心道：「中原武林誰敢冒犯武當，那是活得不耐煩了。」

他忽然想起了小萍對江湖中事一竅不懂，便住口不說了，他心中卻暗自忖道：「武當自那三豐祖師開派以來，歷代掌門人用翠羽令召集門人應付大事的，不過只有兩次，周石靈道長不知遇到什麼大事，可惜我不能趕去見識見識。」

他倆人又說又談，齊天心這人粗枝大葉，竟忘了替莊玲介紹。莊玲見小萍生得清麗，又見她和齊天心有說有笑，極是親熱熟悉，心中更加不喜。

她不停地瞟著小萍，只覺小萍愈看愈經看，她平日自視甚高，此時只見小萍肌膚賽雪，心中不能不承認這眼前的姑娘也是一個少見的美麗女子。

大凡一個漂亮女子看另外一個漂亮女子，心中先就存幾分不快，此乃人之常情不足爲奇。莊玲只覺小萍大不順眼，她見兩人一問一答，像沒說個完，臉色一寒，冷冷道：「齊大哥，你只顧講話，忘記把船掉頭啦，你看看船流到什麼地方去了。」

齊天心突見莊玲臉色不喜，心中也弄不清楚是怎麼一回事，他連忙將右側巨帆揚起，大船破浪直往對岸馳去。

小萍道：「這位姐姐不知高姓大名？」

齊天心道：「她姓莊名玲，是我一個……一個好朋友。」

莊玲愛理不理，重重地哼了一聲，齊天心大感尷尬，一張俊臉再也放不下來，小萍何等聰明，見到這情形心中雪亮，不由暗暗好笑忖道：「誰希罕你齊家哥哥了，阿雄除了窮一些，哪一點比不上他，你自己小器，好像生怕別人搶奪似的，你疑神疑鬼，日子可真不好過。」

她轉念又想道：「你自己把他當寶一樣，其實別人未必見得都是如此，倒是齊大哥好心腸，遇到你這小器姑娘，這一生一世可有苦頭吃的了。」

莊玲心中卻想：「瞧你那一副樣子，笑得不正經，分明是個迷人的小妖精。」

莊玲橫了小萍一眼，一副挑戰的神色，小萍笑笑不語，這船上氣氛很是不洽。好在船行迅速，不一會便到了對岸，齊天心將銀票塞在小萍包裹中，口中叮嚀道：「如果碰到壞人，你就說是齊天心的好朋友。」

小萍謝了下船，她揮揮手前走，那弱小身形消失在暮色蒼蒼的原野中。

齊天心立在船頭，想到柔雲劍客和他表妹小萍姑娘，兩人相親相愛，同經患難，不由十分神往，直到小萍的影子看不見了，這才回轉身來。

莊玲冷冷地道：「喂！你怎麼不跟她走呀！快快，你輕功俊極了，現在趕去還來得及呀！」

齊天心見她面寒如冰，心知她一定懷疑自己和小萍之間關係，他心想這姑娘實在太是多心，簡直拿她無法，不禁微微有氣不語。

莊玲又道：「快去呀！不然兩地相思，可不是好受的。」

齊天心正色道：「人家是……」

他尚未說完，莊玲搶著插口道：「人家是名門閨秀，你就去高攀吧！」

齊天心心想莊玲這人不可理喻，便訕訕走開，莊玲站起身來，逼到齊天心身旁尖聲道：「你別愁眉苦臉，也犯不著一見我便是這副怪樣子，你快去追呀，不然我走便是了。」

齊天心急道：「你……你這是……這真是從何說起，她是……她是……」

他又急又怒，竟然不能說完。莊玲冷冷接口道：「你救了她，別人捨身相報，這是名正言順的啦，真是一段佳話，一段佳話。」

她不斷諷刺，齊天心怒氣勃生，他從來我行我素，別人冤枉他、稱讚他，他都是視若耳邊輕風，此時莊玲又是嘲諷，又是冷言冷語，他竟忍耐不住。

莊玲見他不發一語，心中不由更是有氣，她叫道：「喂，才一離別就害相思病了，哼！真是多情。」

齊天心冷冷道：「現在船行河中心，你心急也沒有用。」

齊天心手一運勁，那大帆偏轉，循流而下。莊玲大聲叫道：「我要下船，快停船。」

莊玲怒道：「什麼？」

齊天心道：「現在船外是茫茫洪水，你要下船也得耐下性子，等船靠了岸才行。」

莊玲重重哼了一聲道：「你以爲我非在你這破船上任你擺佈嗎？」

她說完大步走到船頭。齊天心還沒想到，她已一躍下河，砰然一聲，水花四濺。

她水性極好，泅水向岸，就像一支箭一般迅速，激起一道白浪。

的。」

齊天心心中大急，他再也不能矜持，高聲叫道：「莊姑娘，這河水冰涼，你病體受不了的。」

莊玲理也不理，只往前泅，齊天心拋出三片木板，那三片木板隨則出手先後不同，可是卻同時落水，在河面上起伏不已。

時已黃昏，河面上風勢轉疾，波濤漸漸洶湧。齊天心長身一縱，踏在第一塊木板上，一吸真氣落在第三塊板上。他伸手一抓，已抓住莊玲後襟，雙臂一振，腳下已踏到第二塊木板上。

他清嘯一聲，已經躍回船上，他這幾招拋木、躍身、救人，真是一氣呵成，美妙無比，待他回到船上，只有鞋尖略濕。

莊玲叫道：「齊天心，你敢！」

齊天心放下莊玲，忽然右手一痛，食指被咬了一口，鮮血汩汩流下。

齊天心道：「你快去換換衣服吧，天色晚了，風也大了。」

莊玲一言不發，又往船邊跑去，齊天心一長身攔在前面，他口中不住地道：「莊姑娘有話好說，只要你講出來，我都可以答應，只要你不要投水，什麼都行。」

莊玲凝視著他，只見他額角青筋微暴，汗水直流，一臉憂急無比的模樣，那樣子就如他上次運功相救，她悠然醒來第一眼所見的一樣，她心中一軟，火氣全消，雙腳立不住坐倒地上。

齊天心道：「莊姑娘，你快去換衣服吧，艙裡我有兩件外衫放著的。」

莊玲低頭一看，自己衣服貼在身上十分不雅，她不由臉色一紅，走進艙中。

過了一會，莊玲儒巾長衫，含嗔帶俏走了出來，她上次裝扮男子行到張家口，是以對於男子舉止行動頗爲熟悉。齊天心見她三步一顧，真如一個翩翩書生，心中一陣輕鬆，氣也消了幾分。

兩人誰都不好意思開口，只放舟河中，愈行愈遠，齊天心心中忖道：「這恐怕是我跟這姑娘最後一次遊玩了。」

他想到此，不由心內發痛，可是自覺心中光明磊落，並無半點對不起這位姑娘，再怎樣也放不下臉來。

又過了一會，天色漸漸暗淡下來，那船順水而下，也不知到底流了多遠，突然前面兵刃之聲大作，齊天心心中一凜，身子一拔立在巨桅之下，遠遠望去，只見遠遠岸上兩個漢子正在生死相搏。

他偷瞧莊玲一眼，見她並無反對之色，便把船前開去，漸漸地行近那兩人，拋錨停船，齊天心大感意外，原來那正在相拚的竟是帆揚鏢局總鏢頭孫帆揚。另一人卻是北方第一名捕生死判官顧紹文。

兩人正在以上乘武功相拚，一招一勢都是間不容髮，此時天色已暗，兩人聚精會神不敢半點疏忽，是以並未發覺大船。

齊天心見孫帆揚出招凌厲，長短金刀漫天洒來，那顧紹文執雙判，臉色沉重，緊封門戶，守而不攻。

這時新月初上，星光閃爍，兩人兵刃不時相交，發出龍吟之聲。齊天心忖道：「這兩人兵器均非凡品。」

驀然兩人齊喝一聲，雙雙轉了個身。孫帆揚白髮蒼蒼，臉上卻是正氣凜然。

齊天心忖道：「這姓孫的陰陽刀一施出，姓顧的便得敗走，只是他爲什麼不施陰陽刀？」他見莊玲也在聚精會神觀看，心中不禁好笑。孫帆揚刀法已然通悟，招招俱是佳作，那長又重的厚背金刀，在他手中，每招必走偏鋒，刀尖指穴，更是又準又狠。

齊天心見他每招都是順理成章，透露出一片正大光明之氣，絲毫沒有半點陰狠之氣，齊天心武學已是爐火純青，也不禁爲這巧妙刀法心折不已。要知江湖上施刀的人原不多，而高手更是寥若晨星，這子母金刀孫帆揚在刀上的功夫，真可謂得天獨厚，超人一等了。

砰地一聲巨響，兩人兵刃而交擊了一招，身形自然一轉，齊天心只見顧紹文臉色愈變陰鷙他雙手兵器一挫，展開他生平成名絕藝「鬼愁十二判」。

當年生死判官顧紹文和丐幫交惡，就憑十二式和古老四血戰，結果兩敗俱傷，古四俠在河洛已是首屈一指的好漢，竟然奈他不何，可見這十二式之威力了，從此顧紹文聲名大噪。

子母金刀孫帆揚見對方招式突變，他倒退兩步，招式也是一變，兩刀一劃，長刀直刺，短刀橫崩，一套江湖上絕無僅有的刀法施了出來。

齊天心忖道：「這陰陽刀是失傳絕藝，顧紹文又豈識得。」

顧紹文只見對方招式愈來愈怪，那長刀疾如暴雨，聲勢煞是嚇人，短刀卻是招招砍向要害，間不容髮，一時之間，對方搶盡先機。

他「鬼愁十二式」才施了一半，身形已被逼得倒退六步。驀然他暴吼一聲，身形又倒竄一丈。

齊天心雖知這趟怪刀法，可是並未見過，此時見孫帆揚一招招施出，真是妙到顛毫，不由心醉不已，他正凜神瞧著，忽然耳邊一個輕輕的聲音道：「喂，這是什麼刀法？」

齊天心回頭一看，莊玲不知什麼時候走了過來，齊天心見她肯和自己講話，那就表示和好如初，他大喜道：「這是陰陽刀。」

他接著便把這刀法來歷很仔細說給莊玲聽，莊玲聽得出神。

這時場中形勢早變，孫帆揚佔盡先機，那顧紹文不愧高手，他每至危境，都能發出救命絕招，逃出刀圈之外，兩人邊打邊走，不由走近河邊。

顧紹文忽然右臂一振，挑開孫帆揚長刀，他飛快將右判交到左手，驀地飛起一腳交踢孫帆揚左脅。

孫帆揚身子一滯，顧紹文倒竄三步，伸手摸出一個圓筒，口中獰笑道：「姓孫的，今日就是你末日到了，老顧放你生路不走，你卻偏偏要往死路投來。」

齊天心見顧紹文滿面得意，心想那圓形鐵筒不知是什麼厲害之物，顧紹文好像穩操勝券。

孫帆揚略一沉吟，雙肩一抖往前退去，顧紹文哈哈狂笑，一按筒上機簧——

驀然漫天銀光，直罩孫帆揚頭上，齊天心失聲叫道：「七巧銀針！七巧銀針！」

他目不轉瞬瞧著孫帆揚，心想孫帆揚縱有通天徹地之術，只怕也難逃此厄運。

莊玲也閉上了眼不忍看下去，她雖不識兩人，但見孫帆揚正氣凜凜，心下早就希望他贏。

忽然孫帆揚全身長衫鼓起，長刀緩緩劃出，在頭頂不停地劃著圈子，短刀舞起一道白光，護住全身。

住。

齊天心只聽見嗤嗤之聲大作，那漫天銀針如石沉大海，不是被短刀削去，便是被長刀吸

孫帆揚一吐氣，長刀上掉下無數寸許小針，針上烏黑，分明是餵了劇毒。

齊天心喝采道：「好一招『萬流歸宗』呀！」

孫帆揚一挺身，刀勢直奔而上，顧紹文只覺眼前刀光閃閃，他知身臨絕地，只是不住倒退，對方一刀直削面門，他閃無可閃，只有閉目待斃，忽然對方刀鋒一偏，他只覺兩耳一涼，鮮血流了下來。

他爲人陰險，雖在此時猶是沉著不亂，他見對方刀鋒一偏，知道對方手下留情，他凜神瞧著一招破綻，雙判直攻直入。

孫帆揚刀勢一偏，左脅自然露空，他見顧紹文臨危一擊，知道非同小可，眼看閃避不及，反而迎身而上，長刀一回，仿若自刎，噹地一聲，順勢架開雙判。

齊天心心中暗忖道：「少林失傳的玄玄刀孫帆揚也學上了，大河南北只怕以此人爲第一高手啦！」

顧紹文心知多留無益，連忙抱頭鼠竄。孫帆揚哈哈大笑，朝齊天心船上叫道：「齊公子，在下尚有要事，公子大恩，孫帆揚今生不能報完，來生——」

他尚未說完，齊天心接口道：「好說，好說，孫大俠仗義助人，我老早便聽江湖上傳遍了啦，孫大俠有事只管快去，咱們後會有期。」

孫帆揚向齊天心恭身一揮，從樹後拖出一只木筏，推下水中，揚波而去。

莊玲道：「這人英雄氣概，瞧他為人又極正派，他連受對手暗算，卻並不趕盡殺絕。」

齊天心道：「那姓顧的手段卑鄙，上次逼迫孫帆揚走頭無路，這次定是姓孫的找他算帳。顧紹文是公門內第一高手，他受了削耳之仇，怎能忍下這口怨氣，常言道：民不與官鬥，孫帆揚乾脆把他做了可不乾淨俐落？」

莊玲道：「那姓孫的本事真高強，姓顧的就是再去找他，也未必能佔什麼便宜。」

齊天心道：「他開鏢局做生意，如果官家一味找麻煩，可也夠他受的，哪天有便，由我出面去警告他一下，諒他也不敢再為難孫帆揚。」

莊玲笑道：「你好威風喲！」

齊天心道：「小可在江湖上薄有小名，像姓顧的那等人，只稍嚇他一下便可鎮住了。」他半開玩笑地說著，其實此事倒真不假，齊天心這三年來在江湖上闖下極大萬兒。

莊玲道：「齊大俠，啊！小女子有眼不識泰山，真是冒犯虎威，請大俠饒命，饒我一條小命。」

她又說又笑，那模樣就如盛開鮮花，齊天心不由得看癡了。他心中忖道：「別人說少女的心意如黃梅天氣，變幻無窮，剛才還凶霸霸的要死要活，現在又笑得這樣開心。」

莊玲忽道：「喂……齊大哥，你剛才是不是答應我什麼事都聽我的？」

齊天心不善打誑，只有點點頭，心想這姑娘不知又有何主意。莊玲道：「你只要依得我一件事，我永遠不向你發脾氣。」

齊天心想這事一定非同小可，可是事到如此，只有硬著頭皮問道：「什麼事？」

莊玲正色道：「你永遠不要再見那什麼小萍姑娘。」

齊天心忖道：「我和柔雲劍客不過是萍水之交，我看不順眼別人欺侮他，這才出手助他，那小萍姑娘更說不下什麼交情了，日後咱們天南地北，想要見面也不容易，我答應莊姑娘卻又何妨？」

莊玲見他沉吟不語，臉色一寒，正待反唇相譏，齊天心道：「這個有何困難？」

莊玲喜道：「你說話可不能不算數。」

齊天心道：「這個自然，我不去找他們，怎會見著她，除非在路上遇上了。」

莊玲道：「在路上遇到也不准理她。」

齊天心好生為難，但見莊玲俏臉板起，便道：「一切都依你。」

莊玲大喜，她柔聲道：「齊大哥，我老早就告訴你我脾氣不好，剛才對不住啦！」

齊天心只覺受寵若驚。莊玲又道：「齊大哥，我如再向你使氣，便是頂壞頂壞的人，你也別再理我了。」

她說得十分口甜，一時之間態度大為改變，不停討好齊天心，只要是齊天心所說，她不管懂是不懂，都先捧上兩句，她拍馬之術極是高明，不露痕跡，齊天心只覺受用無比，句句話都說到他心田裡，不由大起知己之感。

這時天色已是全黑，齊天心放舟回行。莊玲忽道：「齊大哥，你再過幾天便要走，是不是？」

齊天心點點頭道：「明日我便要離此北行。」

莊玲道：「不行，至少還要陪……陪我們三天。」

她原本是說陪我三天，可是話到口邊，只覺太過明顯，便改口了。齊天心道：「好，三天就三天。」

莊玲道：「那你什麼時候再回來看我們？」

齊天心道：「我儘量快點便是。」

莊玲想了想道：「齊大哥你對我們好，那是沒有話說了，我……我還有一個請求。」

齊天心雙目凝視著她不語，莊玲很不好意思地道：「齊大哥，自從我與你認識以來，都是見你雍容摧敵，散財行俠，其實我知道你是文武全才，文的方面更有驚人成就。」

齊天心被她讚得大感不好意思。莊玲又道：「你琴棋書畫一定無所不精，齊大哥，我請你吹一曲『十面埋伏』如何？」

她從身旁又拿出一管洞簫。齊天心怪道：「你不是擊斷了嗎？我對音韻可是一竅不通。」

莊玲道：「我可不信，你不吹便罷。好，好好，我唱了很多歌給你聽，你也該唱一個給我聽啦！」

齊天心雙手亂搔道：「我什麼都不會唱，從來沒有學過。」

莊玲道：「過幾天你便要走了，齊大哥，我這個要求你都不答應？」

齊天心被她說得沒有辦法，他搜盡腦中所憶，卻還記得兒時在山上聽到樵夫的山歌，他滿面羞慚地道：「我唱得不好，你別見笑。」

莊玲拍手道：「齊大哥，我愛聽你唱，快啊！」

齊天心提起嗓子唱道：

「山高路又險喲，打柴艱又難喲！

窮人生來骨頭硬喲！不怕虎與狼喲！」

他唱著唱著，愈來愈是走了調子，忽見莊玲眼圈一紅，淚水直流下來，但齊天心心中不解，住口不唱了。

莊玲柔聲道：「齊大哥，你待我真好，我心裡明白。」

這時船已靠岸，齊天心、莊玲雙雙走到岸上，併肩往城裡走去，那通往城裡的路又長又直，遠遠看不到一個盡頭，齊天心忽覺得手中一緊，一隻又滑又暖的小手緊握著他的右手，頓時他只覺勇氣百倍，心中充滿了感激之情，這富家的公子，在他心靈深處，還保存著最完美的純潔的情感。

天上繁星閃爍，這是進城大道的起點，那盡頭之處黑壓壓地沒有人能看清楚，在人生的路途中，莊玲、齊天心攜手出發，那終點目的地是什麼，卻也無人知道。

卅　少林叛徒

時間倒退十天——

天邊一片火紅，夕陽西下。

小鎮上，逐漸嘈雜起來，來往投店打尖的，人呼馬嘶結成一片渾厚的聲音。

鎮中心唯一的一條道路上，來往行人熙熙攘攘，好些屋堂深的人家都已點了燈火，那火紅的太陽在雲端閃了閃，終於落下去了，立刻一片暮色蒼蒼。

一陣馬蹄聲傳來，暮色中一騎緩緩駛向小鎮，那馬兒分明已走了不短的路程，蹄聲輕重不勻，口中不斷喘氣，馬上坐著一個大漢，一身灰白衣衫，面上憂苦重重，只是雙目炯炯有神。

一人一騎來到鎮上，那大漢緩緩跨下馬來，走到一家客棧前，猶疑了片刻方才舉步踏入。

屋內燈光一照，只見這大漢頭上斜斜戴了一頂帽兒，衣衫破爛不堪，但舉止之間，卻威武凌人。

小夥計上前招呼，那大漢叫了一斤酒和幾盤滷菜，一個人據著一張桌子，抱杯獨飲。

他似乎滿腹心事，不時歎氣吁聲著，好在這時客棧酒樓之中，人聲鼎沸，無人注意他。

他喝了一回悶酒，呆呆沉思一會，忽然一個人流起淚來。

這時，客棧門口忽聽轡鈴之聲一響，兩匹駿馬猛地收住了蹄勢，下來一老一小兩個人。

那老年人大約有六十開外，雙目之中精光吞吐不定，一手挽著一個年方十三、四歲的孩童，一手拂拂輕袍，招呼夥計道：「可有房間嗎？」

夥計接下馬匹，那一老一少這時走入店中，只見燈光下蒸氣瀰漫，人聲嘈雜，老人不由一皺眉，心中暗道：「人這麼多，遇到熟人可不好……」

他心中雖是如此思想，但腳下已走入店內，那男孩拖著老人家東望西找，卻沒有一張空桌座位。

那孩童扯了扯老人衣袖道：「爺爺，沒有座位了。」

老人嗯了一聲道：「安兒，咱們還是換一家——」

那安兒這時忽然瞥見右方那正在喝悶酒的大漢，他一人斜依在桌沿，那張桌子還可以坐好幾個人。

老人隨著安兒的目光一看，沉吟了一下，方才說道：「好吧，咱們就坐過去。」

一老一小入得門來，確實惹了不少人注視，老人走到桌邊，微咳道：「這位壯士請了——」

那大漢滿腹心事，根本沒有理會他說些什麼。那老人雙眉微皺又道：「店中客滿，座無虛席，老朽和小孫可否——」

他話未說完，那大漢猛一抬頭，雙目一掃，看了老人一眼，心中猛然一震，暗暗忖道：「這老兒——這老兒好生面熟——」

他心中一震，面色卻是不變，那老者似乎也是一呆，大漢又看了兩眼，心中仍記不起老人是誰，微微一笑道：「老丈別客氣，請坐，請坐。」

那老人面上神色似乎微變，口中笑道：「好說，好說，安兒，你快叫菜吧——噢，對了，這位壯士如不嫌棄，老朽就作個東道，咱們對飲幾杯如何？」那大漢心中疑慮不定，但他生是豪爽無比之人，點頭忖道：「如此甚好……」

那老人面上笑容不消，目中卻寒光一閃，他心中暗暗忖道：「穆中原，你戴了帽子我就不認識你了嗎？」

原來那大漢正是丐幫十俠醉裡神拳穆中原。

穆中原葬了蕭五俠後，一路兼程趕到少林示警，他日夜不停趕了好久，這日已距少林不遠，於是便打算歇歇再走。

且說那老者帶著孫兒坐了下來，穆中原雖想不起老者是誰，但卻已肯定這老者必是武林中有名人物，他身爲丐幫十俠之一，江湖經歷可說老之又老，表面神色全然不露，心中卻生警惕。

這時夥計已端上酒菜，老者親手斟了兩杯酒，舉杯一飲而盡道：「敢問壯士貴姓大名？」

穆中原雙目一轉，他從方才那老人一怔之中，已確定那老人對自己必然也面熟得很，不知是否已認出自己是何人物，這時聽他一問，忙舉杯飲了一大口酒，微微一笑，說道：「不敢，在下姓穆。」

那老人嗯了一聲道：「穆壯士。」

穆中原面上笑笑，心中卻也識不透那老人到底是否早就知道自己身分，他心存警惕，外表卻毫不在乎，舉杯又飲了一大口酒道：「老丈行色匆匆，不知要到哪裡去？」

那老者道：「老朽要——」

他話未說完，那安兒搶口說道：「咱們要到嵩山。」

穆中原心中猛吃一驚，神色不由微變，老者神色也是一變，忙舉杯掩飾。

穆中原噢了一聲又問道：「看來老丈必是武林高人了，到嵩山可要上少林？」

那老者遲疑了一會道：「不錯，穆壯士有何見教？」

穆中原故意歎口氣道：「不瞞老丈，在下也要到少林去的！」

老者道：「真巧真巧，咱們可同路結伴而行！」

這時店門忽然傳來一聲佛號，一個年約四旬的中年僧人當門而立。

和尚化緣本無甚稀奇，老者此時乃當門而坐，一見之下，饒是他涵養甚深，右手不由一顫，叮地一聲，酒杯與碗一觸。

穆中原心中一動，有意無意地回首一瞥，這一瞥之下，幾乎使得穆中原整個人都呆住了，他怔了一怔，忙回過頭來，大大喝了一口酒，正想開口掩飾自己失態，卻見那老者也是一臉驚色。

穆中原心中猛可一動，腦中登時靈光一閃，他已想起這老者是誰了。

他心中不由大吃一驚，暗暗忖道：「原來是他，原來是他，怪不得這等面熟。」

這時那僧人站立了一會緩緩走開，穆中原強自按制住自己激動的心情，忖道：「這勝老兒和三師兄是大對頭，他說這次是上少林，顯然便是要找三師兄了，怪不得方才一見三師兄連忙舉杯掩面……」

那中年僧人已走遠，老者逐漸恢復神態。穆中原開口問道：「來，老先生，咱們再乾一杯。」

老者微微一笑，舉杯道：「方才咱們話未說完，請問穆壯士爲何上少林寺？」

穆中原此時心中已知老者身分，更斷定那老者早已明知自己，卻聽他一再裝腔相問，心中暗笑，口中卻一本正經歎口氣道：「唉，穆某原本是少林弟子——」

老者不料穆中原竟以實相告，不由答不出話來。

穆中原心中暗思道：「人稱勝老兒千毒翁，我老穆可千萬得小心，吃了虧可划不來——」

他心中盤算不定，口中又道：「不瞞老先生，穆某總覺似乎在哪兒見過老先生，只是一時想不起來。」

那勝老兒嘿嘿一笑道：「老朽亦有同感。」

他自見了那僧人後，心中忖道：「穆中原分明是與那天凡賊和尚說好在此，不然哪有這等巧事?老夫雖和你姓穆的無怨無仇，但若說你要插上一腳，老夫說不得連你一起幹了!」

他誤以爲穆中原出身少林，與天凡大師乃是同門師兄弟，但卻不知穆中原自被趕出少林，從未再涉足少林方圓十里之地，他身爲丐幫十俠，叱吒風雲，傲嘯江湖，卻從未跟少林有一絲牽連。

卻說他們兩人心中各懷鬼胎，一個是江湖行家，一個是年老心密，對話之間針鋒互逼，正在這時，忽然客棧門口一陣喧嘩，一連走入四個少年。

這四個少年走入店來，穆中原面色一變，雖然四人身上穿著平常，但穆中原卻立刻認出其中一個，正是在那洛陽城外追殺蕭昆的那異服少年。

穆中原登時只覺一股熱血直湧而上，雙目一閃，精光暴射而出。

但他到底不比凡人，猛吸一口氣強壓下仇火，再也顧不得，站身一拱手道：「老先生，在下先行一步。」

那千毒翁心中一怔，但卻也不便相問，心中明白必是與這四個少年有關，他沉吟一番，只見那四個少年正在四下尋找坐位，心中一動，忖道：「還是讓開好。」

他心念一定，牽著安兒，付了酒菜賬錢，緩緩走到後面屋舍中去了。

卻說穆中原回到房中，滿腔熱血，不能自止，心中暗暗思索：「想不到這幾個傢伙來得這樣快，我連夜猛趕，只比他們先到片刻，少林寺中此時必然毫無警訊——」

想到這裡，心中不由大急，爲今之計，只好連夜便獨奔少林示警，但他此時乃是棄徒，可否上得了山尚是疑問，必要時只有一闖了之。

想起少林寺，他本是少林高徒，如今卻流落江湖，師門難入，繞他是豪邁之人，但心中也不由微痛。

此時他心中甚是煩亂，不由仰天一歎道：「浩浩江湖中，奇人隱士自命清高，對這等武林浩劫，一概不聞不問，唉！憑咱們這一輩，空有一腔熱血，能力委實不夠啊！」

他歎了一會氣，又念及千毒翁也要上少林找岔，心中更亂，忖道：「勝千松那一手毒可確是防不勝防，天凡師兄無知無防——」

他心念忽然一動，忖道：「有了，勝老頭一生好勝，那年他一掌之差，敗於天凡師兄，十多年來仍念念不忘，我若能激他出手，先下毒去謀那幾個傢伙，毒一個少一個，我就不信他們能防得住！」

他心念一轉，但立刻想道：「唉，穆中原啊，你一生雖不顧名節，但這等暗箭傷人的下流計策，卻從不屑一爲，怎樣想到這一頭上來了……」

「但是不如此，憑我一人之力，絕不可能挽救此危局，罷了！罷了，管他下不下流，我老穆索性再想一個詭計騙勝老頭上當，要他答允下毒，來個借刀殺人。」

他自嘲似地一笑，沉吟了一會，身形輕輕一閃翻出窗外。

竄到千毒翁爺孫住的屋下，穆中原輕輕扣指一彈，呼地一聲，將半扇窗戶撞開。

千毒翁室內燈火登時一滅，呼一聲，一條人影疾掠而出，穆中原閃身屋角，冷冷道：「接招！」

他左掌一晃，右掌遙擊而出，這一掌，雙肩往外猛然一抖，穆中原在淡淡月光下看得分明，竟是那千毒翁勝千松的孫兒。

安兒身形在空中一折，對準穆中原發掌之處猛推一掌。

穆中原身在暗處，輕輕發掌，猛可背後呼地一聲，勁風壓體而生。

這一掌來得太過出奇，穆中原再也藏不住身子，他冷笑道：「好功夫，有種的跟我來吧！」

他身形隨著那勁風一旋，呼呼掠開五丈開外，黑暗中只見他身形方才落地，背後一條人影已疾跟而至。

穆中原足不點地，身形又再拔起，一連數躍，已在二十丈外。

而身後那人如影隨形，只見兩條人影一前一後，有如疾風奔馬，刹時便奔出鎮外。

穆中原來到一個小小林子前，身形陡然一慢，唰地向左一閃，後面那人雙掌一揚，整個打在一株大樹上，震得枝葉分飛。

穆中原哈哈一笑道：「勝千松勝大俠請！」

那跟隨者正是千毒翁，一路上兩人奔得快，他辨不清前面那到底是誰，這時一定下身來，心中不由暗暗吃驚忖道：「果然姓穆的要插入其中。」

他口中卻冷然一笑道：「我道穆壯士到底是誰這般面熟，敢情是鼎鼎大名的穆十俠！」

穆中原哈哈笑道：「勝大俠算了吧，你可知道我老穆找你做什麼嗎？」

勝千松面色一沉道：「老夫正待請教！」

穆中原笑道：「勝大俠要上少林，必是爲了天凡和尙吧，哈哈……」

他故意一笑不語，勝千松勃然怒道：「怎麼？你要代他出頭嗎？哼哼，老夫——」

穆中原搖了搖手止住他說下去，道：「勝老，你是我老穆生平所見火氣最大的一個！」

勝千松冷哼不語，穆中原又道：「十多年前的事了，敗一招就敗一招，你還牢牢記在心中？以我看來……」

勝千松見他胡扯一通，忍不住吼道：「廢話少說了，你可是受了那天凡和尙之託……」

穆中原搖手道：「誤會了，誤會了！」

勝千松一怔，穆中原接口又道：「老穆已被少林趕出門牆，今番找你，乃是有另外要事相請教。」

勝千松見他不似謊言，微詫問道：「什麼？你有要事——」

穆中原微笑道：「武林之中，用毒以勝老首屈一指——」

勝千松心中百思不解，連道：「不敢，不敢。」

穆中原又道：「穆某這兩月來，巧逢異人相授，獲得一項失傳已久的技藝……」

勝千松啊了一聲道：「恭喜穆十俠，只是——這是什麼失傳的技藝，可否說給老夫聽聽，也增進見聞？」

穆中原笑笑道：「這種技藝叫作『全真』術，是一種防毒的大法……」

他說到這裡有意一頓，勝千松面色一沉，但忍住沒有出聲。

穆中原又道：「穆某自習成此術，卻從未試驗，是以……是以冒昧想請勝老幫幫忙！」

勝千松生性好勝，此時哪裡忍耐得住，冷冷一笑說道：「好說，勝某敢不從命。」

穆中原微笑道：「勝老大概已明白，穆某求勝老在穆某身中下一巨毒，測試穆某防毒之法，倘若這術不靈，當請勝老施藥相救，這是我想來想去最安全的一個辦法，嘿嘿，但是，我想此失傳已久的大法必可成功克毒，嘿嘿，那倒可省卻勝老施救的手續了！」

勝千松抑不住地只覺一股怒火直衝上去，他冷冷一笑道：「穆十俠心密計周，老朽佩服佩服。」

穆中原笑笑道：「好說，好說。那麼，穆某早知勝老有一絕毒之物，叫作……叫作『萬毒……」

他信口胡謅，勝千松忍不住接口道：「叫『青鶴液』。」

穆中原笑道：「對，對，『青鶴液』，就以『青鶴液』一試……」

勝千松冷冷一笑道：「青鶴液入腹穿腸，隨血而走，老朽無法相救！」

穆中原假裝驚噢了一聲道：「那……那勝老還有一種……一種……」

勝千松接口道：「白腹丸。」

穆中原道：「對，對，這種可有解藥？」

勝千松陰笑道：「有是有，只是，很痛苦的。」

穆中原堅定點首道：「沒關係，沒關係，這種白腹丸想來是丸狀之物？」

勝千松冷笑道：「不錯，但入口見水立化，專防……嘿嘿，專防一般反哺術、逼脈功。」

穆中原明白他點醒自己如想以吞下去用氣功逼住不化，到事後吐出的方法，是不行的，心中不由暗暗好笑，口中卻道：「笑話，穆某有技在身，何必用這等反哺、逼脈的通俗手法，勝者未免太小看穆某了，況且，就算技藝失效，勝老也會相救……」

勝千松笑笑道：「說得極是，說得極是。」

穆中原見他滿面躍躍欲試的神情，心中不由失笑，口中卻說道：「話又說回來了，穆某對自己技藝甚爲信賴的！」

他見勝千松冷笑不語，又加一句道：「不是穆某狂，勝老，你雖號稱千毒翁，但…… 這是古傳秘法……」

勝千松吼一聲道：「笑話！」

穆中原立刻面上無嬉，冷冷道：「勝老如此自信嗎？」

勝千松道：「不信咱們等會瞧。」

穆中原見他氣得頷下白鬍簌簌而動，口中又加上一句道：「咱們——咱們不妨賭一賭！」

勝千松一怔，冷冷道：「賭？好極了，你說賭什麼吧！」

穆中原笑笑道：「倘若在下吞了白腹丸，安然無事，勝老，你得依我一事——」

勝千松冷冷笑道：「你想說動老夫不找天凡，哼，你聰是聰明，只是，你輸定了。」

穆中原冷冷道：「倘若我敗了，願為勝老之奴三年！」

勝千松微微一怔道：「咱們一言為定，駟馬難追。」

穆中原長吸一口氣道：「那麼，勝老你拿毒丸出來吧。」

勝千松一心以為穆中原存心想說服自己和天凡大師之間仇隙，對穆中原可恨到了極點，他仍含冷笑，緩緩自懷中掏出一粒白色藥丸。

勝千松冷冷道：「白腹之毒，穿腸裂腹！」

穆中原雙手掩面，猛地長呼一聲，默默走上前去，伸手拈藥，輕輕放入口中吞下腹去。

黑夜中，穆中原如一縷輕煙般又回到了客棧，他是真的不怕毒丸嗎？還是另有計謀在？

他從那四個異服漢子的房外走過，但是他卻是大吃了一驚——

只因他發現那房中已是空了，不僅空了，而且行李包袱也都不在，他腦中一轉，難道那四個傢伙全走了？自己苦心計劃都落了空？當下馬不停蹄地立刻奔出了客棧，飛快地向少林寺跑去。

他衝到少林寺時，月亮正從天邊雲層中探了出來，他放慢了腳步，望著那巍峨的廟宇和牆邊一行行的大樹，他想起自己方入少林的時候，這些樹不多數握，如今已是合圍成蔭了，他不禁感歎地搖著頭，樹猶如此，人何以堪！

他輕輕地飄入了寺內，寺內一片和穆安詳，月光下望去，廟門前的護守神及石獅子都顯得格外寧靜，霎時之間，那些習藝修行的往事彷彿一件件全回到了穆中原的眼前，他覺得眼前似是被蒙上了一層薄霧。

「噹——」

鐘聲深沉宏亮地傳了出來，穆中原霍然清醒，他飛快地閃到大殿側後方的小天井，他對少林寺的形勢熟悉得無以復加，他知道只要伏在那天井中，不出片刻便會有人從前面走廊走過——

他從懷中取出一張白紙，一支短碳條，飛快地在紙上寫了數行字。

這時「咿呀」一聲起，前面走道門啓，一個中年和尚走了過來，穆中原伏著上前，伸手輕輕地把紙窗弄破，伸指一彈，將一顆小石子彈起「拍」地一聲落在對角的地板，那中年和尚猛可一驚，連忙向那邊走去。穆中原將那張寫好的警告書輕輕丟入。

他反身提氣，一個倒跟斗一直翻起三丈有餘，一伸手攀住了一枝尖梢，藉著一彈一蕩之力，猶如一隻大猿一般翻出了少林寺。

不久，少林寺傳出了警鐘，但是穆中原已快回到客棧了。

又是晚上了。

穆中原背著簡單的行李，他雖然早就會賬離開了客棧，但是他竟然在這山區間道中徘徊了整個下午，他已完成了示警的任務，但是他竟不忍就此離開，他明知他如被少林寺僧人見著，那是徒增麻煩而已。當年，當他背著簡單的行囊，從少林寺裡走出來的時候，那老淚縱橫的少林刑堂掌理方丈哽咽地對他以寺規告誡道：「穆中原，從此刻起，你不再是我少林的弟子，你終生不可再入我少林神寺！」

當時他只是感到無比的迷惘，甚至連悲傷都感覺不到，他只是茫然地道：「弟子遵命。」

就這樣，他被趕出了少林寺，此刻他望著山上少林寺的尖頂，滿腹的感慨使他再也不能離開，終於他下了決心，又向少林寺而去。

這時，少林寺正在忙碌地準備著，十八個青年高手正在大殿前演練著少林寺鎮山之寶的羅漢大陣，在當年，穆中原曾被任命爲少林羅漢陣中居中的首要璇璣羅漢，如今雖然他已多年未練，但是對那陣中的變化應接仍是瞭然於胸。

他凝目望去，只見羅漢陣正在演練第九套陣法，那首要的璇璣羅漢是由一個十分年輕的少年和尚擔任，場中一十八柄長劍上下飛舞，攻勢一招緊接一招，綿綿不絕。

穆中原看了一會，覺得那羅漢陣的確神妙無比，每個細節都能把握得十分得體，他正在讚歎，卻忽聽一個宏亮的聲音叫道：「好啦，現在開始練第十五套陣法。」

穆中原側目望去，只見一個龍鐘老僧正指揮著，穆中原喃喃道：「慧空師叔……慧空師叔……」

他知道從第十五套陣法起，那三套陣法全要靠功力來推動了，這是十八羅漢陣中最厲害的三套。穆中原暗暗驚奇，難道那擔當首要璇璣羅漢的少年和尚如此輕輕年紀，竟能以上乘深厚內力推動這三套陣法？

只見下面羅漢陣飛快地轉動起來，練到一半，慧空禪師叫道：「停！」

他走上前去，對那少年和尚道：「天戒，你在那旋身發掌的一剎那，快是夠快的了，但是卻是力道不夠，再試一遍，天戒你要提氣旋出達摩神功！」

羅漢陣又運行起來，到了那緊要關頭，慧空又叫停了他們，道：「天戒，你提氣發勁，卻讓空隙給露了出來。」

那少年和尚點了點頭道：「弟子們再試一遍。」

老和尚點了點頭，然而練到那緊要關頭的時候，少年和尚總是差了半籌，他停下身來，搖了搖頭歎息道：「師叔，弟子功力不逮，總是不成。」

慧空老和尚道：「天凡，你來試試看。」

另一個中年和尚與那少年和尚天戒換了位置，陣法一展開，但是也不見佳。慧空老和尚道：「咱們暫時停止，各自去休息一下，待老納仔細想想看有無補救之策。」

那些和尚全都行禮退去，只剩下慧空和尚一人，孤獨地站在石板地上，他仰首望了望天，搖頭歎道：「唉，如果昨夜那投書示警的事是真的，這可真是少林寺空前未有的大劫難哩，掌門師兄不到明夜夜殘之際，是絕不能步出藏經閣半步，這兩日是他坐關修練的最緊要關頭，若是敵人在今夜或明夜來襲，那便如何是好？」

他長吁短歎了一番，忽然喃喃道：「羅漢陣本來萬無一失，可惜就差那麼一點兒火候，唉……如果『天若』還在就好了……」

這「天若」兩字傳入穆中原耳中，他全身猛然一震，只因「天若」正是穆中原昔年的法號，穆中原只覺一口熱血直湧上來，他再也不猶疑了，他默默地對自己道：「我不走了，我在少林寺旁守護，哪怕送了命我也要……」

卅一 借刀殺人

穆中原踏著沉重的步伐下了少林，他已決心留助少林，心情反倒比較平靜，下得山來，在客棧之中好好休息了一晚，筆者就藉此將當日他與千毒翁勝千松賭勝的經過補敘一筆。

原來當日穆中原定下計謀去騙勝千松，他的本意要賭勝千毒翁，要他答應爲自己做一件事，那就是利用毒翁下毒，先爲少林除去幾個西域的少年高手。

勝千松果然受激上當，和他定下賭約，哪知穆中原利用最普通的手法，假作明知「白腹丸」入口即化，不能以反哺之術相混，卻先置一小膠袋於口舌下，毒丸一入口，立刻以膠囊裹而吞之，毒丸並不溶化，到事後很輕易用功逼吐出來。

勝千松萬萬不料穆中原花了這麼大功夫找自己相賭，竟是爲了用這等手法相騙，這可真叫他防無可防，糊里糊塗真的以爲穆中原身懷避毒之術，長歎服輸。

穆中原正待開口令他爲己下毒，但見勝千松滿面頹傷之色，他到底是正人君子，下計相騙倒也罷了，這時叫他面對面再說，他卻萬萬作不出手。

於是他哈哈一笑對勝千松道：「罷了，罷了，我老穆勝得好險。」

也不管勝千松的驚疑，便揚長離開此地，趕回客棧。

且說穆中原在客棧中觀察，看那些傢伙好像還不預備動手，穆中原心中不由起疑，但對方實力太強，又不敢冒險去探聽探聽，同時他又發現對房的勝千松祖孫已飄然而去，分明是去找天凡大師了，這一日他坐立不安，總算涵養甚深，始終沒有露出一點破綻來。

第二日清晨，穆中原再也忍耐不住，用大帽子將面孔掩了一大半，出房到大廳之中用餐。他怕被對方識出，找了一個最偏僻的小角落上，果然不一會工夫，那些人也到了廳上。

穆中原覷得真切，那唯一和他見過面的異裝少年坐在自己對面，他連忙換了一個位置，背對著那少年，一面僞裝低頭吃喝，一面傾全神注意。

那些少年個個都似乎有幾分不耐煩，不停地談著。穆中原坐得較遠，只隱隱約約聽到其中有一人暴躁地向大家說：「咱們白白趕了三天三夜，到了這兒又要等人，哼！早知如此，那幾日咱們走走歇歇也不會遲。」

另外一個少年點首稱是道：「大師伯一向注意時刻，這次遲了兩三天倒是出乎意料之外。」

穆中原心中一驚忖道：「大師伯，他們這幾個人在等大師伯？」就憑這些少年高手，少林寺就相當難於對付了，還有一個大師伯沒到，他簡直不敢想像。

他心中焦急想知道下文，忍不住提口氣，慢慢移身到了那幾個少年身後。

那幾個少年包在一道有半扇屏風的雅座中，穆中原這一移身到屏風後，雖可避免面孔不被看見，但只要一被發現，想混作普通食客便不可能。

是以他明知此舉冒險，但也顧不得一切，儘量放輕足步走了過去。

這時食堂之中已有不少客人，穆中原此舉著實冒險，他凝神聽去，只聽一人又說道：「真不明白咱們幾人對付一個少林寺還不夠嗎？」

穆中原心中也如此想。只聽另一人道：「哼！少林寺是中原武林之首，孔師弟，你別太狂，不死和尚的名頭，咱們不入中原，也時常聽到。」

那姓孔的道：「單憑一個不死和尚……」

那先發話的人冷冷插口道：「不死和尚號稱中原四大奇人之一，孔師弟，咱們全部之中，恐怕無一人是他敵手！」

他這番話確有自知之明，不死和尚一身佛門絕學，這幾個少年雖是後起之秀，但與之相較，仍爲遜色。

穆中原聽他們如此談論，語氣之中絲毫不敢看輕不死神僧，他知道這幾人都是生性狂傲無比，但猶有如此說法，可見少林方丈不死和尚威名之大。

只聽那姓孔的少年似乎想了一下道：「就算如此，咱們以二敵一，也可應付，何必勞動大師伯？」

一個口音忽然響起道：「師父說，少林尚有能人。」

穆中原一怔忖道：「能人？我怎麼都不知道？除了方丈之外尚有能人……」

那姓孔的口音道：「能人？還有可與不死和尚相抗的武林人物在少林寺中？」

那發話的人道：「這個我也不知，我當時也問了師父，師父只面色沉重地告訴我……」

好幾個詫異的口音同時響起道：「告訴你什麼？」

那發話的人接口道：「大約是去年，有一天師父親自到中原辦事，路過少林山下，突然地震，山崩石裂——」

穆中原嚇了一跳，只聽那人又道：「有一塊極大的巨石迎空飛落，向師父當前直落而下！」

那幾個少年似乎聽得入神，沒有一人發聲。

那人接口道：「師父全力一掠，竟搶在巨石落地之前，掠了出來，轟然一聲，那塊巨石在師父身後落在地上，端端正正封死入山的道路。」

「師父回頭望了望，那塊石頭怕不有好幾千斤，而且深深埋入土中，縱有極高功力的人，也萬難將之移開。師父當日哈哈暗道這是天意要石封少林，以師父估計，少林之中，恐怕沒有人有功力能將此巨石移開！」

那幾個少年噢了一聲，那發話者頓了頓又道：「師父自估勉力一為，大概可以移開巨石，當下便離開走去，第二日清晨，師父忽然想到回去看看少林寺如何處理此石，到得當地，那巨石已被移到山坳道上！師父當時大大驚駭，他不知是少林寺多人搬移或是有高人出手，但據師父他老人家說，就算很多人齊同出力，但巨石無處借力，這個推測多半不可靠！」

他說到這裡一頓，穆中原聽得心中狂喜，驚疑不定。只聽另一人沉問道：「這麼說，少林寺中可能有一個和師父功力相若的高人？」

一陣沉默。

過了好一會，那說故事的口音又道：「師父暗自推測，中原有此功力之人，不出天劍、地煞兩人之外，後來他又念及傳說已久的天座三星，是以這次他要大師伯一同出動便是如此。」

那姓孔的少年開口道：「老洪，你知道這麼多，怎不早說？」

那姓洪的冷冷道：「說早了，孔師弟你就不會這麼急了！」

姓孔的怒道：「你以爲我會害怕嗎？」

那姓洪的道：「不，不，哈哈，你怎麼會生出害怕之心？」

穆中原聽得熱血激奮，但轉念少林雖有高人，對方實力仍然太強，而且這高手到底有沒有，尚屬未知。

聽那幾人已開始胡謅起來，穆中原不耐再聽下去，輕輕一挪步。

陡然之間，雅座間話聲嘎然而止，穆中原何等機警，他立刻意料到自己行蹤已爲敵所覺。

現在，穆中原自知只有逃走一著可行，他飛快地左右一看，右邊就是一條曲折小道可通到後面空地，但穆中原豐富的經驗及敏捷過人的頭腦使他瞧也不瞧便向右邊大廳之中掠去。

「呼」地一聲，一支竹筷在穆中原身後破空而過，嗤地一聲釘在對面牆中，兩條人影已緊隨著掠出屏風。

穆中原料不到對方身形這般快速，好在那兩人一出屏風，極自然地向左邊曲道望了一眼，這一剎那，穆中原早伸手操起一張木桌，反手擲出，大叫道：「殺人了，殺人了！」

這時大廳中食客已有一大半，這些人多是住在客棧中起來用早餐的，這兩日早便覺得那幾個少年個個狂傲剽悍，心中惴惴，穆中原此時一聲大叫，加上木桌在空中被兩個少年用掌轟然劈得粉碎，這等聲勢嚇得大家不約而同起身擠開，登時大廳中一片混亂。

穆中原身形一閃一站，立刻混到人群中，那兩個少年定眼看時，哪裡還分辨得出來是誰？

那兩個少年生性暴躁，若是平日，早已發作，這時卻互相對望一眼，無可奈何地返身入座。

穆中原暗暗吁了一口氣，他不得不驚佩對方的警覺和身法之快。

當下索性緩緩走出客棧，一個人思索對策，他沿道而行，忽然迎面走來兩人，一老一少，正是千毒翁勝千松祖孫兩人。

穆中原心中一驚，正想避開，勝千松已看見了他，大叫道：「穆十俠，穆十俠——」

穆中原不得不勉強一笑道：「勝老，咱們又碰頭了。」

出乎意料的，勝千松滿面誠懇地道：「穆十俠，你可是看不起老夫？」

穆中原一怔道：「勝老，此話怎講？」

勝千松道：「化外之民，想統治中原，老夫中原一介武夫，豈可置身事外，穆十俠，你想如何幹，算我一份！」

穆中原驚得圓睜雙目道：「你，你怎麼知道？」

勝千松哈哈道：「昨夜老夫找到天凡和尚，本想和他一算舊賬，哪知天凡和尚見面第一句話就是認敗服輸！」

穆中原心知天凡師兄生平不服人輸，勝負看得十分要緊，是以十多年前方和勝千松動手，不想昨日竟然低頭服輸，這倒是出人意料之外。

勝千松道：「老夫當時追問他為何如此服輸，他說少林危在旦夕，他身為少林弟子，怎可以私人恩怨為重，老夫便問他少林為何危在旦夕，他方才告訴老夫……」

穆中原歎口氣道：「既然勝老都知道了，唉！這一次確實是近百年來武林的大浩劫。」

勝千松道：「據說丐幫十俠爲此事全部出動，老夫真看不起那些名門正派之士，自以爲清高，不屑管江湖之事，哼哼，這一下危及少林，武林萬萬不能平安！」

穆中原忽然作了一個手勢道：「勝老，咱們邊走邊說，那幾個傢伙還在店中，隨時可能出來。」

勝千松大吃一驚道：「什麼，那些異士之民竟就在這客棧之中？」

穆中原點頭道：「就是那幾個狂傲的少年。」

勝千松呆了一陣，恍然大悟道：「啊，原來如此，難怪那日你一見那少年們入店，面色立即大變，離席而去。」

穆中原搖搖頭道：「在下自知寡不敵眾，如此既蒙勝老慷慨相助……」

勝千松哈哈笑道：「算了，算了，老夫可也爲了自身安危打算。」

穆中原道：「方才在下偷聽那幾個人相談之下，還有一個更高強的敵人未到，是以他們遲遲沒有發難。」

勝千松道：「那麼，咱們爲今之計如何？」

他生性急爽，此時已完全改視穆中原爲朋友。穆中原沉吟道：「不瞞勝老，在下身爲少林棄徒，雖欲爲少林出力，可也不好明目明面。」

勝千松道：「以老夫的愚見，咱們不必靜候突擊，不如先下手爲強，先攻他們一個措手不及！」

穆中原搖搖頭道：「不成，其中有一少年在下曾與之交手，功力只有在在下之上，咱們兩人實力太弱……」

他口中如此說，心中卻不住轉念，忍不住開口道：「不過，方法倒是有的——」

勝千松奇道：「什麼？」

穆中原道：「對付這種化外之民，咱們不必顧及手段陰毒，勝老以為如何！」

勝千松怔了一怔道：「你，你可是要我以毒相害？」

穆中原面上一熱道：「勝老，這種手段雖是見不得人的，但如今……」

勝千松哈哈一笑道：「管他什麼陰狠、道德，老夫毒死他兩個，讓他們知道個厲害！」

穆中原口中連忙應諾，心中卻暗暗忖道：「穆中原啊！你這兩天愈來愈低級，騙、賴、下毒、暗傷，下三門的功夫全用上了！」

勝千松停下步來又道：「既然如此，我看，咱們這就動手！」

穆中原見他滿面躍躍欲試，心中不由暗笑，口中卻道：「勝老如此說，正合在下心意。」

勝千松默默思索了一會道：「老夫有一種毒，可傷人於無形，等會……」

他將心中盤算之計劃告知穆中原，兩人仔細想想，覺得不再有破綻，於是約好安兒在鎮外小林中等候，便一同走回客棧。

兩人走回客棧，穆中原仍然以大帽兒斜斜掩蓋著臉孔，勝千松倒無所謂，僅僅裝得老態龍鐘。

走到大廳，卻見雅座中已空無一人，那幾個少年又回到屋中。

勝千松和穆中原兩人對望一眼，不由得微微一笑異口同聲道：「天賜良機！」

兩人身形倏地分開，穆中原到店後抓了一大把麵粉，緩緩走到那幾個少年的房門口。

他盡量放輕腳步，不敢離房門太近，大約離了三四步遠，扣指輕輕一彈。

「奪」地一聲，木板門微微一動，穆中原身形向左一側，口中冷冷道：「小子們出來吧！」

他話聲未完，呼地一聲，木門砰然左右分開，一條人影比箭還快掠了出來。

穆中原長長吸一口氣道：「接招。」

他右拳一劃，猛劈而出，那人身在空中，疾推一掌相迎，一個以逸待勞，凝勁而發，一個倉促出招，砰然雙掌遙對，強弱立分。

那少年身形在空中一窒，不由後退半尺，他生性狂傲，哪肯甘心，不等身形落地，便咆哮道：「暗箭傷人——」

呼一聲，他話未完，門邊又竄出一人，穆中原陡然大喝道：「著！」

只見他左手抖手一震，剎時漫天白粉瀰漫，那兩個少年齊聲暴喝道：「毒粉！」

兩人猛力推掌封住面門，呼呼漫天白粉竟生生被強勁拳風掃開。

穆中原心中一驚，口裡哈哈大笑道：「別緊張，這不過是一把白麵粉！」

那兩個少年一齊呆了一呆，左面一個大吼道：「小子你別走。」

穆中原身形一晃，反身直向走道盡端掠去，口中大笑，道：「有種的出去會會。」

那兩個少年也不等屋內其他同伴，冷笑數聲，身形一前一後，急跟而去。

穆中原身形好比疾風般一掠轉過走道，陡然身形一弓，竟然生生在空中彎了一個折。

這等美妙身法那兩個少年不由脫口一呼，說時遲那時快，穆中原反手一記「倒打金鐘」，發出正宗少林的百步神拳。

那兩個少年心知對方必是又想打打停停，混出店外，是以兩人打了招呼，左方一人出拳相抵，右方一人一矮身形，照樣前掠不停。

呼、呼兩聲，穆中原身形才過，那少年也已掠過走廊盡頭，追得首尾相銜！

剎那間，一條人影好比鬼魅般自左方角落一飄而出，長袖迎風一飄，忽然天空一片白煙，只聽那少年大吼，穆中原長笑，突著一個陰陰的冷笑聲，剎時漫天人影一斂！

那出拳相抵，身形稍後的少年一驚止步，只見自己同伴踉蹌倒退，左前方多了一個白髮蒼蒼的老翁，長袖飄飄，正陰陰發笑！

那少年心中一寒，正待上前，忽見自己同伴雙足一凝，白髮老人冷冷道：「倒下！」

砰地一聲，那少年翻身便倒！

那剩下的一個少年驚得大呼一聲，白髮老人冷然又道：「這一回可不是麵粉了！」

那少年雙手顫動，戟指道：「你……你下毒？」

老人陰陰道：「摧心粉！」

那少年雙目冒火，大吼一聲，這時呼呼連響，自後面又來了好幾條人影，正是屋中其餘的同伴聽到這邊生變，急忙趕了過來。

一個少年切齒道：「老賊，你是什麼人？」

白髮老人冷冷道：「老夫勝千松，諒列位化外之人也不知曉。」

千毒翁勝千松這名頭這幾個人確未聽過，大家都不由一怔，一個少年大吼道：「你下毒傷人，還不快拿解藥出來？」

勝千松冷冷道：「白骨摧心粉中人立斃，老夫就是想救也救不了啦！」

那幾個少年一起大吼出聲，迎面兩人陡然拳出如風，勝千松身形往旁一挪，閃了開去。

那幾個少年豈肯甘休，身形一掠又緊逼而上，個個目中冒火，口中吼道：「打死這老賊給何師弟報仇。」

勝千松勉力迎了一掌，對方掌力出奇強勁，他身形不由一個踉蹌。

倏地勝千松足下著地，長袖交相一拂而出，登時天空又是一片白煙。

驚呼聲中，勝千松鬚髯齊張，鼓口用勁吹了一口氣，足下一連三躍已逃出店外。

幾個少年已驚於摧心粉的威力，努力出掌，屏息掃開天空的粉末，他們再也想不到無緣無故有人竟會下這等毒手，加之這等毒粉傷人於無形，而且對方分明是早就串通一氣，確是防不勝防。

姓孔的少年扶起地上姓何的師弟，早已氣絕多時，這摧心粉毒力之強，確令人心寒。

幾個急躁的少年主張立刻放火燒店殺人，大鬧一番洩憤，好在有兩個稍長持重者力主此時主要以攻擊少林，務必要忍耐一時之憤。

但平白死去一個同伴，確實不能釋然於懷，眾人憤憤抑恨抱起同伴走回屋中。

才一啓屋，只見一塊鮮紅的布條被人用匕首深深釘在門檻上，布上字跡斑斑。

姓孔的少年伸手一扯，只見布條上寫著：「化外之民，狂不知恥，略示小技，以懲妄圖攻擊少林之舉，並寄語列位，中原之大，能人之輩非爾等所能料及！」

眾人益發怒恨，姓孔的少年拈起那柄匕首，「喀」地一折爲二，咬牙切齒說道：「大師兄，你還說要忍嗎？」

大師兄沉默不語，姓孔的怒道：「來人分明已明悉咱們攻擊少林之圖，咱們還等什麼？大師兄，你可是害怕？」

大師兄冷冷道：「孔師弟，依你之意如何？」

姓孔的少年怒道：「咱們不等大師伯，今夜就上少林殺個落花流水！」

大師兄冷然望了他一眼，環視了一周，沉聲說道：「依你，孔師弟。」

卅二　葉落歸根

幾個西域來的少年已下定決心當夜突襲少林寺，他們自出道以來，所向無敵，早已養成狂傲性情，哪肯一忍再忍，自信就憑幾人之力，必可擊破少林，殊不知少林領袖中原武林，不說老一輩高手，就是第二代高手，也都個個是一時之選，實力確是不弱。

他們幾人打定主意，突擊之後，放火毀寺，狂殺僧侶，爲死去的何師弟洩憤。

這日下午，數人均留在屋中養精蓄銳，店家早已領教過這幾個住客的本領，唯恐禍及自己，哪敢上門多說半句，只望這幾人快快離去。

這幾個少年中，大師兄乃是凌月國主門下，其餘均非凌月國主嫡傳，但受西域三奇人聯合指導，個個功力高強，但其中仍以大師兄爲群龍之首。

大約是申牌時分，眾人正欲出門用餐，突然有人輕輕叩門。

姓孔的少年冷笑一聲，低聲道：「大師兄，他們又來了。」

大師兄面色沉重地道：「孔師弟，你去開門，由我來應付。」

姓孔的少年名叫孔青，立刻會意，暗吸一口氣，緩緩上前，道：「誰？」

他手動口動，話才問出，右手一拉，木門呼地分開。

木門啓處，人影一掠而入，孔青心中一驚，不及分辨，左掌一封而出。

耳旁陡聞驚呼之聲，孔青只覺左掌一窒，大師兄右臂一格，沉聲道：「孔青，你看誰來了！」

孔青定目一看，驚呼道：「大師伯，是你！」

只見一個老人當門而立，雙目之中神光暴射，不怒而威，正是凌月國主的師兄金南道。

孔青歡聲道：「大師伯您來得正好，咱們等了好幾天了！」

金南道哼了一聲道：「孔青，你掌法好凶狠！」

孔青面上一紅道：「弟子以爲又是對方施展詭計。」

金南道訝然問道：「對方？什麼對方？」

孔青咬牙怒道：「大約是少林僧人。」

金南道驚疑道：「什麼？少林寺已知我們企圖？」

孔青道：「弟子們也不明知，但方才——」

他說著將經過情形告訴西天劍神金南道。

金南道聽後面上神色陰晴不定，沉吟不語，望望死在地上的何師弟，好一會才道：「少林已得知消息，這倒出我意料之外。」

大師兄方平接口說道：「我們也是如此想，準備乾脆明面攻擊——」

金南道冷笑道：「不行。」

方平噢了一聲。金南道又道：「我這幾日辦了一件大事，現在我們已和天座三星中天禽溫萬里約定聯手了！」

所有的人都驚問道：「他也上少林攻襲？」

金南道點頭道：「有他相助，我們是必勝的了。」

方平點頭道：「少林寺中雖已有備，我們必能勢如破竹，一舉得勝，師伯，我們什麼時候
——」

金南道冷冷說道：「今日午夜在少林山邊會合，到時候我們分派一下，分幾路同時攻上山去，少林一毀，中原武林必然大亂，那時就是我們的天下了！」

眾少年一齊道：「我們多殺幾個僧人為何師弟報仇！」

月亮悄悄地升了上來。

這時，準備著進攻少林的人已經會齊了。

那真是一個空前的陣容，其中包括著幫忙怪鳥客屠殺武林的郭廷君師兄弟，西域來的西天劍神金南道，更令人震驚的是，還包括著天座三星中的天禽溫萬里，看來這個突襲是志在必得了。

天魁天禽與西域武林是正式聯手了！

如果說這其中還缺了什麼人，那只缺了怪鳥客和天魁了——這是後來另一件大事的關鍵。

所有的人都悄悄地立在山下的草原上，西域來的漢子又全部換上了他們的異服奇裝，西天劍神金南道「嚓」的一聲抽出了長劍，他伸指在劍身輕彈了一下，發出「叮」然之聲，他低聲笑道：「溫兄，你是武學大宗師了，且評評老夫之劍如何？」

天禽溫萬里淡淡地笑道：「金兄的劍道舉世罕匹，便是破銅爛鐵到了金兄的手上，豈不也成了斷金利器？」

金南道乾笑了一聲，但是他的心中卻浮起崑崙山上與地煞董無公較勁，寶劍凌空而折的情形，於是笑得更尷尬了。

溫萬里看了看天色，向金南道打了一個眼色，然後道：「我們可以出動了！」

於是一行人如騰空而起，飛快地向少林寺奔去。

而這時候，少林寺的腳下林子中有一個人如輕風飄絮一般飄然而至，那種輕靈迅速端的已達驚世駭俗的地步，淡淡的月光下，可以看出這人頭束道髻，仙風道骨，正是那時常來往少林寺的「齊道友」哩。

世上的事經常是變幻得令人無法捉摸，又有誰會相信這個一襲道裝的「齊道友」就是當今世上數一數二的大高手天劍董無奇？

他喃喃地道：「離開少林又有好些日子，不死和尚今夜坐關將滿，我這貪夜悄悄上去，也許又會給他帶來突然的驚喜哩。」

忽然他停下了身形，從樹林中窺探出去，那黑夜中想要偷襲少林的一大群，正悄悄地向上奔著，雖然他發覺那大群人中個個都似有一身上乘功夫，但他卻並未放在心上，直到他看到那最後的一個——他不禁大驚失色了！

他喃喃地道：「天禽！怎麼天禽又來了？這一下少林寺要完了——」

他飛快地在腦中打了幾個轉，他知道少林寺今夜所處的危險，因爲他知道天禽溫萬里的厲害，那是不能以常理相度的——

「除非——除非我出去絆住他，不讓他有出手的機會，少林寺還有一點希望。」

他靜靜地立在那裡等待，想了一想，忽然伸手摘下一樹葉來。

那一大群人疾馳而至了，一個個地過去，直到最後一個時，「齊道友」忽然猛一揚手，一片樹葉竟如硬弓射出的疾矢一般，發出嗚嗚的怪嘯聲，飛快地射向最後的一人——天禽！

天禽溫萬里是何等功夫，他身形不停，忽地一指凌空彈出，一縷勁風好比有形之物，正好打在那疾飛而來的樹葉上，那樹葉「啪」地一聲，忽然凌空自碎。

溫萬里喝道：「這林子裡還有暗卡哩，待老夫先掃了再上來，你們先上罷——金兄，請傳令貴弟子，聽到老朽的哨聲，立刻就撤兵退走！」

他真不愧爲當今世上輕功第一的奇人，只見他一面說著話，卻是忽然地身形一變，有如閃電般地直射入了林子。

齊道人低喝道：「姓溫的，你這是什麼意思？」

天禽大吃了一驚，怎麼對方知道他是誰？他喝問道：「你是誰？」

齊道人冷笑道：「爲什麼你老是要幹些偷襲的勾當？」

天禽猛發一掌，轟然一震，卻沒有震到對方，他吃了一驚，藉著月光定目一看，頓時大叫道：「董無奇，又是你！」

齊道人嘲笑道：「其實我一年中也不過在少林寺住兩三個月，怎麼老是碰上你！」

天禽萬萬料不到又碰上了董無奇，他預感到事情有些不妙了，至少他今夜是無法脫身的了，但是他不相信憑了金南道他們會攻不下少林，於是他冷冷地道：「董無奇，你待要怎麼樣！」

齊道人長笑道：「咱們先鬥他一千大招罷！」

其他的人漸漸接近了少林寺。

少林寺仍然靜靜地矗立著，從表面上看去，那與平日一樣的穆然，一點也看不出戰爭的氣勢。

西天劍神伸了伸手，他向四面望了一望，然後低聲道：「左面的尖殿後面是藏經閣，由我直攻進去，右面的小殿卻是少林祖師靈骨供地，咱們要選一個高手去大鬧一場，其餘的從正中大殿——」

說到這裡，他停了一停，然後道：「既然溫兄在山下掃除暗卡，咱們不等他了，就立刻動手吧！只是——」

他想了一想道：「只是那右邊的小殿必須一位能應大戰的去，那邊可能布有少林老輩高手，咱們能拖住一個就拖一個，讓中間的大舉進攻可以一舉得手！」

說到這裡，他把目光投落在郭廷君身旁的大漢身上，這大漢正是郭廷君和怪鳥客羅之林呼之爲「大哥」的高手，那次在黑楓林中代怪鳥客迎襲瞽目神睛唐君棣，唐君棣險些送掉老命，後來華山哈文泰與紅花劍客熊競飛趕到，他和郭廷君曾二鬥三地大戰了一場。

金南道望著他道：「何世兄，我瞧就是你去攻那右邊小殿可好？何世兄是天魁世上唯一的傳人，想來是游刃有餘的了！」

那大漢叫何頓之，他行了一禮道：「金前輩有命，何某不敢辭。」

金南道喝聲道：「咱們動手！」

這裡沒有一個不是高手，如閃電一般地分成了三批，左右中各自向前奔去。

金南道是個中原武林僅聞其名而未睹其顏的西域大高手，他的劍術另走別徑，已經到達融會貫通的地步，在當今世上，很難找出第二個這等劍家了。

他飄然地躍上了左面的尖殿，只見黑暗中一個人影也沒有，他以為這等偷襲必然是一舉可成了！

於是他大膽地推開了殿門，大步跨入——

殿內一片漆黑，金身的佛像反射出不亮的微光，顯得殿裡充滿著神秘。金南道一個箭步到了佛像的前面，這時，整個少林寺依然是靜得出奇。

他正要移動腳步，忽然一個蒼老的聲音：「阿彌陀佛！」

金南道吃了一驚，他猛一個翻身，只見一個老和尚靜靜地站在他身後，他伸手摸到劍柄上，冷冷地望著老和尚，一言不發。

老和尚合十道：「施主夤夜至此，不告而入，敢問有何貴幹？」

金南道冷冷地道：「來殺死全部少林和尚！」

老和尚抖了抖大袖袍，冷笑著道：「西域貴客，敢問貴姓？」

金南道聽他說「西域」，心知對方已經知道了這次偷襲。

他不想拖延時間，「嚓」地一聲拔出了長劍，淡然地道：「敝人姓金，賤字南道。」

老和尚顯然重重一震，他合十道：「原來是西天劍神，老衲慧空得見西方劍術泰斗，何幸如之！」

金南道一抖手中劍，低喝道：「老和尚，你知道了，咱們不必說廢話，你動手吧！」

慧空和尚凜然道：「凌月國主西天獨尊，中原武林一向尊而敬之，便是敝寺方丈不死大師對凌月國主也是佩服得緊，昔年藏經閣中一會，不死大師至今念起，總是歎爲當代奇人，只是——只是——」

金南道哼了一聲道：「只是怎樣？」

慧空道：「只是如今凌月國主若是中了別人之計，要想毀滅中原武林，從此獨尊天下，那就未免過於狂妄了。」

金南道冷笑著道：「狂妄便怎的？」

慧空和尚退了一步，他一字一字地道：「如此狂妄，必遭天譴！」

金南道怒喝道：「哪個與你多廢話，你接劍吧！」

他舉起手中的劍來，寒光霍然一閃。

慧空再退一步，在身邊的神案上一摸，手中已多了一條又粗又長的方便鏟，他輕輕一抖，鏟頭上兩個鋼環叮噹地一響！

於是，大戰展開——

這時候，右面那供奉少林祖師靈骨的小殿前，也展開了戰鬥——

何頓之與兩位少林慧字輩的大師幹了起來！

何頓之是天魁在這世上唯一的門人，他的功力猶在怪鳥客與郭廷君之上，這時他碰上了少林寺的兩位高僧，他竟然昂然不懼地施出渾身絕技，與兩位少林大師搶攻起來。

只見他招出如風，力道之雄厚令人不敢相信，兩位少林大師迫得一齊動手雙戰何頓之，何頓之在五十招內竟然攻多守少，直把兩位大師驚得說不出話來。

到了百招之上，戰局形成了膠滯狀態，何頓之的攻勢緩了下來，但是雙方出招都是愈來愈險——

在正中的大殿下，郭廷君和幾個異服少年未遇阻礙地長驅直入，直到了內殿前的廊形屋前，他們才發現了埋伏的少林僧——

一十八個少年弟子，這是少林寺的精英所在，羅漢陣埋伏在少林內堂前的大殿上。

西域來的高手加上曾在張家口露一手驚震武林的郭廷君，一口氣衝進了少林寺的外殿。

於是，中殿的羅漢陣也展開了——

十八個少林和尚如一整體，羅漢陣發揮了驚人的威力，那幾個異服漢子以攻搶攻，打得顧盼生姿，精彩之極，只有那郭廷君卻是只守不攻，圍著羅漢陣不斷地巡迴。

羅漢陣一套接一套地推展下去，那些異服漢子雖然個個功力駭人，遠在少林弟子之上，但是他們的攻勢卻是有如落入茫茫大洋，渺然不知蹤跡。

郭廷君仍然穩穩地守著，於是時間在這僵持狀態的血戰中飛快地過去。

少林的弟子們只抱著一個信念——只要挨到天亮，天亮就有救了！因為他們的掌門方丈在天亮的時辰要期滿出關，那時，大事就有轉機了。

羅漢陣法愈到後面愈是厲害，等到全部完了一遍再從頭開始時，那攻擊的力量奇怪地就增加了一倍，這就是這少林瑰寶的偉大之處，只要全部陣勢重複三遍，那時只怕已是天下無人能敵的了。

異服漢子雖然不竭不衰地發動了那麼多的攻勢，但是他們發覺是浪費去了，他們也開始轉攻爲守，伺機而擊。

羅漢陣推進到了第十五陣，再下面便是十八羅漢的精銳所在了，然而就在這時，完整無隙的羅漢陣露了破綻——

爲首的天尊金剛在銜接之間緩了一分，郭廷君大喝一聲：「攻！」

他搶先一掌揮出，只聽見空氣中發出爆炸般的聲音，郭廷君已經搶到了先機，他雙掌飛動如電，一霎時之間，幾乎遍攻了十八個方位！

異服漢子也全都是罕見的高手，他們聯手下的攻勢真如巨濤驟然湧至一般，藉著郭廷君奪得上風的那一剎那，相輔地猛發而出！

郭廷君的一身內功奇佳，他的功力不在名震武林的怪鳥客之下，那日在張家口上，他曾與武當掌教周石靈較了一掌，他那狂飆的銳氣，曾令周石靈險些發不出掌來。他這時全力猛攻之下，羅漢陣只是小小的一個破綻，便再也收不攏來！

論單個的功力，西域來的異服漢子與郭廷君都遠在少林弟子之上，這時陣法的威力一減，雙方此長彼消，霎時就形勢大變！

就在這時，一條人影如大鷹一般飛了下來，他面上蒙著布巾，當空遙發神拳，加入了少林弟子的陣容，這正是醉裡神拳穆中原了！

郭廷君當機立斷，全然不顧守勢地連攻了五十把，硬生生地把羅漢陣攻擊潰散了。少林寺威鎮武林的羅漢陣終於在對方雷霆萬鈞威勢下被攻垮了。

第一個衝到內堂門口的是一個奇裝漢子，穆中原此時蒙了面，沒有人識得穆中原，但是穆中原卻識得那惹眼的奇裝異服，他一個箭步衝到內堂的門口，他眼前又浮起了長安血戰之夜的情景，他大喝一聲，身形有如脫弦之箭一般後起而先至，舉掌便是一記少林神拳劈空打了下去

——

那奇裝漢子伸掌一架，穆中原是暗含了滿腹辛酸悲憤而發，掌勁有如鐵石巨斧，那漢子接了一掌，退了一步，穆中原一言不說，落下來又是一掌。

那漢子功力雖深，然而穆中原每一掌都是含忿而發，他對少林神拳是天生的適合，再加上幾年來武林血鬥的歷練，已到達百步神拳的地步了，那漢子接了三招，倒退了三步，終於從內堂門退了出來。穆中原看都不看，拳腳一起，連攻三敵，那三人竟然都被阻在門外。

若論個別單打相對，這三個人的功力都不在穆中原之下，但是穆中原此時竟然以一敵三。

那邊少林寺的弟子雖然亂了陣法，但是依然各自奮力死戰，但是敵人個個都是罕見的高手，少林弟子一失了羅漢陣的威力，處處便顯得差多了。

這時，少林慧字輩的幾位老禪師仍然沒有一個趕到接應，可見他們在外角必然也是遇到了強敵。穆中原仰首望天，月方中天，距離月落天明不死禪師坐關滿期之時還有大半夜，真不知

如何才撐得下去。

穆中原只覺臂上壓力愈來愈重，好在他年紀雖輕，卻是身經百戰，對於以寡敵眾的苦戰極有心得，只是穩穩地一掌一掌守下去。

這幾乎是不可能的奇蹟，穆中原一人雙拳力敵了至少三倍於他力量的敵方攻擊，但是那卻是事實，他的招式狠辣之處，早已萬萬超過了少林寺出家人的拳腳風範，但是不可否認的，他的一招一式卻全是少林寺的嫡傳！

時間慢慢地磨過去，仍然沒有好轉的變化。終於，守在內堂門口的穆中原肩上中了一掌，他悶哼了一聲，身形向後一仰——

那三個攻擊者幾乎齊聲喝道：「蒙面禿驢，看你還撐下去！」

穆中原左臂休息，右臂一連發出三拳，每一拳都像是霹靂驟至，那三人竟是同時略退——

於是穆中原長吸了一口真氣，重新以雙掌布下百分之百的守勢拳招，完全以守來換取時間。

那邊慘叫聲起，有一名少林寺的年輕和尚被擊中了一掌而倒在地上，其他的那些和尚雖是平時每日練武，但是最多也不過是師徒或是師兄弟之間餵招練式而已，這等你死我活的拚鬥究竟經驗太少，這時有人倒地，又是一陣心慌，心慌的結果又為敵人所乘，只是瞬眼之間，呼聲連起，又有數人受了傷。

穆中原揮拳一擋，情急之下忍不住怒吼起來：「掛了彩的老兄們不要哼氣成嗎？」

那邊一亂，穆中原這邊也同時進入了更慘烈的苦鬥——

只聽得「碰」地又一聲，穆中原的大腿上又中了一記，他一個踉蹌幾乎跌倒，那三人中一個掌力奇雄的漢子揮掌從正面蓋了下來。

穆中原捨了老命，他奮起神功硬迎而去，轟然一聲，那漢子竟被震得倒退三步，而穆中原卻差一點一跤跌坐地上。

穆中原知道最後的時候到了，再拖也拖不過去，他的頭髮已經全散，一半被汗水附在頭上頸上，一半被風吹得亂飛亂舞，身上的傷勢也開始發作，他驀然暴吼一聲，突然放棄了守勢，又開始了凌厲的攻勢。

「砰、砰、砰、砰」一陣亂震，穆中原身上又多了幾掌，他全仗著經驗豐富，把明明正挨的掌力化到損傷最輕的地步，但是他身上已經中了五六掌了，人，畢竟是血肉之軀！

穆中原長歎了一口氣，緩緩地垂下了雙手，站在一邊。

那三人一步步走了進來，穆中原如同鬥敗了的公雞，垂著雙目，看也不看三人。

然而就在第一個人的前腳跨過門邊的一剎那，穆中原陡然雙目怒睜，舉起右掌來便是一掌揮出——

轟然一聲，第一個人的身形一退，第二個敵人立刻補了上來，舉掌對著穆中原的胸前推來。

穆中原看都不看，揮掌就拚，於是一連又是三響，穆中原奮起神拳與每人各碰上了一掌，終於再難支撐，仰天便倒。

這時，內堂裡忽然出現了少林寺的主持方丈不死和尚——

穆中原倒下，正倒在不死和尙的懷中，不死和尙伸手揭開了穆中原臉上的蒙布，穆中原也微微睜開了眼——

映入穆中原眼中的是愈老愈年輕的雍容慈顏，他幾乎脫口呼出：「師父——」

但是他立刻想到自己已是被逐出去的弟子，還有什麼資格再喊這兩字？

不死和尙倒是一時沒有認出穆中原來，只因穆中原離開少林寺之時才只有十八歲，這幾年的出生入死，早已不是昔年在少林寺上的稚嫩模樣，老和尙盯著看了好半天方才驚呼道：「天若，是你嗎……」

天若，正是穆中原昔日的法名，他聽見這兩個又陌生又熟悉的字從不死和尙的口中叫了出來，他心中真有無限的喜慰，但是，立刻之間，不死和尙的臉色彷彿罩上了一層嚴霜，他改用另一種威嚴的聲調道：「穆中原，你膽敢又跑回少林來！」

穆中原心中一急，一口鮮血湧了上來，哇地一口全吐在不死和尙的大袈裟上。

不死和尙對於這個因酗酒而被趕出少林寺的畢生得意弟子，在內心中是喜愛無比的，即使在穆中原被趕出少林寺數年之後，他依然懷念不已，他乍見穆中原的一霎時便是他真情流露之時，繼而換了嚴厲的口吻相向，完全是因爲他想起了自己乃是少林寺的掌門人！

這時穆中原的鮮血噴在他的衣袍上，他心中一痛，再也忍不住，連忙伸手按在穆中原的胸前，要以本身內力相助——

然而他伸手一摸之下，使他的神氣爲之大變，因爲他發覺穆中原血道逆轉，氣息微弱，已經差不多要完了。

不死和尚不由得從心底裡直痛出來，他緩緩把穆中原放在地上，一字一字地道：「列位施主是從西方而來？」

他畢竟是一派宗師，在這等時候，口頭依然不失風度，只是他的聲調之中卻透出一股股的寒意，令人聽了感到有如冷雪驟臨。

那一大片生龍活虎的決鬥，竟似被他這一句話止住了，少林寺的弟子們見到方丈大師出現，忍不住一個個露出了如釋重負的微笑。

不死和尚嚴肅地道：「佛門聖地是爾等所侵佔的嗎？老衲有一言忠告，狼子野心，必無善終！」

郭廷君冷冷笑道：「你就是不死和尚嗎？」

不死和尚望了一眼，心中暗想只這幾個人年紀輕輕的，竟把少林寺的羅漢陣給破了，他也不禁暗暗震驚，郭廷君的狂態並沒有把這高深莫測的少林方丈激怒，他只淡然答道：「一點不錯。」

郭廷君大笑道：「咱們今日……」

他話才說到這裡，忽然一聲尖銳無比的哨聲沖霄而起，郭廷君等人猛然一停，忽然一言不發，轉身就跑了出去，一霎時就跑得不見蹤影。

羅漢陣中剩下的幾個少林弟子，便要上前追趕，不死和尚搖了搖手，他走過去輕輕抱起了躺在地上的穆中原，穆中原雙目緊閉，面如金紙，他氣若游絲地道：「那些傢伙都逃走了嗎？」

不死和尚道：「是的，都逃走了。」

穆中原呻吟道：「我……我死了後……請告訴我藍大哥……說蕭五哥被人殺死在長安城外……長安城外……」

不死和尚道：「你不要胡思亂想，亂說話。」

穆中原喃喃地道：「不……不，我自己知道得很是清楚……我……就要完蛋了……」

不死和尚不禁流下淚來，他對穆中原道：「你不要放棄，護住中樞的真氣不要散掉——」

穆中原睜開眼來，他望著不死和尚道：「方……方丈，我……我不是故意要……回來的……」

不死和尚只覺心一酸，他低聲道：「天若，你千萬要振作一下——」

穆中原陡然精神一凜，他雙目中在霎那之間重又散射出動人的光芒，他艱澀地道：「什麼……您叫我……什麼？……」

不死和尚喚道：「唉——天若……天若……」

穆中原只覺精神大大一振，他掙扎著叫道：「師父……師父，您是原諒弟子了？」

不死和尚道：「天若，你重歸少林寺門下吧！」

穆中原蒼白的臉上一下子湧上了鮮艷的紅雲，他的神色又像是興奮極了，又像是失去了知覺，過了一會，他才輕輕地道：「師父，我……我已是丐幫的人了……」

不死和尚道：「丐幫也不會辱沒了我少林的弟子。」

穆中原道：「師父……我……我喝酒的習慣改不掉……我仍要在外面，行遍江湖……」

不死和尙安慰地道：「你只管喝，只要別在寺裡喝就成啦，做少林寺的弟子也不一定要守在廟裡……」

穆中原歎道：「那我就放心了。」

不死和尙見他氣息雖弱，血氣卻是漸平，他猛一伸手，疾如流星地點了穆中原胸前五穴。

他喃喃地道：「阿彌陀佛，老衲得要以易筋神功親自來療理天若的重傷了。」

他把穆中原交給兩個少林弟子，吩咐道：「小心把你天若師兄抬到老衲的禪堂中去。」

這時，前面門響，慧空老僧匆匆走了進來，他一見了不死和尙，不禁以手加額道：「師兄，你出來啦？」

不死和尙道：「前面情形如何？」

慧空和尙歎道：「他們哨聲一起，忽然全部退啦！慧空在那西天劍神金南道一百零八路快劍下，險些一命歸西——」

「西天劍神？」

慧空和尙道：「不錯，正是那西域來的西天劍神金南道，他那劍術委實太好了，真是我畢生所僅見……」

不死和尙皺了皺眉頭道：「方才兩個年紀輕輕的好手，看那身形，分明是天魁天禽的門人，這麼說來，豈非天魁天禽與西域的凌月國主聯上了手？」

慧空和尙道：「我與少林慧字輩的三位師弟在外堂與左右大殿守護，那西天劍神還有幾個高手個個厲害無比，咱們就沒有一個人能脫得了身，那西天劍神的一手好劍真是上乘到了極點，我切切擔心的便是內堂防線的羅漢陣……」

不死和尚道：「羅漢陣已被破了，若不是天若及時趕到——」

慧空霍然一驚，叫道：「天若？……師兄是說穆……中原？」

不死和尚點頭道：「可憐他身受重傷，已是奄奄一息，內傷總有五六處之多——」

慧空和尚以手拍額，恍然叫道：「是了是了，那投書示警免我少林寺毀於偷襲的也必是天若了……」

不死和尚望著堂前少林弟子傷殘遍地的情景，不禁暗暗歎道：「少林寺又一次危險環生地度過一劫了。」

這時，外面忽然靜靜地走來一個人——

不死和尚和慧空禪師一齊呼道：「啊！齊道友，是你來了！」

齊道友瀟灑地微笑道：「看來今夜寺裡似乎是大有變故呢——」

慧空道：「若是齊道友早到一日，咱們就不必擔憂啦。」

齊道友裝得似乎真不知道這一切的模樣，他表現得像是極爲詫異地道：「這話怎講？」

慧空道：「說來話長，天魁天禽聯合了西域的凌月國主……」

……

就在少林寺突遭圍攻的時候，在北方的武林忽然傳出了一樁大事——

大河南北的武林道熱烈地傳說著：新近在武林中造成腥風血雨的怪鳥客，要在蘭州城裡與一個名叫董其心的少年決鬥。

怪鳥客是一年來才出現武林的名字，但是他的份量幾乎已經可與十多年前的「大魔頭」地煞董無公先後輝映了。人們熱烈地談論著怪鳥客的凶殘血腥記錄，猜測著怪鳥客邀約董其心的用意，也相互打聽著這叫做董其心的人究竟是何許人，甚至在為「董其心敢不敢赴約」的事打著賭，而董其心自己呢？此時卻仍在洛陽城睡著他的大覺。

然而，這消息畢竟傳到洛陽城了——

早晨的陽光溫柔地射進了木窗，其心施施然從床上坐了起來，他把窗子推得更開一些，窗外一片光明晨景好不美麗。

其心把被子踢開，輕輕躍下床來，他推開房門，門口已站了兩個人。

其心道：「白三俠，古四俠，早啊——」

白翎笑道：「日上三竿啦！」

其心道：「古四俠，你的傷勢痊癒了。」

鐵臂判官古箏鋒輕歎了一口氣道：「唉！為了我的傷，咱們在洛陽待了好幾天啦！長安那邊真不知怎麼……」

其心打斷他的話道：「古四俠，你何必自責，咱們這就立刻趕去想來也還不遲……」

白翎也道：「小兄弟你行李收拾可要咱們幫忙？」

其心哈哈笑道：「小弟雖是年紀不大，可是四海為家是習以為常的啦，哪裡還有什麼行李？」

他轉回身，把小布包一捆，提起來說道：「走啦！」

三人走到賬房，白翎一伸手，袋中只有幾錢小銀，他連忙對古老四打個眼色，古箏鋒往袋裡一摸，卻只摸出一個銅板，這兩人四海爲家，銀財根本放不在心上，有時身纏萬貫，有時卻真是一文不名，兩人不由相對瞪眼，大是尷尬。

其心伸手在袋中摸了摸，大銀還有一些，連忙笑道：「小弟這裡有——」

他付了賬，走將出來，白翎對古箏鋒自我解嘲地歎道：「唉！四弟，自從丐幫解散，咱們失去藍老大的照顧周濟以後，真是窮得可以了。」

其心哈哈笑道：「若不是急著趕路，也許洛陽城中哪個爲富不仁的土豪又要遭次殃啦！」

白、古二人齊聲大笑，他們已走到了城門。

城門邊上有個不大不小的酒食鋪兒，其心沒吃早飯，他估量白、古二人多半也還沒有吃過，他停下身來道：「咱們買些乾糧路上慢慢吃，這店裡的大餅可真香。」

他們停下身來買餅，就在這時，背後馬蹄聲起，有兩個趕長路的江湖人物下馬走入店來。

那兩人滿面風塵僕僕的模樣，似是趕了一大段長路，左面的一個滿面毛鬍子，要了一壺酒，大喝了一口道：「老王呀！我真想不通那怪鳥客究竟是什麼心思？」

其心一聽到「怪鳥客」三個字，不由暗暗一驚，他向白、古二人打個眼色，繼續聽下去。

那被叫做老王的矮子道：「不錯，這真叫人猜不透，我從來沒有聽說過武林裡有姓董的這麼一個人。」

其心一聽「姓董的」不由更是留神，只見那滿面鬍子的傢伙道：「是呀！憑怪鳥客那身神出鬼沒的功夫，怎會鄭重其事地對沒沒無名的董其心挑戰？這真是怪事。」

董其心不禁驚得險些將手上的一包大餅掉落地上，怎麼這個人會提到「董其心」？莫非是聲音相近，自己聽錯了？

只聽得那叫作老王的道：「所以我老王說這其中必有什麼邪門的蹊蹺啦！那董其心難道真會去赴約嗎？」

這一回其心可是聽得真真切切了，他再也忍不住地走上前向那老王搭訕道：「老兄說什麼董其心？」

那「老王」打量了其心兩眼，先反問道：「閣下尊名貴姓？」

其心信口答道：「小弟姓李名七，在帆揚鏢局裡當一名趟子手，適才聽兩位談論的新聞十分熱鬧，忍不住插口一句，尚請二位包涵則個。」

其心是愈變愈機警的了，他毫不考慮地信口開河，說得有板有眼，而且極對那兩個江湖漢子的胃口，只見那老王站起來瞇著眼道：「啊！原來是李家兄弟，久仰久仰，貴鏢局是金字招牌呀……啊！對了，貴局裡有位馬鏢頭馬四郎與在下是老朋友，李兄想必知道了……」

其心心中暗笑，表面上卻裝得一副四海相，哈哈笑道：「請坐請坐，大家都是自己人。」

那老王道：「兄弟姓王，這位大哥姓龍。」

其心抱拳道：「王大哥，龍大哥。」

那滿面鬍子的「龍大哥」忽然道：「貴鏢局行鏢遍天下，李兄怎會不知道怪鳥客蘭州挑戰的大事？」

其心裝得慚愧地道：「小弟只是在洛陽局裡應付應付，並非跑外務的鏢師……」

那兩人是老江湖了，以為問得其心不好意思了，連忙道：「哪裡哪裡，李兄留在總局裡招呼上下，可見得必是孫大鏢頭的得力親信了……」

其心覺得扯得差不多了，他拱拱手道：「方才二位談的什麼怪鳥客，可是真的？」

那老王喝了一口酒道：「怪鳥客在下個月望日約那董其心到蘭州決鬥，這事已經轟動整個北方武林了，怎麼不真？」

其心道：「其中究竟是怎麼一回事呢？」

那老王道：「詳細情形就不知道了，不過據我老王猜測呀！那姓董的人八成是個隱居了多年的異人啦！不然怎麼武林中沒有人聽說過有這麼一號人物！」

其心心中在盤算著，口中卻漫聲應道：「王大哥的見解真有見地，嗯，真有見地。」

那姓龍的道：「現在大家都在猜測那董其心究竟敢不敢去赴這個約。」

老王也道：「如果那董其心去蘭州赴約了，我倒希望他好好地把那怪鳥客打一頓，也替咱們武林正義出一口氣。」

其心聽到這一句話，不禁瞿然而驚了，他拱了拱手道：「小弟還有點事要辦，兩位多坐坐吧！」

他掏出一錠小銀丟在櫃台上道：「這兩位爺的賬我付啦！」

那兩人連忙站起來道：「這怎麼成？這怎麼成？」

其心笑道：「這點小意思，兩位何必客氣？再見，再見……」

他揮手走出小店，白翎和古箏鋒也跟著走了出來，那兩個江湖漢子在店裡挑起大拇指道：「人家帆揚鏢局究竟不凡，這麼一個小角色也是出手大派得緊哩。」

其心和白古二人走出了城門，其心道：「二位也聽見了，怪鳥客找到我頭上來啦！」

白翎皺了皺眉頭道：「董兄弟你意下如何？」

其心道：「不管如何，我是得往蘭州去一趟了。」

古箏鋒道：「如果真有這麼回事，小兄弟你好歹要把怪鳥客打垮。」

其心道：「我想怪鳥客約我必是有個詭計，他若是約那齊天心決鬥，還有幾分道理，他約我幹什麼呢？」

白翎道：「我也是這個想法。」

其心道：「明知他有詭計，我還是得往蘭州去一趟的。」

他想了一想道：「反正咱們先趕到長安去是不錯的。」

於是，三人向西而行。

長安到了。

他們三人到了長安城中，走遍了長安城也找不到一個丐幫的訊記，打聽了半天，什麼消息也打聽不出，但是有一點使他們放下了心，因爲長安城中並沒有什麼屠殺的事件發生。

古箏鋒吐了一口氣道：「沒有屠殺的事件發生，我就放心了。」

白翎卻是皺了皺眉，沉思道：「但是爲什麼蕭老五他們沒有留下任何信記呢？即使他們已經離開了長安，照咱們的習慣，他必會留下個記號的……」

其心道：「也許那個異服小子說他們有九個兄弟是騙咱們的。」

白翎點了點頭，但他仍然憂慮地道：「我總覺得奇怪……」

古箏鋒道：「三哥你也太多慮了，也許他們忘記留下記號啦——」

白翎道：「若說十弟忘了那還有點可能，但蕭五哥怎會忘了？」

這時他們已經走到城門邊上，其心道：「咱們到城郊去，走走瞧瞧。」

白翎點了點頭，他們三人走出城來，沿著那護城河一路緩步走著，這時天色已暮，北方日落得早，太陽已看不到，只見城牆的影子長長地睡在地上，天空瀰漫著一層霧一樣的暮靄，顯得分外地陰暗與淒涼。

這時，成群結隊的烏鴉向城內飛去，烏鴉多得好像要把天都遮起來，陡然給人帶來一種恐懼的感覺。

這時，白翎忽然叫道：「你們看，那是什麼？」

其心和古箏鋒一齊望過去，只見不遠處的草地上一個粗陋的新墳——

那墳前插著一塊石頭，石頭上刻著一行字，仔細看去，似是刻著：

「丐幫五俠蕭昆之墓」

其心和古箏鋒同時大叫一聲，一齊奔向前去，他們蹲下身來，看得清楚了，確確實實是這麼一行字，白翎也走了上來，霎時之間，白翎和古箏鋒好像失去了知覺，他們的手腳都變得冰冷，古箏鋒只迸出幾個字：「是十弟的字跡！」

他已是熱淚縱橫，正是所謂英雄有淚不輕彈，只緣未到傷心處，白翎和古箏鋒全是鐵錚錚的好漢，他們仗著一身神功半生是活在刀槍拚鬥之中，存的只是行俠仗義四個字，然而這些年來，自從姜老六被抓起，一連串的打擊接踵而來，甚至當年白三俠親口解散丐幫之時，他也不曾滴過一滴眼淚，然而這時驟見了共同出生入死數十年老夥伴的墳墓，他的憂忿似是一爆而出，淚流不止。

其心望著那石碑上一行愈刻愈弱的字，他不敢相信眼前這堆黃土中埋著的就是那寶刀不老的金弓神丐，小時候在河畔旁，金弓神丐跑來討水喝，贈珠定交的往事都回到了他的眼前，他情不自禁地伸手入懷，撫摸著那一顆觸手生溫的明珠，他的眼淚也不禁盈眶了。

這悲愴的氣氛也不知過了多久，他們三人都似忘了時間，只是呆呆地立在那荒郊孤塚前，白翎揮袖揩了揩淚水，低聲道：「十弟又到何處去了呢？」

古箏鋒切齒地道：「三哥，咱們再要碰上那些異服小子，若是不把老命拚上，咱們也不要做人了。」

白翎已恢復了鎭定，他道：「四弟，現在不是衝動的時候，咱們把目前行動的方針決定一下，這個血債總要好好算一算的！」

其心道：「蕭五爺即是由穆十俠收殮的，那麼穆十俠必然是平安無事，這是可以斷定的了！」

白翎點了點頭道：「十弟葬了五哥以後，多半是直接趕向開封去啦！」

其心道：「小弟也是這麼想——」

白翎道：「董兄弟你此去蘭州，咱們本應伴你同去，只是此時咱們方寸已亂，恨不得立刻趕到開封去——」

其心正色道：「白三俠，你如果把我董其心當作自己人，就請千萬不要這麼說，小弟一人赴蘭州足矣，二位還是趕快回中原吧！咱們就此別過。」

白翎想了一想，歎口氣道：「小兄弟你武功高絕，機智又復絕倫，只是江湖凶險絕非想像所能及，此一去千萬多自珍重。」

其心心中感動，他拱手深深一揖道：「小弟省得，二位請吧！」

古箏鋒道：「兄弟多珍重。」

他們兩人轉身走遠了，其心目送著兩個背影緩緩消失，這時天已全黑了。

卅三　甘蘭道上

其心為探明怪鳥客到底真相如何，他馬不停蹄地趕往西北去。

一路上漸行漸西，雖然已是仲夏，可是愈走天氣愈涼爽，一出潼關，舉目都是一片黃土，莽原千里，無邊所垠。

他快馬加鞭，不一日過了天水，已入甘肅境地，沿途村落愈是稀疏，往往走上半天，碰不到一個可以打尖之處，原野上倒是牛羊成群，夏天水草正肥，牧人們將牲口都趕了出來。

這日他走上赴蘭州的官道，離蘭州還有半日路程，忽見道上漸漸熱鬧起來，行人商旅，絡繹不絕，其心跑到中午，揀了一處乾淨的十里亭休息一會，他一路上趕路，多半是吃乾糧，這時叫了一碗麵、幾樣滷菜，吃得甚是暢快舒服。

忽然背後蹄聲大作，兩匹高大駿馬突然停下，揚起一大片灰塵，瀰漫空中，慢慢都落在其心菜碟之中，其心吃得也差不多了，他不願惹事，正想起身會賬離去，那馬上兩人已大步跨進酒肆之內。

那兩人生得豹頭環目，樣子極是魁梧，董其心不由打量了兩眼。那其中一個已急叫道：「掌櫃的，削麪，打酒，切三斤滷牛肉來，快！快！快！」

他神色極是急促，恨不得掌櫃多生幾雙手。其心瞧他那餓死鬼樣子，心中忍俊不住。

另一個漢子見將董其心的菜弄得全是灰塵，不由甚感歉意，他看了其心一眼，抱拳道：「在下兄弟兩人急於趕路，弄髒兄台菜餚，心實不安，兄台如果不棄，共飲一杯如何？」

他雖生得高大，可是說話斯文一派，其心對他生出好感，也拱手道：「小可已然吃飽，兩位自管請便。」

那大漢道：「四海之內皆是兄弟，兄台何必推辭？」

其心推辭道：「小可也實有事，兄台高誼，小可心領就是。」

這時掌櫃將酒麪及滷牛肉都端了上來，那大漢見其心堅辭，也便不再勉強，笑笑坐下大嚼。

董其心向兩人作別，上馬而行，走了不久，只見路上來往的都是江湖漢子縱馬疾馳，心中暗暗稱奇，心想只怕又是那幾個異服傢伙弄的玄虛。

他心中沉吟，馬行漸緩，後面一批批趕過他，他想不通這條路上爲什麼會有這許多江湖上人。正自琢磨，忽然背後啪的一聲，一人淩空揚鞭，聲音極是清脆，兩騎擦肩而過，那馬上的人正是酒肆中所見大漢，回頭向其心一笑道：「咱們城內再見。」

其心微微一笑，那兩騎已衝得老遠，他一夾馬腹，也飛奔前去，跑了一個時辰，蘭州城已遙遙在望。

他進了城，盤算與約期還早，先在蘭州城住下幾天再說，便匆匆找到一家客棧，將馬匹行李安置妥了。這時離晚飯時間尚早，其心閒著無事，便上街逛逛。

蘭州乃是西北重鎮，城牆築得極是堅固，董其心轉了城中心一周，買了幾個又紅又大的蘋果吃了，只覺甜脆無比，齒頰留芳，他心中忖道：「久聞蘭州是水果之都，看來名不虛傳。」他又買了兩大串南疆葡萄，真是顆顆透明，粒粒無核，吃到口中立刻化爲一泡甜漿，令人暑渴頓消。

董其心邊吃邊走，真像一個頑皮小童，他心中很是輕鬆，又回復到兒時那種情趣。

他走到華燈初上，這蘭州城到底遠遜中原繁華之地，入夜來街上冷冷清清，比起洛陽城笙歌處處，喧嘩比比，真有天壤之別。

董其心看看沒有什麼値得觀察之處，便信步走到店中，剛一回房，忽然聽到隔壁一個宏亮的嗓子道：「老子活了這大歲數，從來沒有受過這種窩囊氣，依老子性，一把火燒得精光。」

另外一個低沉的聲音道：「老二，你狗熊脾氣慢發成不成，那酒樓掌櫃的你可知他是誰？」

這兩人一口川音，董其心暗暗稱奇忖道：「四川的好漢也來了。」

忽然砰地一聲，顯然有人發脾氣拍桌子，那宏亮的嗓子叫道：「管他是誰，老子要碰他一碰。」

那低沉的聲音道：「老二，你這脾氣可發不得，如果你知道他是誰，你就不會發脾氣了，那掌櫃的是馬大俠手下四大天王之一。」

那宏亮的嗓子立刻驚叫道：「原來是馬大俠的手下，真是大水沖翻龍王廟，算我李猛有眼無珠。」

那低沉的聲音道：「所以我說老二你那毛草脾氣少亂發，如果剛才你和那掌櫃幹上了，不說取勝之機渺茫，傳說出去，人家只道我們松潘二怪是忘恩負義，翻臉無人，拆起馬大俠的台來了。」

那宏亮的嗓子唯唯諾諾，其心心中暗笑：「這人恩怨分明，倒是勇於認錯。」

他正想叫店伙送飯來吃，忽見走廊上腳步之聲大起，來了五六名大漢，直奔隔壁房間。

董其心好奇心起，也慢慢踱出房外，閃到小院暗處，只見那批大漢站在門外，過了一會，一個爲首漢子上前敲門。

那裡房門一開，裡面走出兩個矮小漢子，怒目打量眾人。

那聲音宏亮的矮漢道：「諸位有何見教？」

「閣下大鬧酒樓，摔碗掀桌的好不神氣，難道欺侮咱們蘭州城無人？」

另一矮漢忙道：「我在下這位把弟脾氣暴躁，兄弟初來貴地，還請諸位多多包涵，多多包涵。」

那敲門的漢子臉色漸霽。那聲音宏亮的矮漢叫道：「老大，別人挑樑子挑到咱哥子頭上來了，你還和他們賠啥禮？」

那被他稱爲老大的矮漢道：「老二稍安勿躁，這幾位英雄也是馬大俠手下。」

那聲音宏大的漢子果然氣餒道：「老大，我聽你的就是。」

眾人正在相持，突然一個中年漢子輕步走來，雙腳微動，已經走到了眾人之前。

董其心心道：「此人輕功非同小可，他舉步如行雲流水，只怕是那祁連派高手。」

那中年漢子一到，那後來的五六個大漢一齊肅手而立，退在兩邊，中年漢子拱手道：「不知是兩位俠駕蒞臨，小可真是失禮。」

那矮漢中老大也回禮道：「鐵掌櫃，昔年甘涼道上一見，匆匆又是十年，適才在寶號竟然想不起來，我們這個不成氣的老二，脾氣火爆，失禮之處，尚請多多包涵。」

那姓鐵的中年漢笑道：「一別十年，黑兄英風如昔，好生叫人欣慰。」

姓黑的矮漢道：「就是鐵兄也是英挺彌堅，大慰吾懷。」

姓鐵的中年漢子轉身一揮手道：「你們這幾個有眼無珠的東西，仗著幾手練把式的功夫，還想嚇唬人嗎？還不給我退下去，你們知道這兩位是誰？」

那姓黑的矮漢忙搖手道：「既然是一場誤會，鐵兄也不必深責，小弟多年不見鐵兄，適才回到店中，這才想起。」

姓鐵的中年漢子道：「這兩位乃是川內武林第一把交椅，松潘雙怪黑大當家和李二當家。」

那些漢子都大吃一驚，這松潘二怪，在川甘邊境，真是盛名如雷，威震武林。

松潘二怪老大道：「咱哥子倆聽說貴主人馬大俠發下英雄帖，大會西北武林，心想定是有要緊之事，這便趕來湊個數，替馬大俠跑個腿。」

姓鐵的中年漢子忙道：「兩位義薄雲天，在下先替敝主謝過，敝主這幾天忙著佈置，兩位先請屈駕迎賓館如何？」

松潘二怪老大笑道：「山野之人不識禮數，好在後日便是會期，到時再和馬大俠見面便是。」

那李老二一句話不說，只是陪著笑臉站在旁邊。姓鐵的中年漢子道：「後日午後，在城東吳家花園大廳開會，在下身有急事不便久留，就此告退。」

黑老大道：「鐵兄只管請便。」

姓鐵的中年人又向松潘二怪告了罪，飛步而去，神色甚是匆匆。那黑老大低聲道：「鐵大濱這十年來又精進不少，看他精氣內蘊，足下又穩又快，已得祁連武功真傳了。」

李老二只是點頭，兩人走進屋中，董其心閃了出來，他心中沉思不已，想不到自己千里迢迢趕到蘭州應戰，對手尚未見到，蘭州城內倒發生如此大事。

他慢慢走回室中，心中想道：「那姓鐵的武功已臻高手之列，可是還要替人跑腿，那姓馬的是誰？我後天倒要去見識一下。」

這時剛才上更時分，董其心吃完晚飯，明月初升，北方天空清朗，更顯得高不可及。其心望著月影，透窗進來，不由又想起遠赴崑崙的父親來。

父親心中充滿了隱密，可是吝嗇得一點也不告訴他，他一身武功都是父親所授，可是他卻沒見過父親施過一招半式。這幾年來，父親衰老得更是快，那外表已是龍鐘老態，這是身修上乘內功所不應有的現象，可是爲什麼呢？

父親被天下人戴上了個凶神惡煞的帽子，可是他卻從未辯護過，許多人至死還以爲父親是個嗜殺若狂的惡魔，這世上只有極少數人相信他是冤枉的，像藍大哥藍文侯，還有那白髮蒼蒼可親的武當道長周石靈。

他想到很多很多，莊人儀，莊玲，齊天心，青袍怪客，天劍令，這些人物和這些事物都從他眼前閃過，他努力思索，想將這些人和事物聯上關係，可是儘管他腦子細密，思想深沉，卻一點也想不通其中真相。

他頹然歎口氣道：「唉，我對爹爹的事實在知道得太少了，這邊事情一完，我一定要去尋爹爹去，我一定要問個明白。」

他轉念又想道：「如說莊人儀冒我爹爹之名到處爲惡，我親眼見他莊上有製成的爹爹的面具，此事原本不假，可是莊人儀那人本事雖是不錯，到底不能稱爲絕代高手，頂多和熊競飛他們一流，如說不是他，那他爲什麼要製爹爹面具？」

「還有那姓秦的蒙面漢子，我總隱隱約約覺得他身懷絕大秘密，只可惜沒能追到他一問。」

他想著想著，也不知過了多久，忽聞遠遠更聲三鼓，他知時間還早，便又想道：「那齊天心和青袍怪客又是什麼關係呢？那青袍怪客出手除去南海豹人，那身功夫真是駭人，已達到非人所能想像的地步，我就是功夫再高一倍，也不敢和他交手。」

他不斷沉思，以他天資之佳，任何蛛絲馬跡他都不會放過，然而這事卻是千頭萬緒，不知從何下手。

他很久沒有如此靜靜想過，忽然前院吵雜之聲大起，打斷他的思路，他作了一個結論：「總而言之，爹爹是身負奇冤，有人藉著地煞的名義，在外胡作非爲。」

這是最簡單的想法，也是最直覺的，其心最開始便有這個想法，最後還是如此，他此時對父親信心大增，在不久以前，當他聽唐瞎子說到「地煞董無公」時，那種悲憤恨不得食其肉而後已的神色，實在令他心寒膽慄。

其心推開門，只聽見外面吵鬧之聲愈是激烈，他走到前店，只見一個少年公子，正在大發脾氣，用腳不停地踢著櫃台。

那掌櫃的不斷說好話，那少年只是不理，董其心待要上前去勸，那掌櫃看見來了客人，連忙便要上來評理。

掌櫃向其心道：「小店這幾天客人太多，上房只剩下兩三間，這個客人非要包下一個獨院，小老頭告訴他每個院中都住了客人，他卻叫小老頭把已住下的客人趕走，他願意賠兩倍銀子，不說現在已是半夜三更，咱們做生意的總有個先有個後……」

他不斷向其心訴苦，那少年大為憤怒，只是用力踢著櫃台，聲音震天，那掌櫃話聲被蔽，再也說不下去。

其心不由向那少年打量一眼，只見那少年生得俊秀已極，是個少見美男子，他北行路上見的都是又粗又壯的大漢，此時見到這等清秀書生，不由產生幾分好感。

其心上前拱拱手正待勸說，那少年似乎對踢桌子頗感興趣，不斷地踢得震天響，聲音傳得老遠，正眼也不瞧其心一眼。

其心見那少年背後背著一個長形包袱，分明是件兵器，那櫃台是胡桃硬木所製，端的硬逾老石，其心眼睛一掃，只見那木櫃台已被那少年踢破一個小洞。

其心暗忖道：「這人年紀輕輕，武功倒有根基，一定是名門弟子，一出道被人你捧我拍，便驕傲上了天，瞧他這般不講理，難道是他師父教的不成？」

那少年道：「怎麼樣，老頭子，如果你再不依了本少爺，惹得少爺性起，一把野火將你這黑店燒得精光。」

他眉毛一揚，挺直鼻子往上直聳，一臉唬人的樣子。其心見他裝腔作勢，樣子很是活潑頑皮，心中不由一樂。

那掌櫃的道：「清平世界自有王法，客倌你可不能蠻不講理。」

那少年嚷道：「你要跟少爺打官司，告訴你，你這官司就是打到皇帝跟前也是枉然，你是輸定了。」

他邊說邊踢，那掌櫃從來還沒有見過這等不講理的人，只氣得吹鬍倒鬚，卻是拿他無可奈何。

那少年道：「本少爺這就去尋火種去。」

忽然背後一個冷冷的聲音道：「且慢。」

那少年愛理不理，依然踢櫃子，其心一看，原來正是松潘二怪中老二李猛，臉色甚是不善。

李猛道：「這位小哥子敢情是精神太好了，你進店來吵到現在，格老子到底幹啥子事。」

那少年冷冷道：「朋友你少管閒事，安安靜靜去做你的春秋大夢去。」

李猛大爲發火，他破口罵道：「格老子的，你這龜兒子是人不是，怎麼沒有一點人味，老子走了一天路，好容易才睡下，龜兒子卻大吵胡鬧，好像你家裡死了人。」

他嗓子原寬，這時再加上那少年踢櫃之聲，真是鬧得不可交加。那少年眉毛連揚，一臉不屑的樣子，李猛看到這樣子，心中更是有氣，他冷冷道：「哪個沒有教養的，養出這種人。」

他話一說完，那少年勃然大怒，轉過身子便去放對。李猛淡淡道：「格老子的要打架嗎？偏偏老子手心癢，龜兒子的走啦！」

那少年道：「狗嘴裡就是長不出象牙來，走就走，少爺難道怕了你不成？」

他大步往外便走，其心連勸都不及，兩人已在院中幹了起來。

那少年雖是年輕驕狂，功夫上倒有真才實學，兩人招來招去，漸漸打得極是激烈。其心只覺那少年招式很是熟悉，好像在何處見過，一時之間只是想不起來。松潘二怪老二李猛，綽號「三拳震天下」，他爲人雖是魯莽。但拳腳卻不絲毫含糊，當年他就以雙拳與威鎭西南七省的大豪薄一虎大戰，打了一日兩夜，最後施出看家功夫「無敵神拳」，只兩拳便將薄一虎打得口噴鮮血而亡，從此松潘二怪名氣大盛，那老大小諸葛黑通天，心機巧妙無比，行起事來，處處佔人先機，鬥智不鬥力，雖然從來沒有人見他露過功夫，可是名氣之盛，猶在「三拳震天下」李猛之上。

李猛兩人愈打愈是打出真火，李猛大喝一聲拳勢一變，招招勢大，有如巨斧開山，那少年不敢硬碰，只是施展小巧功夫閃躲，其心見他雖在閃退之中，猶是有條有理，絲毫不亂，自成一種瀟灑之氣，心知這少年並非真個落敗。

李猛久戰不下，他乃是大有名頭的人，心中大是惱怒，其實他和這少年並無深仇大恨，只是氣他不講理擾人清眠，這才出手教訓，此時騎虎難下，如果被人傳說出去，川中頂尖兒好漢，竟然戰不下一個乳臭未乾毛頭小子，這張老臉何處放去？當下不假思索，拳路又是一變，一招一式緩緩發出。

其心暗忖道：「此人已得破王拳之真髓，看來只怕是峨嵋派僅存幾個高手之一。」

那少年見他施出內家功夫，他臉色一變，身子一轉，身形如蝶戲群花，圍著對方亂轉，其心驀然一驚忖道：「好一套雙飛燕，這人難道是漠南金沙門九音神尼一派？」

那李猛視若無睹，只是一拳拳發出，他出招極是沉重，暗暗蘊藏內家小天星真力，風聲呼呼，將那少年衣帶吹得亂飛。其心見兩人戰到此處，已到不傷不休的地步。

那李猛每發一掌便上前半步，待他打出第七掌，身形已經逼近那少年，他猛吸一口真氣，雙拳緩緩平擊，其心只聽見風聲呼呼，還夾著輕輕的鬱雷之聲，他知這是破玉神拳的絕著「霸王敬酒」，此人雖是身子矮小，可是施展出來，威猛之勢有若雷公臨凡，像一座鐵塔一樣，端端立在地上。

其心對那少年頗不討厭，他心中盤算已定，如果那少年臨了絕境，自己一定出手相救。

那李猛雙拳愈來愈慢，這是他威鎮川康的三拳中第一式，很少有人能夠擋住。

那少年忽然身形一滯，他嘴角連連冷笑，身子竟然直迎上來，其心心知要糟，他正待上前解救，忽然一聲大喝道：「老二不可傷人。」

那李猛一怔，拳勢慢了幾分，那少年見四周激起一陣輕輕風雷之聲，這才知厲害，他原意自己功力不弱，硬拚一掌，給對方一點顏色瞧瞧，此時覺得情勢不對，想要閃躲已是不及。

正在這千鈞一髮當地，董其心力貫雙臂作勢欲出，那一聲大喝，李猛招式一滯，那少年眼快手快，迅速往前一逼，兩拳兩掌相接，相持不下。

那李猛這招「霸王敬酒」如果勢力出盡，端的可摧金石，但雙掌每推出一寸，力道便加了一成，如果雙臂推直，威力便到極度，他招勢才出一半，便被老大黑通天一喝，雙臂還是半彎，對方看準形式，逼了過來，是以只發揮了三成功力。

其心心中一放忖道：「這少年定是名家高手，他年紀輕輕能夠臨危不亂，從下風扳成平手，真是很不容易，九音神尼上次被丐幫趕出漠南，難不成到了這西北之地？」

他轉念又想道：「漠南神尼一脈，怎會傳授男弟子？」

他心中不解，此時兩拳兩掌相持空中，其心抬頭一瞧，只見兩人奮起內力，正在性命相拚。

「三拳震天下」李猛，身形甚是矮小，可是天生就一雙大手，比起常人手指長了好幾分，這時他一雙鐵掌又大又黑，托著那少年一雙雪白細嫩的小手，更顯得分明，那少年膚色瑩瑩發光，真若白璧美玉。

兩人相持一刻，額角微微見汗，那少年俊臉紅暈已起，顯得後勁不濟，吃力不住。

他們這一番又打又鬧，早驚動了全店住客，都紛紛出來觀看，那松潘二怪中老大黑通天，臉上神色不動，其實心內極是緊張，他知兩人內力相拚，除非一方力盡而倒，不然誰先鬆勁，一定被對方內力震傷。

他見把弟滿佔上風，不由心中略放，但他為人沉著，對那少年也無惡感，並不希望傷了那少年，但自忖又無力上前解開兩人，一時之間沉吟無著。

正在此時，忽然從大門外又走來兩個大漢，其心迎著煤氣燈光一看，原來卻是在路上碰到那兩人。

那兩人大步走上前道：「瞧兩位多半是遠道而來，定是敝主人請來客人，兩位如有什麼過節，瞧在敝主面上化敵爲友如何？」

李猛和那少年正在運勁相拚，不能吐氣發話，黑通天見來人是馬大俠部下，連忙應聲道：「在下黑通天，在場中的正是在下拜弟三拳震天下，兩位來得正好，尙望助在下一臂之力。」

那兩個漢子一聽是黑通天，立刻改容相向，他兩人看了看情勢，心知黑通天希望他三人聯手解開院中相搏的兩人，雖然仍不免受些內傷，但這種以硬拚硬，不死不休的對耗著，一定兩敗俱傷。

三人互望一眼，一齊跨步上前，這時少年和李猛力道消耗將盡，兩人眼色中都有了後悔之意，那少年更是強弩之末，臉色一片慘白。

其心忍不住待要上前解救，可是轉念想道：「我此行不宜露出鋒芒，免得多生麻煩。」

他忽見那三人上前解救，心中暗喜道：「這樣最好，免得我出手露底。」

那三人上前，出手便往那少年和李猛手臂重穴抓去。其心忖道：「這樣雖可減去一部分力道，可是那少年氣力已盡，如果再受力一擊，只怕腹肺之間要成重傷。」

他再無暇考慮，當下身子一動，兩袖一拂，那相搏兩人踉蹌倒退數步，砰砰兩掌，都擊在其心雙臂之下。

那三人只覺眼一花，院中兩人已然分開，那少年連退四步，一跤跌坐地上，其心眼睛一瞟，只見那少年臉色蒼白，可是怒容滿面，狠狠瞪著其心，眼眶中竟是淚水瑩瑩，好像對這當眾被人推倒，認是奇恥大辱，卻忘記想想別人乃是出手解他之危。

那兩個漢子見其心若無其事的受了兩掌，這兩掌乃是少年與李猛功力之聚，少說也有數百斤力道，可是其心神色不變，竟然硬生生接下，這種化小無形的內家功夫，也只有在傳說中聽人說過，此時目睹之下，竟然不能置信。

他兩人一瞧其心，認出是路上所遇之少年人，當下又驚又佩，半晌才道：「兄台神功驚人，深藏不露，好生叫人佩服。」

其心微微一笑不置可否，其中一個漢子道：「在下姓簡草字白超，這位是敝三弟萬乾坤。」

其心對這兩個名字甚是生疏，那松潘二怪齊聲道：「原來是簡二當家和萬三當家，兄弟真是失敬。」

簡白超、萬乾坤連連謙遜。黑通天道：「四大金剛威鎮北陲，咱們松潘兩個怪物真是心儀已久，除了十年之外和鐵大當家見了一面，一直無緣和兩位見面，今是幸會，真是一大快事。」

簡白超道：「原來是黑大俠、李大俠駕臨，真是幸會。」

黑通天哈哈笑道：「我哥子兩個老不死的，從來沒聽別人稱叫大俠，江湖中人客氣一點的叫我們怪物，不客氣的乾脆就叫老魔，兩位這樣一捧，我老兒真好像猴子上天，樂得有點飄飄然了！」

簡白超微微一笑道：「兩位俠行風節，又豈是世俗之人所能看得到的？」

他這一捧，恰到好處，松潘二怪中老二李猛心中大起知己之感，恨不得立刻報答。

董其心見此事已了，沒有什麼熱鬧可瞧，便想走回屋去，那四大金剛的第三萬乾坤道：「在下有一事請教兄台？」

其心答道：「在下初來貴境，一切都極生疏。」

他不願和眾人打交道，說完向眾人拱手作別，那萬乾坤忽然喜色滿面道：「兄台尊姓可是齊？」

董其心搖搖頭道：「小弟姓董，草字其心。」

萬乾坤滿面失望，口中卻是連道久仰。其心舉步回去，忽見那少年強支著身子站了起來，臉色大是難看，哇地一聲吐出一口鮮血來。

其心忙道：「兄台切切不可再妄動真氣，只須休息一夜便沒事了！」

那少年吐出一口鮮血，臉色漸漸恢復，他橫了其心一眼道：「誰要你多管閒事，你以為你會幾手武功便目空一切了嗎？」

其心默然，那少年踉蹌而去，其心對他心生好感，竟然一反平日那種不管閒事的行為，又追上前道：「兄台內腑微傷，十二個時辰內定然不能運力與人交手，否則血潰內流，那是終身之症。」

他知少年脾氣激烈，一言不對便要打架，這十二個時辰內難保不和人對敵，是以一再叮嚀。

那少年回頭叫道：「我死了也不要你管，你囉嗦什麼？」

其心笑笑道：「死了倒也乾脆，如果養下一個傷在身上，一運氣便發作，那可不是舒服的事。」

那少年尖聲道：「我偏偏不聽你胡說又怎樣？我自己愛死不愛活怎樣？我偏偏要運氣又怎麼樣？」

他聲音又嬌又嫩，分明是個童音，他一連反問三句，氣勢洶洶，好像將適才一場戰敗之氣，都要發洩在其心頭上。

其心看看四周看熱鬧的人全已散去，那松潘二怪和姓簡姓萬的漢子也已離去，他又是好笑又是好氣，忖道：「這等不講理的人倒真少見，他好像是吃定我啦！」

其心道：「我是爲你好，你不愛聽那也罷了，再見，我可要去睡覺啦！」

那少年哼一聲道：「你還說是爲人家好，你幹麼要幫那兩個矮鬼欺侮我！」

其心一怔道：「我與那兩人無親無故，根本就不認得，我怎麼幫他們了。」

少年怒道：「你上來勸架也便罷了，可是幹麼要勸偏架？你當我沒有看出來？你推那矮鬼是輕輕一拂，推我卻是用盡全身吃奶的力氣，你要我跌倒好看，丟人現眼，你當我不知道？」

其心恍然大悟，原來這人是爲這發脾氣，他心中好笑想道：「如果我運盡吃奶的力氣，像你這等腳色，十個八個也要滿地亂滾啦！」

那少年沉聲道：「你承認了吧！你不要以爲功夫高，便可隨便欺侮人，過幾天只要你不離開蘭州，可有你苦頭吃的。」

他又露出那唬人的樣子，他眼睛睜得大大的，雙眉上揚，極想裝得可怕的樣子，可是他天生面容俊秀，這一裝腔作勢，顯得不倫不類。

其心見不得要領。那少年想了想忽道：「我想你這人一定不是和矮鬼一道的，那矮鬼一臉下流相，看來便不是好人，你一定初入江湖，是非正邪分不清楚，所以才幫他的忙，這就是每個初入江湖的人的通病。」

其心見他態度忽變，神色誠懇，竟然苦口婆心地教訓人來，他覺得這少年脾氣多變，很是有趣。那少年又接著道：「只要你肯幫我，咱們前隙不計如何？」

其心笑道：「你要我幫什麼忙啦？」

那少年道：「以我兩人之力，合手去教訓那兩個矮鬼，好好羞辱他們一番。」

其心搖搖頭。那少年氣沖沖道：「你別臭美，誰稀罕你幫忙了，好，好，好，將來吃到苦頭，可不要怨我手黑心辣。」

他幾步便衝了出去，目中還不斷地說著狠話：「你欺侮我，我永遠不會忘記，你等著瞧吧！」

他說到後來，語音中竟有哽咽之聲。其心暗暗好笑，心想這少年有時老練，有時又像弱不禁風，真不知哪頭來路，這樣的人，居然在江湖上行走，就算是武功獨步天下，可是看到人一言不合便打，只怕不到幾天，累也要活活累死，江湖之大，古怪之人真多，這少年年紀輕輕，指使之間自有一種雍頤之氣，好像高不可攀。

他胡想了一陣，這一陣子耽擱，已是月正當頭，夜闌人盡，西北的夏夜，就像中原的秋天一樣。

卅四　冰雪老人

蘭州城東，吳家花園。

一路上站滿了短衫漢子，替那來來往往的好漢接引，這吳家花園佔地數百畝方圓，住宅在花園當中，四面都是密密蘋果和梨子林。

穿過那牡丹盛開的走徑，林深處便是一座極爲雄壯的大廳，青色的印子牆，顯得莊嚴古樸。

大廳中喧嘩之聲四起，這廳子極是寬敞，坐滿了數百個好漢，還是佔了一小角。這些好漢都是西北道上大大有名之人，甘青寧康新五省好漢，都聚於一堂，這是西北武林近十年來第一次盛會，端的高手如雲，氣勢駭人。

這北五省好漢雖知主人發下英雄帖，定是有極重要之事相告，可是難得逢此盛會，都紛紛帶著徒兒或是兒子前來，大家開懷痛飲，歡談起來，那平日有些樑子的，此時礙於主人面子，也只好把酒言歡，暫時捐隙不談。

突然人聲一寂，廳門一開，走出一個鐵塔般的中年漢子來，眾人一靜，立刻爆堂彩似的歡聲四起，聲動九霄，那中年壯漢抱拳相謝，他很快地在每桌上轉了一圈，不住地和眾人寒暄應酬。

他緩緩走到主人席上，端起一碗白酒道：「列位好朋友不遠千里而來，馬某何德何能，竟蒙各位如此抬愛，小弟在此先行謝過，咱們乾一杯再說。」

眾人七嘴八舌紛紛遜謝，那姓馬的主人一口喝乾碗中之酒，眾人又是一陣歡呼。

眾人正在乾杯勸酒，董其心閃身進了大廳，客人都沒注意，他在大廳中瞧了瞧，自然走到那些青年人席上去，他找到一個位子，正要坐下，忽見鄰桌有人向他招手，他定眼一看，原來卻是前夜和他抬槓交惡的那個少年。

其心見他滿臉歡迎之色，不像是作僞，便走到他身旁位子坐下，那少年似乎很是高興，低聲對其心道：「今天真是熱鬧，我知道你一定會來，所以便替你留了一個位子，剛才有人想坐，那人油頭粉面自命瀟灑，真是令人作嘔，被我趕走了。」

其心暗笑想道：「真是喧賓奪主，依他脾氣，適才只怕又是一番爭吵。」

他點點頭表示感謝，那少年指指主人席上道：「馬大俠剛才才到，他一到這英雄大會便要開了。」

其心順他所指瞧去，他一瞧之下，恍然大悟，原來那人人尊若神聖的馬大俠，原來就是在莊人儀莊中中毒的馬回回，他在西北道上如此聲威，難怪莊人儀和杜公公對他特別慎重了。

那少年道：「馬大俠爲人仁義血性，已經當了十年的西北盟主，從來無人說他半句惡言，人如能到如此地步，也真是一代人傑了。」

董其心點點頭，那少年又道：「他一定是武功俊極，不然這幾百條好漢，又豈是易馴之士？你瞧對他多麼恭敬。」

他臉上露出羨慕之色。其心忖道：「領袖群英，豈能光憑武功，馬回回天生正直，待人推心置腹，這才能成爲西北盟主，這個和你講你也不明白。」

這時菜餚紛紛上來，一道道全是名菜，熱氣騰騰，香氣四溢，那少年卻是胃口甚小，動筷便止，他眉毛連皺，似乎對這種菜極是不屑。

其心默然不語。那少年低聲語道：「喂，你也是混進來的麼？」

其心道：「主人好客之名遠揚四海，他擺宴請客，難道還怕人多了？」

那少年得意道：「我知道你一定是馬大俠請來的，告訴你一個秘密，你可不准洩露。」

他眼睛連動，似乎神秘已極，其心心道此人脾氣真怪，自己和他毫無深交，竟要告訴自己秘密，卻又怕自己洩露，倒不如不說省事，真是多此一舉了。

那少年見其心神色不動，半點不感興趣，臉帶惱色，看了其心一眼道：「你不要自以爲了不起，對人家愛理不理的，武功高便不得了嗎？哼哼，你武功再高，也抵不上另一個人一根指頭，哼哼，那人還是女子。」

其心注意著馬回回主人席上，那桌子上坐了十個人，顯然都是西北道上最負盛名的好漢。他根本沒有注意那少年說話，那少年更氣道：「喂，你耳聾了不成，別人要想聽我一句話，都是千方百計逗我歡喜，你……我真非得理你不成嗎？」

他聲音愈說愈高，這桌上都是二十歲左右少年，見他那種目無旁人的作風，都不禁暗暗有氣，偏偏那少年又高居首席，不知遜謙。

其心忖道：「別人巴結你只是有求於你，你卻自以爲天下人都該如此似的。」

他胸中城府極深，只是覺得這少年思想古怪幼稚，對他那種咄咄迫人的態度，倒並不介意於懷，其心道：「兄台有何神秘之事，小弟洗耳恭聽。」

那少年這才回嗔作喜道：「你知道這回馬大俠爲什麼要大宴西北英雄？」

其心搖頭，那少年更湊近他耳語道：「馬大俠是遇到了極強敵人，西北道上只怕無人能敵。」

其心心中一震。那少年接著道：「馬大俠怕自己不是對手，這才邀集西北道上群雄共謀對策。」

其心問道：「你怎麼知道得這樣清楚？」

那少年得意道：「這就是我的本事了，有道是江湖愈跑愈老，經驗愈來愈足，我因爲要瞧這個熱鬧，便混進這會場來。」

他隨便胡謅兩句，好像是名言至理一般，其心道：「那你是有意來助馬大俠一臂之力？」

那少年道：「這個也不一定，我……我……我師父說江湖上恩怨廝殺，千萬不可認真，否則生生不息，永遠沒有一個完，我們豈能和那些草莽之人一般見識，我不過是瞧一瞧熱鬧！」

其心不語，那滿桌少年，見兩人竊竊私語，不理會眾人，都不由怒目而視，那少年連正眼也不看他們一眼，只自顧和其心談天。

那少年又道：「我可沒有接到什麼英雄帖，馬大俠這次因爲事關重大，門禁極是森嚴，我愛到哪去就到哪去，別人怎能擋阻我，喂，你猜我怎樣混進來的？」

他雖聲音說得很小，可是滿座之人都在側耳傾聽。其心向他打打眼色，示意他不要露了底，那少年只作未見，他仍大言不慚地道：「我偷偷聽到了他們切口，喂，切口你知不知道是什麼意思，那就是江湖上用來連絡的密語，哈哈，自然大搖大擺地走進來吃喝了。」

他知眾人都在偷聽，便愈說愈低，湊得其心很近，其心只覺陣陣脂粉香氣傳來，他心中道：「這人做事古怪刁鑽，好好一個男子漢，怎麼滿身脂粉氣？」

那少年見眾人臉上都是迷惑之色，知道別人並未聽見他講的，心中不禁大是得意，笑口哈哈。

其心心中奇怪，他適才進來，並未遇到半點阻攔，難道是主人有意放自己進來？那麼自己行藏，一定被主人識破了。

他此種判斷完全正確，那四大金剛老二老三前夜在客舍中見他神功微展，便在暗中注意了他，只是馬回回遠在祁連，不及報告，為探其心來歷，便吩咐守門漢子放他入內。

這時酒過三巡，廳中眾人酒酣耳熱，談天說地，情況十分熱鬧，那馬回回忽然立身舉杯道：「眾好朋友再飲一杯，馬某有事相告。」

眾人仰首一飲，七嘴八舌紛紛叫道：「馬大俠，有話只管吩咐！」

「馬大哥的事便是兄弟的事，赴湯蹈火，在所不辭！」

馬回回神色一陣激動，宏聲道：「馬某斗膽請各位屈駕蒞臨，實在是不得已之事，馬某薄德鮮能，眼看西北武林，便要掀起一場腥風血雨，這才千里迢迢請各位來共應大局。」

他聲音宏亮短捷，中氣極是充足，一時之間，大廳靜得可聞針落，全是嗡嗡回響。馬回回又道：「各位如果還記得，十年之前，西域有一個絕代高手入了中原，雖只是現了數面，卻是名動中原武林，無人不曉……」

他話尚未說罷，眾人都是臉色大變。馬回回沉聲道：「此人神功蓋世，已至深不可測地步，而且算無遺策，具有神鬼莫測之機。」

眾人齊聲叫道：「難道是西域凌月國主又將入中原？」

馬回回神色凝重地點點頭，其心心念一動，想起那些異服漢子，個個武藝非同小可，只怕和此事有關。

馬回回見眾人都是神色頹然，他忙振聲道：「凌月國主雖是功力深厚，無人能敵，但我西北道上數百好漢，能夠眼看這外國雜種到中原來耀武揚威嗎？」

他此言一出，眾人恍若巨雷轟頂，一個個振奮起來，北方人素就爽直豪邁，勇氣極是充分，一時之間喝罵沖天，畏懼之心大減。

馬回回歇了歇道：「咱們西北是中原的門戶，如果讓西域蠻子進了中原，咱們北五省好漢臉面何在？所以馬某今天邀請各位，一來商量如何卻敵，二來希望眾位好朋友看在我馬回回面上，一切過節都點到爲止，大家團結一致，如是自己內部不能團結，哪還談什麼抵擋蠻子？」

他侃侃而談，其實他哪想到，凌月國的蠻子，已經偷偷潛入中原，在中原已展開了一場生死關頭的爭奪戰哩！

眾人默默聽著，忽然一個又粗又響的聲音道：「馬大俠說得對，如果咱們再爲了什麼虛名，或爭口飯吃去爭鬥，他奶奶的我老朱就是一刀。」

這姓朱的是青海湖邊一個好漢，綽號「大刀神王」，他和馬回回是過命交情。

他話剛說完，一個矮漢起來大聲道：「如果再要自相殘殺，我姓李的不管他是皇親老子也好，雙掌可不認人。」

馬回回微微一笑道：「誰還敢惹你李大哥，真是活得不耐煩了。」

那矮漢正是川邊松潘二怪中老二「三掌震天下」李猛，他人雖暴躁，但對馬回回卻是執禮甚恭，馬回回這麼輕描淡寫一讚，他心中舒暢已極，忙結結巴巴道：「馬大俠……見……見笑了。」

他乃是川邊好漢，眾人紛紛伸出拇指，竊竊私語道：「難得李大哥如此義氣。」

「以後他松潘二怪的事，咱們西北武林也得算上一份。」

馬回回待眾人靜下來又道：「咱們決定同心向外，可要有一個周密計劃，那凌月國主上次突然退出中原，一定是自覺羽毛未豐，這十年來，他再度大舉侵入，只怕是有所持恃。」

他身旁一個漢子道：「常言道兵來將擋，他凌月國主雖是厲害，可也未必能打敗咱們西北道上幾百條好漢。」

馬回回道：「那凌月國主智慧過人，往往奇襲詭計，出人所料，咱們必須爭取主動，先訂下一個周全計劃。」

眾人紛紛答是，忽然席中那松潘二怪中老大黑通天站起身道：「在下是川中無名小卒，人微言輕，原不該出什麼主意，但馬大俠與我兄弟有再生之恩，是以區區不自量力，想提出個意見，供各位參考。」

他說到此，馬回回連搖雙手道：「黑兄言重！」

眾人也紛紛道：「黑兄高見，快請說出。」

「黑兄綽號智多星，計策包管十九不離。」

黑通天又向眾人一揖道：「區區認爲目下最主要之事，乃是選出一個領袖，咱們絕對服從他的命令，馬大俠是西北盟主，這領袖一位自然非他莫屬，區區強調一點，這領袖不但要指揮群倫，而且要握有絕對權力，言出即法，這樣才能行事。」

眾人一致稱是叫道：「就請馬大俠做咱們領袖。」

馬回回知道推辭無效，便慨然應允，他這人智勇兼備，爲人行事乾淨俐落，他馬上站起身來，刷地拔出一柄長劍正色道：「咱們兄弟今日誓盟共抗大敵，如有食言，就如此桌。」

他手起劍落，刷地削去一塊桌角，眾人轟然叫好，馬回回長劍一抖，一柄劍子沒入廳內大柱之中，只剩下劍柄，猶自顫顫抖動不已。

其心忖道：「這人不愧是條鐵漢，功力也極高強。」

他身邊的少年問道：「喂，這招好深的功力，你可成嗎？」

其心搖搖頭道：「我可沒有把握。」

這少年鼻子一聳道：「你又在哄人，師父說能將我一掌震退三步的在江湖上已是一流好手，你卻能將我一掌推倒，還能挨上兩掌，你武功很不錯的呀！」

其心大感奇怪，這少年今日態度大改，竟然和自己表示親善，時時和自己搭訕。

馬回回道：「那凌月國主雖然尚未進入西北，但半月之前，馬某卻接到了他的信函，揚言如不束手就縛，他必血洗中原。」

眾人都是一怒，馬回回又道：「還有一件令人心寒之事，乃是天山鐵門，竟做了凌月國主的爪牙。」

眾人大吃一驚叫道：「什麼，天山冰雪老人作了蠻子爪牙？」

馬回回沉重點點頭道：「上次傳書來的，在下雖未瞧清他的面孔，但身法身形，卻是天山冰雪老人無疑。」

他此言一出，其心心中一凜，那天山文士的面孔又浮了起來，他心中想：「就是天山冰雪老人，馬回回他們也難抵敵。」

群雄正自沉吟，突然砰然一響，大廳那扇又厚又重的大門，竟然被人一記打飛。那扇門何止數百斤，而且是巨大鐵條所支，這一擊之勢，只怕已在千斤左右，眾人心中一寒，只見眼一花，一個青衣文士正立在廳中。

其心心中狂跳，忖道：「冰雪老人，冰雪老人，我殺了他徒兒鐵凌官，不知他知不知道？」

那少年臉色洋洋，一副坐觀虎鬥的悠閒樣子，他同桌其他少年，再也忍耐不住，一齊動手，掀起桌面，便想將整桌殘席往其心和那少年身上倒去，只是用盡吃奶之力，那桌面似連在地面，不能移動分毫。

其心漫不經意地雙指輕輕夾住桌面，那少年得意洋洋，用眼睛不斷瞅著眾人，耀武揚威。

馬回回一見那青衣文士，臉色一沉道：「鐵老前輩別來無恙，十年未見，前輩容顏未改，好生教晚輩喜歡。」

那青衣文士正是冰雪老人鐵公謹，他冷冷道：「好說，好說。」

馬回回道：「前輩不知有何吩咐？」

冰雪老人臉上一片陰冷，他向眾人看了一眼道：「馬回回，你自不量力，想以螳臂擋車，真是好笑，你有什麼能耐，倒施出來瞧瞧？」

馬回回昂然道：「直道而行，義無反顧。」

冰雪老人哈哈狂笑道：「你說得倒是漂亮仁義，你想利用西北道上武林朋友，來成就你馬回回之名，就是三尺童子也是一目瞭然。」

他先挑撥一番，只見眾人一個個對他怒目而視，並無半點效用，便冷冷道：「馬回回，老夫念在和你師父一段交情上勸你此時全身而退，你是聰明人應該明白，否則悔之晚矣！」

馬回回道：「前輩教訓得極是，為道而死，豈有抉擇，前輩可曾聽說過考慮利害的赴義之士。」

他語鋒犀利，而且句句凜然，冰雪老人大感惱怒，冷冷道：「馬回回，你是決心玉石俱焚，至死不悔了。」

馬回回凜然道：「生死有命，晚輩卻也未必放在心上，前輩好意，晚輩心領，請前輩轉告凌月國主，就說西北道上幾百位朋友，決定戰死為止。」

他豪氣沖霄，一口氣說完這一大段，眾人歡呼四起，聲勢甚是雄壯，冰雪老人冷冷道：「馬回回，你看這是什麼？」

他手一揚，一柄烏黑短劍脫手而出，釘在柱上，馬回回臉色大變，一時之間氣勢全消，呆呆望著那柄短劍，目光大是散漫。

冰雪老人沉聲道：「馬回回，還有一幅令師親書的血簡，這個如果讓西北英雄得到了，可是不太妙了吧！」

他連用密室傳音，他內功深湛，一個個字清晰地傳入馬回回耳中，馬回回神色慘然，兩眼望著那柄短劍，烏黑黑的貌不驚人。

他臉上神色一刻連變數種，一會兒絕望，一會兒殺氣凜凜，一會兒又是悵然若失，像沉醉在遙遠的往事之中。

群雄見盟主忽然失神，都是不知所措，那智多星黑通天道：「盟主，咱們是強敵當前，其他的事先放在一邊，只要消滅強敵，你盟主一句話，還怕什麼辦不到。」

他為人極是機智，見馬回回那惘然迷失神色，只道是兒女之情，便出言點醒馬回回。

馬回回一凜，緩緩道：「只求我心安，你要怎樣便怎樣吧！」

他說得雖然低微，可是董其心何等內功，他心念一動，想起藍文侯所說，父親唱的那首歌：「是非本難定，但求我心安，皎比明月，那悠悠眾口，難道黑白。」

他見馬回回那種強自忍辱坦然的樣子，不由又想到當年父親的處境，那光景只怕比這還要悲憤百倍，忽然之間，他的冷漠面色不能自持了，他感到從未有過的激動。

他臉上露過一波波情感的痕跡，是那麼深邃和複雜，他身旁那少年目不轉睛的看著他，呆呆的竟然看癡了。

像他這麼一個平日冷漠的人，此刻的表情是多麼動人，那少年似乎極是感動，眼圈一紅。

其心心中狂呼道：「我是幫定馬回回的了，不管如何，不管對方是何等高手。」

大廳中眾人也是屏息注視這突變的局面，冰雪老人用密室傳聲道：「馬回回，只要你一聲令下，這些西北好漢都聽你的，你順天行事，豈不是好，只待事成，我保證還你這物件。」

馬回回沉吟不語，正在此時大門外又走進一人，他風塵僕僕，一臉疲乏之色，馬回回一看，他顫聲道：「大師兄，大師兄！」

他聲音發硬，竟然說不出話來。

來人乃是馬回回師兄，他生性淡泊，雖是馬回回師兄，名氣卻遠不及馬回回，他中年以來，隱居祁連山山麓，將祁連一派也交由馬回回掌管。

他見馬回回臉色灰敗，心知必有大事發生，只見天山老人站在旁邊，他連忙上前行禮道：「鐵老前輩可好！」

鐵公謹微微一笑。他轉身一瞧，只見那柱上釘著一柄小劍，他走近再一看，激動地道：「寒月匕，師弟這……是哪裡來的？」

馬回回一指冰雪老人。他師兄忙道：「鐵前老輩請你指示晚輩，這匕首的主人是誰？」

他迫不及待地說著，已大失他平日清靜淡泊的樣子。冰雪老人冷冷道：「這老夫不知。」

他說完一伸手拔出短劍，嘴皮微動，又施密室傳音，對馬回回道：「明日夜裡，老夫在城北謝氏荒園等你答覆。」

馬回回眼睜睜望著他走了出去，他師兄急道：「掌門師弟，這是咱們祁連派鎮派之寶，你……你豈可不去追回？」

馬回回慘然道：「此事明日便有分曉，師兄只管放心，小弟拚得性命不在，也不會讓別人奪去此物。」

馬回回說完轉身向眾人拱手道：「在下與冰雪老人有約，如果此去能全身而返，各位好朋友還請繼續幫忙。」

眾人都紛紛叫嚷不平，馬回回擺擺手走出廳外，他手下四大天王連忙安置眾人，那些好漢知馬回回有難言之隱，但是江湖上人最重守諾，又不便啟問。

馬回回往前走著，那條通廳的大道上彷若長了許多，沒有盡頭，這是他一生之中唯一隱密之事，在他寬廣的心胸中，這是僅有存在其中的秘密，忽然他腳步一停，立在一株牡丹花前，那牡丹枝葉茂盛，生氣盎然，從枝葉深處突起一支，生著一朵墨烏碗口大的黑牡丹。

馬回回心中一震，口中喃喃的道：「黑牡丹，黑牡丹，那年那不幸的事兒發生的時候，就是開了一朵黑牡丹，這難道是一種徵象？」

他仰望蒼天，忽覺悲不可抑，師父和師妹彷彿在親切地和他說著話，他一生只知見義而前，從不計較艱難得失，此時忽感軟弱無比，昔日的英雄行徑，鐵漢豪邁，像輕煙一樣，輕輕地吹遠了，他看著黑色牡丹，竟是舉步維艱。

馬回回整整思考了一天，第二天晚上，他面帶輕鬆的神色，悄悄地赴約，這謝家荒園佔地極廣，林蔭密茂，黑森森的不知有多深。

在林子的中間，馬回回昂然直立，他又恢復了昔日英雄氣概，他心中但覺坦坦蕩蕩，當一個人想通了生與死之間的關係，那麼死和生也就是一線之隔，沒有什麼差別的了。

他智慧極高，這一想通，更決定應該走的路，他默默下了決心，寧教馬回回被江湖上人不恥卑視，卻不能答應冰雪老人的威脅，他赴約之前，早將抵敵之事交代清楚，暗示繼承他爲領袖的人。

他從月兒初上便等到此，心中對此事反覆思索，這件事，除了老天爺和他自己，再也沒有人能夠明白的了。他一生從不受脅於人，這一次當然也不例外，只是這次的代價是太重了些，他數十年拚頭顱，灑鮮血，出生入死也不知有幾十遭，那爲的是什麼？是悲天憫人嗎？那固然是一部分的原因，是天生俠骨替天行道嗎？那也是一部分原因，還有的是什麼？比性命還重要得多的聲名！

「明天，也許馬回回這個渾號就要在武林消失了，要存在也是臭惡的名聲，馬回回在別人心目中，是個忤逆忘恩的禽獸。」

他等了很久，並不見冰雪老人出現，瑣瑣碎碎的小事，一件件都清楚地憶了起來，他奇怪自己爲什麼從來未曾想到過那麼多？月光忽又被烏雲蓋住，林中更顯得陰森無比。他心中盤算道：「我拚命和鐵公謹拚個兩敗俱傷，也好減了對方力量！但我功力不及他，只有一上來便用拚命的招式吧！」

他正在沉思，忽然人聲一起，冰雪老人已經飄然而入，黑暗中身形之快，有若鬼魅。

冰雪老人一言不發，舉起一張陳舊的紙來揚了揚，那紙已變黃，上面黑黑的全是血跡，馬回回只覺胸上一熱，一口鮮血幾乎噴出，就是普天下人誤解他，他也不懼，可是連師父也冤枉他，他卻無法忍受。

馬回回定了定神道：「鐵公謹，你自管請便，只要我馬回回三寸氣在，決不向任何人屈服，你死了這條心罷！」

冰雪老人冷冷道：「你當真下了決心？」

馬回回大喝一聲，一掌擊出，鐵公謹驀然一轉身，只覺手一緊，手中那張紙竟被人劈手奪過。

那人身形離他不過半尺，他雖是一時大意，但來人輕功之佳也足以驚世駭俗了。

鐵公謹反手一掌，那人身子一揚，冒過樹梢，黑暗中樹枝紛紛碎斷落地，那人身子卻絲毫不受擋阻，直往前去，鐵公謹一氣之下，長身追去。

馬回回只見來人年紀甚輕，可是身手敏捷，而且膽大心細，他心想冰雪老人一定追趕不上，很快便會折回，那師父臨終的遺囑被來人搶去，不知有何結果。

他等了很久，月已中天，仍不見冰雪老人出現，忽聞腳步之聲大著，他大為緊張，躲身樹後，只見川中松潘二怪雙雙提著兵器，步步為營走了過來，兩人臉上一片心焦之色。

那腳步愈來愈近，二怪中老二李猛道：「明明跟著馬大俠而來，怎麼一下失了蹤跡，現在已過了二個時辰，真不知到底如何？老大你是智多星，得想個辦法。」

智多星黑通天道：「我此時心虛得緊，也拿不定主意，冰雪老人何等功力，我看馬大俠赴約而去，好像是赴義似的，這鬼林子又黑，真急死人了。」

他語氣焦急，已大非平日冷靜，馬回回心中大為感激，這時忽聞前後左右有腳步之聲，不一會高高矮矮走出十幾個漢子來，還有師兄也是焦急不堪的樣子。

眾人一會合更是焦急，馬回回驀然縱到眾人身前，眾人一怔，都不禁喜笑顏開，馬回回從一張張臉瞧去，各人的表情雖有不同，但卻一樣真摯，馬回回突覺眼一熱，虎目一濕，這時月又鑽雲，馬回回乘機舉袖擦去。

且說冰雪老人往前追去，那前面黑影東躲西藏，好像有意逗他，冰雪老人一怒，加緊腳步，前面黑影忽然一停，立在路邊朝他點點頭。

冰雪老人上前一步厲聲道：「小子你是吃了豹子膽不成？快快交還我那張紙，老夫還可以饒你一命。」

前面那人正是其心，他哈哈笑道：「鐵老前輩你不認得我，晚輩卻認得你。」

冰雪老人怒道：「你還是不還？」

其心搖搖頭道：「是非本難定，你何必逼人太甚？再說你威震天下，何必為異國人為虎作倀？」

冰雪老人怒極而笑，笑聲中充滿殺氣，他笑罷道：「你是在教訓老夫了？」

其心答道：「晚輩不敢。」

冰雪老人道：「你自要送死，快發招罷！」

其心微微一笑道：「晚輩再奉勸一句……」

他話未說完，冰雪老人已是一掌打來，其心閃身躲過，他足踏天罡方位，凝神聚氣，不敢絲毫大意。

冰雪老人見他破招又疾又巧，心中一凜，又見他氣勢沉著，心中忖道：「這小子年齡不過二十，可是神氣穩重，倒像有數十年內功似的。」

冰雪老人身形一動，兩掌揮動，又直欺中宮而來，其心見他招招都是妙絕，大反中原武學之道，招式有如漫天白雪，飄灑而來，中原武學任何掌法拳法，虛招都是誘敵，而且都是偶而有之，冰雪老人一套掌法施開，竟是虛多於實，而且以虛攻敵，虛實變幻之間，真是千端百變，防不勝防。

其心凝神應戰，他摸不清對方攻勢路子，只有先行苦守，只覺冰雪老人掌勢威力愈來愈強，力道也漸漸加重，其心守得極是緊湊，可是漸感對方竟有直逼過來的趨向，他心中一驚，全起真力，呼呼發出數掌。

他知高手過招，一著之受制，便是滿盤俱敗，要想扳回先機，那是難上又難，這數掌乃是他功力所聚，力道沉猛無比。

冰雪老人攻擊一挫，其心不再退守，運起真力，也和他搶攻起來，兩人見招拆招，打得十分激烈。

他兩人武學已臻通徹地步，對方任何一招都已瞭然於胸，是以招式都是一點即止，他施盡招式，運盡力道，也只能苦持個平手，若說要佔上風，那是絕不可能的了，他招招神出鬼沒，確是高手之風，可是冰雪老人不但絲毫不懼，守中有攻，不見半點敗象。

冰雪老人愈戰心中愈驚，他自命世間已少對手，想不到面前這少年頂多二十左右，一身功力之強，真是令人不可思議了。

董其心心中卻想道：「冰雪老人如果助紂爲虐，中原道上可是慘了。」

他心神微分，對方一招長驅而入，這招乃是冰雪老人近兩年之內所創，掌影飄忽，手臂關節一垂之下，竟然軟綿綿有若無骨，從不可能的方向擊來。

董其心一震，他不及思考參解之法，只得先退一步，冰雪老人得勢疾攻，掌勢有若狂風暴雨，他攻勢又疾又狠，而且力大式沉，武林之中，大凡快疾之拳法掌法，變招太速，力道上未免略遜，如說力大勢猛，當首推少林百步神拳，可是變化卻少，往往數招化爲一招，但雖是簡單幾個招式，卻能無所不摧，這天山鐵氏老人，竟能在疾中暗蘊至強內勁，真是一代宗師的地步了。

董其心一招失著，招式被逼，竟是手忙腳亂，他連退數步，只見冰雪老人臉上青氣上冒，眼中殺氣騰騰，他心知今日之事不能善罷，如果再不施出絕技，只怕就要落敗受傷。

他飛快地想了一下，冰雪老人鐵公謹已是佔盡優勢，突然鐵公謹右手一抖，直往其心頸下玉枕穴點來，其心看出他此招中另藏數招後著，當下不及思索，雙掌一合，臉上一片穆然，漸漸酡紅。

那冰雪老人鐵公謹右手食指眼看離其心頸下只有二寸左右，突然臉色大變，硬生生撤回攻勢，倒竄數步，雙手緊護前胸。

他雙目凝視其心，目光竟有一絲畏懼之色，其心微微一怔，轉身而去。

鐵公謹呆呆站在那裡，他似夢囈自語道：「震天三式！震天三式！這功夫難道世上真有人會，凌官難道真死在這小子手中不成？」

他想起愛徒之死，忽然氣膺於胸，抬頭一瞧，已不見那少年的影子，他心中猶自發寒忖道：「如果真是震天三式，我可以抵擋得住嗎？」

要知這三式，自南宋末年，已被江湖中人奉爲無堅不摧的掌中之王了，後來不知怎的突然失傳，百年以來再不見這種至上掌式。

且說其心脫身而去，他疾奔一陣，微感疲乏，心想這冰雪老人實在非同小可，自己和他一陣搏鬥，竟感真氣不繼，便坐來調息一番，運氣過了二周天，不但疲乏全消，精神更感煥發。

此時夜漸深沉，其心沉吟一會，終覺冰雪老人如果爲虎作倀，實在是個大患，那怪鳥客行動鬼祟，不要也是凌月國主派來的奸細，自己可不能手下留情了。

他想起適才搶來那張皮紙，不知是什麼東西，竟然能將馬回回逼成那個樣子，他好奇心起，不由藉著月光，仔細瞧了瞧那密密麻麻的字跡。

他愈看愈是寒心，竟是作聲不得，原來那紙中血書，正是馬回回師父絕筆之書，他上面寫得雖是潦草，可是卻是有頭有尾，明明白白寫著一件人神共憤的殺師叛逆的事件。

原來馬回回師父當年正在坐關，忽然受到高手襲擊，他運功正在當頭，自是只有束手待斃的份兒，而這下手的人，卻是他喜愛之小徒兒馬回回。

那字跡愈到後愈是潦草，想是力盡將死，最後幾行，已是字跡散亂，漫不可識。其心想到馬回回那種被欺的樣子，心中原來對他十分同情，可是目下鐵證在手，實在令人生疑。

其心心中忖道：「那馬回回不但是西北道上第一條好漢，而且是仁義大哥，如果他是面僞心惡，那真是深沉可怕。但他這聲名又豈是一日所成，常人如能一生行善，就是僞善一生，那也便是好人了，唉，是非本難定，馬回回，我是不會相信此事的。」

他將那張皮紙順手藏在袖中，腦中只是盤桓著那最後幾行血書：「余今死於逆徒之手，夫復何言，而行兇之器乃吾派之寶寒月匕，逆徒知余罩門，一擊而中，余數十年育之教之，不意如此結果，嗚呼，天下爲人師者豈不痛哉？」

他心中甚是紊亂，站起身來正待離去，忽然身後微微一響，他拾起一根枯枝，頭也不回地彈了過去，只聽見一個熟悉聲音道：「喂，你好大的力氣，把我手打痛了。」

其心暗暗一笑心中奇怪：「這人老跟著我，而且行動古怪，不知是何路數。」

那背後之人已經走近，正是那俊美少年，他笑哈哈地道：「喂，你本領真不小，把那冰雪老人給趕走了。」

其心笑道：「你倒是靈巧，剛才躲在一旁，我們都沒有發覺。」

那少年得意道：「我天還沒有黑就趕這裡來了，我知道你是幫定馬大俠的，所以先溜來躲在樹裡，真運氣，恰巧碰到你和冰雪老人一追一趕，到此處大戰，不然這林子又大又黑，哪裡去找你們？我見你已得勝，便先跑到此處等你。」

董其心道：「原來如此！夜深了，我可要回去啦！」

那少年急道：「慢一點，慢一點，我還有話跟你說。喂，你到底是誰？武功這麼好，簡直……簡直……比我……比我姑姑也差不了許多。」

其心淡淡一笑，他心念一轉問道：「請教令姑是何人？」

那少年支吾半天，卻是不肯說出來，其心知他不願露底，便也不再追問。

其心點點頭，那少年道：「我本來怕你一個人可能不是那冰雪老人對手，想要助你一臂，可是剛才呀，我連瞧都沒瞧清楚，唉，我功夫是太差了些。」

他神色懊惱已極，他人本生得俊美，此時臉上跋扈之氣一除，更是逗人好感，其心覺得此人孩子氣得緊，他好心好意來幫自己，看來定是不假，雖是不自量力，可是這番心意，倒是令他甚為感激。

其心道：「你武功也不算壞，不然那松潘二怪，豈會奈你不何？」

那少年果然歡喜道：「其實我是不會輸給那矮鬼的，如果你不勸解，那矮鬼一定要吃大虧。」

其心暗暗一笑，心想少年人好面子不肯認輸，這是天性，原本無可厚非，其實他自己也是少年人，可是他為人深沉，大非一般常人。

他笑笑道：「你佔了優勢，這個我也看得出。」

那少年喜氣洋洋道：「只有高手才看得出，我如施出……施出金沙……啊！董兄，你適才呆呆看個什麼？」

他話說了一半，吞吞吐吐忍住不說，其心道：「如果你施出金沙掌，那松潘二怪也討不了好。」

那少年神色大驚道：「你……你……怎……怎麼知道？董兄，什麼是金沙掌？」

他此言等於承認，忽然想起不妥，又加上後面半句，更是欲蓋彌彰了。

其心笑道：「我是猜著玩的，金沙掌原是武林一絕，你說什麼『金沙』，我自然會想到上面去了。」

那少年哦了一聲，信以爲真，他說道：「明天下午，我在林子等你，有要緊之事相告。」

其心搖頭道：「明天我還有要事做哩！你有事現在就講如何？」

那少年不喜道：「你不來便算了，何必推三推四。」

其心道：「我實在有事分不開身，這樣好了，明天一早，我在這裡等你如何？」

那少年點點頭，他抬頭瞧了其心一眼，忖道：「你現在如此驕傲，到明天你知道我是誰，便會低聲下氣的了。」

兩人分手而別，其心盤算明日正午，便是和怪鳥客之約，只怕又是一場大戰。

他走回客舍，只見房門上一個淺淺的掌印，分明有人作了手腳，他細瞧那五個指印印得雖淺，可是力道均勻，深淺一致，而且清晰異常，來人功力顯然不弱。

他略一沉吟，推開房門，他運足真氣，提防暗算，臉上卻是神色不動，只見燈火大亮，桌子當中，端端放著一張拜帖。

他上前一看，原來正是怪鳥客所留，約他明日初更在蘭州城外青龍山嶺比武，其心順手丟開，他心中早有打算，舉杯飲茶，只覺手上一重，那只細瓷茶杯，竟然被人運用巧妙內勁，壓入桌面之中。

其心知這是怪鳥客示威來著，心中不由暗暗生氣，他心中忖道：「我和這怪鳥客並無深仇大怨，他卻處處逼我，難道我董其心怕他不成，明日好歹給他吃個重重苦頭。」

他伸手一托，那茶杯波地跳出，他知那怪鳥客卻也非是易與之輩，便屏除雜思，沉沉睡去，直到次日日上三竿，這才一覺醒來，只覺精神充沛，他漱洗已畢，忽然想起和那少年之約，連忙飛步往城西趕去，早飯也不及吃了。

他趕到林子，並不見那少年到來，等了一會，只聽見林中沙沙之聲一起，一人撥葉而來。

其心抬頭一看，來人是個年輕姑娘，布衣荊裙，臉上脂粉不施，卻是天生麗質，膚色似雪。

那姑娘向其心走來，她嘴角含笑，那林中陽光透隙而入，映著她那小臉陰暗分明，極是生動，她走近其心，立在其心面前。

其心心中好奇，忍不住一瞧，只覺那少女面貌熟悉，忽然靈光一動，他恍然大悟，臉上卻是不動聲色，作勢問道：「姑娘有何貴幹？」

那少女咧嘴而笑，樣子很是天真，她說道：「喂，你真是貴人多忘事，瞧你才隔一天，便認不得人家了？」

其心只作不知。那少女笑道：「真是傻瓜，喂！我問你，今天來這幹嘛呀？」

其心道：「我和一個新朋友相約在此會面，不知怎的，他卻遲遲未到？」

那少女見他還是不解，心中忖道：「這人如此滯頓，那一身武功不知是怎麼學來的。」

她笑嘻嘻道：「我扮男裝你都認不出，真笨死啦！」

其心瞧著她那嬌憨樣子，心念一動，又想起那在洛陽城中病著的莊玲小姐，暗暗想道：「真是笨嗎？不然那莊小姐從前對我好，我只當她是發大小姐脾氣，可憐於我，反倒處處奚落她，防她一著，可是上次我見那姓齊的闊小子和她在一塊，心中卻滿不是味兒，難道我不能忘她？」

他從未想到這個問題，這時陡然想起，竟是千頭萬緒，無法理清，從前莊玲處處將就他，他卻處處裝得不在乎，此時又懷念她，這是怎麼一種心情？他是聰明絕頂的人，可是對這種矛盾心情，卻是不能解釋。

「難道這是一個人長大了的現象嗎？」他心裡想著，那少女見他怔怔的不說話，只道他是驚得呆了，便道：「喂，你在胡想什麼？」

其心一驚，忙道：「怎麼一個翩翩少年，一夜之間變成了一個美麗姑娘了，真是大怪事，大怪事。」

那少女道：「這有什麼稀奇？喂，你說我裝男人樣子還過得去嗎？」

其心笑道：「真是貌比子都。」

那少女心喜，卻是不露顏色。其心問道：「你說有要事告訴我，現在總可以講了吧！」

那少女想了想道：「我要告訴你，我是一個女子，這個你必須知道，這不是要事嗎？」

她正經說著，臉上卻是羞澀之色。其心不覺啞然，他尋思道：「這人我行我素，性格倒是灑脫。」

那少女道：「咱們走進林裡去罷，那裡有一個大大水池，四周植滿了芍藥花，真是美麗極了。」

其心不語，跟著她進了樹林，轉了幾轉，只見地勢開闊，前面一數畝方圓水池，四周鮮花似錦，開得十分茂盛。

那少女指了指示意其心坐下，那少女道：「你一定對我身世很是懷疑，其實我也沒什麼隱密之事，你上次出手救我，我心裡很是感激，我知道你是不願露出武功的。」

她柔聲說著，已大非男裝時那驕傲口氣，其心暗暗稱怪，那少女便道：「我姑姑教我武藝，可是她卻不准我向任何人說出她的名號來，喂，……董……董公子，你不會見怪吧！」

其心見她款款說著，不知她倒底有何心意，只有默默聽著。那少女道：「我家裡很窮，啊不，也不能算是太窮，粗飯淡菜過日子，你……你……我看你也並不富裕吧。」

其心點點頭，他耳中聽著，心中卻直想道：「她告訴我這幹嗎？我和她不過是萍水相逢，她向我說她家庭狀況，這是什麼意思？」

那少女幽幽道：「其實有錢又有什麼用，只要有志氣，窮人家總有翻身的一天啦！董公子，你說是嗎？」

董其心茫然應是，少女道：「我雖是練武，可是別的事卻也會做，我在家時，每天挑水，砍柴作粥，在溪邊洗衣。」

她眼睛微閉，臉上色彩鮮明，似乎對那種生活很感神往，其心不知她到底那頭葫蘆賣那頭藥，只有聽的份兒。

少女又道：「有時農忙了，我還要去幫忙插秧呀！車水呀，還有捉蟲呀，總之一天到晚真是忙極了！」

她雙手微微揮動，表示加強語氣，那雙白嫩小手，自然露出衣袖。其心瞧著那雙小手細皮嫩肉，再怎樣也不敢相信這雙手曾經在污泥中插秧泡水，那捉蟲之事，更是想都不敢想了。

卅五　青龍山巔

其心隔了半天，勉強湊出一句話道：「你真是能幹極啦！」

那少女一笑，露出兩排整齊白齒，真是瑩瑩發光，她輕輕說道：「這也算不了什麼，我還和別人比賽織布，從星星剛剛上來開始織，夜裡真是靜極了，只有村中狗子吠叫，等到雞叫了，我已織好一匹。」

其心咋舌道：「一匹布，那不是一百丈嗎？你……你速度實在太嚇人了呀！」

那少女臉一紅，扯開話問道：「我們村裡女子都是常久關在家中，我可不服氣，我央求姑姑教我武藝，我便可以做很多愛做的事，像我這樣出來走走散心，豈是一般女子所能夢想得到的？」

她不斷說著，把自己形容成一個極爲勤勞能幹的女子，她說話時態度極是真摯，似乎在她臉前便是一片農田，田中農民山歌互答，辛勤工作。

其心聽著聽著不禁對她所說也感很是神往，卻聽那少女忽然堅決地道：「我還會燒菜燒飯，還有……還有殺雞，殺魚也敢。」

其心微微一笑忖道：「這又有何難，這姑娘話中漏洞甚多，但她安於貧窮勤苦，倒是個好姑娘。」

忽然林外蹄聲大作，好像有大隊兵馬經過，其心一瞧，見數十騎先後進了林子，直往池邊奔來，馬行迅速，踩壞無數株盛開芍藥。

那少女微一皺眉，那前面幾個騎士忽然一拉馬韁，躍下馬來，用力將手中大旗插在地上，其心眼一瞟，只見那大旗上繡著兩隻大虎，中間一個斗大金「胡」字。

眾騎先後到了池邊，中間擁著一個輕袍中年，那中年臉上微髯，目光炯炯，頗有幾分威儀，其心見他那排場，知道是個武將，那些侍從馬上掛滿了山羊兔子，顯是打獵歸來途中休息。

其心看了那少女一眼，站身欲起，那幾個侍從漢子已看到他們，一聲暴吼道：「哪裡來的大膽百姓，見到咱們大帥還不下跪。」

那少女輕描淡寫地睨視眾人一眼，理都不理，她低聲對其心道：「這個人是蘭州將軍胡一民。」

其心奇道：「你認識他？」

少女淡然道：「這人好威風排場，哼哼，蘭州將軍不過一個三品武官，有什麼了不起？」

其心見她對官場尊卑十分清楚，心中更是稱奇，那幾個大漢見兩人毫無反應，大怒叫道：「你們可是想死嗎？還不替老子跪下。」

其心緩緩站起，那幾個漢子已準備上前動蠻，只見那少女眼光一凜，露出一種高不可攀的神色，不由退後半步。

其心不願和這些人一般見識，他示意少女一同離去，那些漢子狗仗人勢，平日仗主人威名，已養成驕暴之色，這時見竟有兩個人大咧咧在面前不聽吩咐，當下如何不惱，一聲叱喝，紛紛上前。

其心掃了眾人一眼，只見那蘭州將軍威風凜凜騎在馬上，並無阻止眾人之色，他不禁大感憤怒，心想這些人真想自討苦吃了。

正在此時，忽然車聲隆隆，一輛巨大馬車馳了進來，那馬車綠呢絨車篷，好一番富貴氣概，馬車前簾低垂，車上插著一面小旗，上面寫了個「安」字。

那馬車漸漸走近，少女一瞧，立刻大驚失色，慌忙想要隱身，那駕車的漢子高聲叫道：「讓路！讓路。」

那馬上蘭州將軍一瞧，只急得連忙翻身下馬，跪在地下道：「卑職不知安大人駕到，真是有眼無珠，請大人千安。」

那趕馬車的道：「胡將軍，車中是女眷，胡將軍快請迴避。」

那蘭州將軍連連稱是，叱喝部下正待離開，忽然車簾一開，一個清秀中年比丘露出頭來叫道：「明兒快來，你怎麼一個人跑到這裡來了？」

那趕車的也叫道：「大小姐，夫人想你得緊哩！」

那少女瞧了其心一眼，目光充滿了歉意，無可奈何地跑上前去叫道：「姑姑！姑姑！你回山上去嗎？」

其心一瞧那女尼，他大大一震，幾乎叫出聲來，原來那女尼正是在居庸關下將名聞天下的丐幫，打得七零八落的九音神尼。

那女尼目光似電，也瞧了其心一眼，其心連忙轉過身去，那蘭州將軍這時才知這少女竟是金枝玉葉，他心中畏懼不已，連忙兩腿半跪，行了一個官場的半千，那少女微微一笑道：「胡將軍，你的部下可真雄壯呀！」

蘭州將軍惶恐道：「下官不知小姐是甘青總督安大人千金，下官該死，失禮之處，小姐千萬包涵則個。」

那少女道：「好啦，我不會告訴爹爹就是！」

其心眼見這一幕，他早知這少女來歷不凡，倒想不到是甘青總督的小姐，她金枝玉葉，那麼她粗衣荊裙，滿口安窮樂業，不知是什麼心理了。

他上次助丐幫挫了九音神尼，九音神尼一氣之下離開漠南，這九音神尼家兄弟，原來竟是當朝大將，坐鎮西北的甘青總督，他不願和九音神尼再起爭端，乘著眾人慌亂之際，悄悄溜走，哪知那少女眼快，她不顧眾目睽睽，情急之下，竟伸手想拉住其心，其心手一揮，大步而去，只見白光一閃，袖中落下一片紙來，那女子知道其心輕功高強，追之不上，只好收拾了那張牛皮紙，收在懷中。

她呆呆望著其心往城郊而去，心中非常悲哀，她暗暗忖道：「他一定怪我騙他，這才一怒而去，他又不知我姓名，此去是永遠不會再回來看我的了。我為什麼要騙他？唉，我真的是想過那種生活呀！」

她回首一瞧，姑姑臉色鐵青，她也無暇追問原因，九音神尼沉臉道：「明兒快回家去。」明兒漫聲應道：「回家嗎？好的，好的。」

九音神尼車簾一蓋，車聲隆隆穿林而去，明兒一步步往回走，只感腳步愈來愈是沉重。在城中央，那最大的院落，便是總督官邸。

她心裡想：「我不願告訴他我是什麼人，就是怕傷他自尊心，想不到弄巧成拙，我……我真的喜歡上他了麼？」

紅雲漸漸襲上她兩頰，前面不遠兩座石獅已可看見，描金黑色巨門，緊緊閉著，門前站著數名武士，家，愈走愈近了。

其心心中很是輕鬆地趕往青龍山，那少女編織的故事實在可愛，他趕了一個時辰，青龍山已遙遙在望，他施展輕功，如飛往上翻去。

才一上山巔，就見怪鳥客來回踱著，好像很不耐煩。

其心沉著地道：「羅之林，咱們要拚就拚罷！」

怪鳥客哈哈冷笑道：「董其心，你我兩人在世上是無法並存的，你知道什麼叫做『既生瑜，何生亮』，咱們中間總要去掉一個的！」

董其心冷冷地道：「這麼說，你就找錯人了！」

怪鳥客道：「什麼找錯了人？」

其心陰沉地笑了一聲，然後道：「恐怕連你自己在內，天下的人都會明白與你怪鳥客難以並存的是那個揮金如土的齊天心吧！嘿嘿嘿嘿，我董其心與你是不相干的呀！」

怪鳥客心中暗吃了一驚，不知董其心這話是什麼意思，他怔了一怔，在腦中細細盤算。

其心一半是天生，一半是後天環境造成的，使他處處先防人一著，他盯著怪鳥客的眼睛，就像早已看穿了怪鳥客心中所思一般，然後才慢吞吞地拖著長音說道：「所以說，你邀我董其心來到這裡，是有詭計罷！」

怪鳥客吃了一大驚，但是他也不是笨蛋，他立刻裝著勃然大怒地罵道：「董其心，你若是怕我姓羅的話就根本不必來呀，何必到了這裡說出這種話來丟人現眼！」

其心嘻嘻地笑道：「不錯，我姓董的既然已經來了，自然已經有了妥善的打算，妥善的安排，哈哈哈哈！」

這又是其心放的空氣，反正他存心在這個包藏禍心的怪鳥客面前不擇手段地玩弄陰險，好歹也不能吃了他的虧。

怪鳥客明知他是虛張聲勢，但是仍然忍不下心中有些忐忑，他冷笑道：「姓董的，你不要放空氣嚇唬人，我羅某人就要瞧瞧你能安排個什麼把戲。」

其心譏刺地道：「你究竟先要看我的安排還是先比劃比劃？」

怪鳥客道：「好，咱們就先比劃比劃——」

他說打就打，話還沒有說完伸手已經襲到其心的眼前，掌力之雄勁，就如開山巨斧一般。

其心暗暗讚佩，這怪鳥客的一身功夫確實了得，他口口聲聲自以爲武林中第二代的第一高手，那雖然狂妄，卻也有他狂的本錢。

其心飛快地一個閃身，左掌一圈，暗含著子母兩招，極其陰毒地打向怪鳥客的脈門。

其心隨著他的打鬥經驗增加，自己想出了許多極其毒辣的招式，以他的武學功力，使將出來那真是厲害不堪設想。

怪鳥客沒有料到董其心出手就惡毒如斯，簡直比那些在刀口上舔血喝的老江湖要厲害，他不禁倒抽一口冷氣，連忙雙掌並使，施出最精妙的招式才把其心這一招自己想出來的毒招化解。

其心一點也不放鬆，雙指一併又是一招毒辣的招式招呼了過去，這幾個月來，其心身經了幾次戰鬥，潛心觀察思索的結果，他的出招已經比以前厲害許多，怪鳥客對齊天心的武功情形知道得很是清楚的，但是他發現眼前這個董其心用招雖不及齊天心的漂亮，但是卻比齊天心還要難鬥得多。

其心施出渾身解數，一招一招緊逼過去，怪鳥客雖有一身驚人功夫，卻是一時難以扳回失去的優勢。

正在這時，一聲怪笑劃過長空，一股掌風直對著其心背心，其心看都不看，反手就是一掌封出。

其心這一掌暗蘊內家的小天星掌力，極是厲害，但是他的掌與來人的掌力一碰，他立刻覺到整個力道被黏到一邊，他的身形向左一頓，滴溜溜轉了三個圈兒。

他心中充滿著駭然，一個轉身反過來，只見一個老者雙目牢牢地盯視著他。

其心腦中飛快地轉動，卻是一時想不出這個老者是什麼人，不過他知道這個老者必是怪鳥客預先埋伏好對付自己，他早就知道怪鳥客的挑戰必是一個詭計，他既然來了又豈會懼怕，只是他一時想不出這個老者是誰，心中感到難以釋然。

當天下武林都爲少林寺的大戰吸引了注意力的時候，天魁和怪鳥客卻在這裡千方設計要除去默默無名的董其心，這也是天下難以相信的事吧！

其心牢牢盯著他，一言未發，他冷冷地道：「這就是你們所謂的圈套嗎？在我看來，那真是幼稚透了。」

那老者笑道：「幼稚不幼稚是另一回事，董其心，反正你今天是死定了。」

其心吸了一口氣，他已知道這個老者功力在他之上，他要以最大的鎭定與智慧來應付這個危險的場面，他淡淡地笑了一笑道：「我倒不以爲然哩。」

那老者冷冷地道：「你以爲如何？」

其心狡猾地道：「我是說我與怪鳥客之戰，誰死還不一定哩。」

哪知那老者厚著臉皮大笑道：「你不必玩花樣了，今天咱們是決心兩人聯手把你宰掉，反正這裡不會有第四個人，哈哈……」

其心聳了聳肩道：「既然閣下臉皮如此之厚，那還有什麼話說——」

「看掌！」

他猛一伸手，便對那老者當胸襲到，這一掌出掌之快，真如閃電一般，掌力雄厚也是非同小可；那老者伸掌一擋，其心已在這一刹那之間，一連施出三招毒招，竟然把那老者攻得倒退了三步。

其心把十成內力聚在掌上，一口氣也不放鬆，把腦中所能想到的一切毒辣招式一古腦全施展出來，那老者分明是具有一身不得了的神功，他每一動掌，都挾著無比渾厚的掌力，把數丈外的樹枝都震得簌然而響，但是他卻也無法在其心這幾招不可想像的毒招下反守爲攻——

若是換了個人的話，普天之下不管是誰，只怕都已傷在其心這一輪毒攻之下，然而——

二十招後，那老者緩緩地一招一式搶得了先機，其心的掌勢在陡然之間，就重重地一挫。

其心是個機靈無比的人，他毫不考慮地立刻就轉攻爲守，施出無比堅強的守勢掌法，一招一式地與那老人纏鬥。

那老者雖然功力高過其心，但也難以立刻將其心擊倒，他的掌法中開始加入了許多的虛招與陷阱，只等其心中計。

然而其心卻是一點也不中計，他穩穩地半招冒險的招式都不用，這種掌路若是出自一個七十老人之手，方才不怪，那老者想不到這麼一個年紀輕輕的少年竟然能施出這麼穩重老沉的掌法，他心中不禁嘖嘖稱奇。

儘管其心如此地苦守著，然而到了兩百招上，他仍然敗了下來——

只見那個老者一掌震退了其心，緊接著扣住了其心的脈門。

其心索性一點也不抵抗，他也不說話，只是冷冷地盯著那老者。

那老者冷笑道：「董其心，你是死定了。」

其心承認地點了點頭道：「可是我在死以前也想知道我究竟死在誰的手上。」

那老者道：「你可聽過天座三星？」

其心點了點頭，靜聽老者的下文。

老者道：「老夫被人喚作『天魁』！」

其心的心中重重地震了一震，他面上卻是自若地點了點頭道：「死在天下第一高手的掌下，也不枉了。」

天魁雖在萬分戒心之中，然而聽到這一句話，仍然忍不住有滿心的得意，其心卻趁著這一剎那之間猛然運起全身功力，呼地一聲掙脫了天魁的掌握。

天魁想不到這少年這麼難對付，他大喝一聲：「你跑得了嗎？」

其心一掙脫天魁的掌握，人已經高飛而起，那怪鳥客也是一躍而起，迎面對著其心一掌拍到。

其心知道只要給他一碰掌，自己逃脫的機會就等於零了。

只見他在即將碰上怪鳥客的一剎那間，忽然身形一扭，整個身子有如一隻彎弓一般，竟然又彈起了數尺——

這真是輕身功夫中難以解釋的奇景，全是仗著他一身高級的內功硬硬在空中借勁上騰，可是怪鳥客的輕身功夫得自天禽，那一身天禽身法是世間無雙的奇妙身法，對於這等空中飛昇的功夫根本不當一回事，只見怪鳥客雙臂一振，輕輕鬆鬆地也跟上來數尺——

然而就在怪鳥客振臂開始上升之時，其心把全身的一口內力猛可貫注丹田，他的身體宛如陡然之間被加上了一個向下的大力，如一支勁矢一般斜斜地射到三丈之外的地上！

這就是董家神功獨步天下的一招，天下沒有第二種功夫能加速自己下降的速度，就在這空中一起一降之間，其心終於漂亮之極地閃過了怪鳥客。

他全速地向前飛奔，身形有如一顆流星般飛馳，在他一生中他還沒有像這樣瘋狂地跑過，他的速度超出他了應有的，天魁在短時之內竟然無法把距離拉近。

其心一直奔至懸崖邊上，那兩邊如壁的山崖，那下面是不見底的深淵，中間連著的是一根長達三十丈的粗籐。

其心絲毫不假考慮地跑上這「籐索橋」。

天魁大喝道：「董其心，你跑不掉的！」

其心根本不理他，他在心中道：「你來追吧！」

他飛快地跑上那「籐索橋」，如一縷輕煙一般一下子就衝到了索橋的中央，他左腳暗中在索上一繞，腳尖上暗運內力，但是那只是一剎那之間的事，並沒有影響他的速度。

他才登上彼岸，天魁已衝到了崖邊，籐索是牢牢地繫在丈外的巨木上，其心即使想解開或是欲斷索橋，都已來不及，因爲天魁的功力再加上他如此的衝勁，很可能只要在中間索上略一點足便能飛渡！

然而其心卻是從容不迫地反過身來，伸手握住了那粗比人臂的巨籐，猛然一發內勁，只見那索橋的中間忽然「卡」地一聲斷裂，天魁萬萬沒有料到索子會從中間斷掉，他一個跟斗栽了下去——

但是天魁是何等人物，他全身每一根肌肉都已到達控制自如的地步了，只見他人已栽下，卻是腳背一勾，繞住了半截籐索，只這一點借力，他已翻手抓住了籐頭，但是斷的那邊一截已經垂到對面崖壁上，他手抓著十五丈的半截籐，再也沒有辦法飛渡這三十丈寬的天溝！

其心回頭看了一眼，既不得意若狂，也不譏諷於他，只是沉著地掉頭飛快跑離崖邊，他的身形一會兒就消失在叢林之中。

號稱天下第一高手的天魁料不到甕中捉鱉的計謀會演變成這個局面，他不禁感到心寒地歎道：「像這樣的少年，我還是第一遭碰見，這小子不除，再過幾年就除不掉了！」

請續看《七步干戈》(三)

上官鼎武俠經典復刻版2

七步干戈（二）

作者：上官鼎
發行人：陳曉林
出版所：風雲時代出版股份有限公司
地址：10576台北市民生東路五段178號7樓之3
電話：(02) 2756-0949
傳真：(02) 2765-3799
執行主編：劉宇青
美術設計：吳宗潔
業務總監：張瑋鳳

出版日期：2023年6月 新版一刷
ISBN：978-626-7303-42-9
風雲書網：http://www.eastbooks.com.tw
官方部落格：http://eastbooks.pixnet.net/blog
Facebook：http://www.facebook.com/h7560949
E-mail：h7560949@ms15.hinet.net
劃撥帳號：12043291
戶名：風雲時代出版股份有限公司

風雲發行所：33373桃園市龜山區公西村2鄰復興街304巷96號
電話：(03) 318-1378
傳真：(03) 318-1378
法律顧問：永然法律事務所 李永然律師
北辰著作權事務所 蕭雄淋律師

行政院新聞局局版台業字第3595號 營利事業統一編號22759935

定價：320元

國家圖書館出版品預行編目資料

七步干戈 / 上官鼎著. -- 二版. -- 臺北市：風雲時代出版股份有限公司, 2023.05 冊； 公分

上官鼎武俠經典復刻版
ISBN 978-626-7303-41-2 (第1冊：平裝). --
ISBN 978-626-7303-42-9 (第2冊：平裝). --
ISBN 978-626-7303-43-6 (第3冊：平裝). --
ISBN 978-626-7303-44-3 (第4冊：平裝). --

863.57　　112003682